Monica Hesse

ZEIT DER LÜGEN

AF178160

Monica Hesse

Zeit der Lügen

Aus dem amerikanischen Englisch
von Cornelia Stoll

Bei diesem Buch wurden die durch das verwendete Material und die
Produktion entstandenen CO_2-Emissionen ausgeglichen, indem der
cbj Verlag ein Projekt zur Aufforstung in Brasilien unterstützt.
Weitere Informationen zu dem Projekt unter:
www.ClimatePartner.com/14044-1912-1001

Penguin Random House Verlagsgruppe
FSC® N001967

1. Auflage 2022
Deutsche Erstausgabe Februar 2022
© 2018 by Monica Hesse
© 2022 für die deutschsprachige Ausgabe
cbj Kinder- und Jugendbuch Verlag
in der Penguin Random House Verlagsgruppe GmbH,
Neumarkter Straße 28, 81673 München
Alle deutschsprachigen Rechte vorbehalten
Die Originalausgabe erschien unter dem Titel
»The War Outside« bei Little, Brown and Company, New York,
einem Teil der Verlagsgruppe Hachette Book Group, Inc.
Aus dem amerikanischen Englisch von Cornelia Stoll
Lektorat: Carola Henke
Umschlaggestaltung: Geviert, Grafik & Typografie, nach einer Vorlage
von © 2018 Hachette Book Group, Inc. (design Marcie Lawrence, art
© 2018 Kid-ethic Mark Swan), unter von Motiven von © Shutterstock
(Bogdan Khmelnytskyi, Cherngchay Donkhuntod, The_Molostock)
und © Arcangel (Collaboration JS, Rekha Garton)
kk · Herstellung: MC
Satz und Druck: GGP Media GmbH, Pößneck
ISBN 978-3-570-31430-2
Printed in Germany

www.cbj-verlag.de

Für meine starken Großmütter aus Iowa,
Carol und Marjorie

FAMILIEN-INTERNIERUNGS

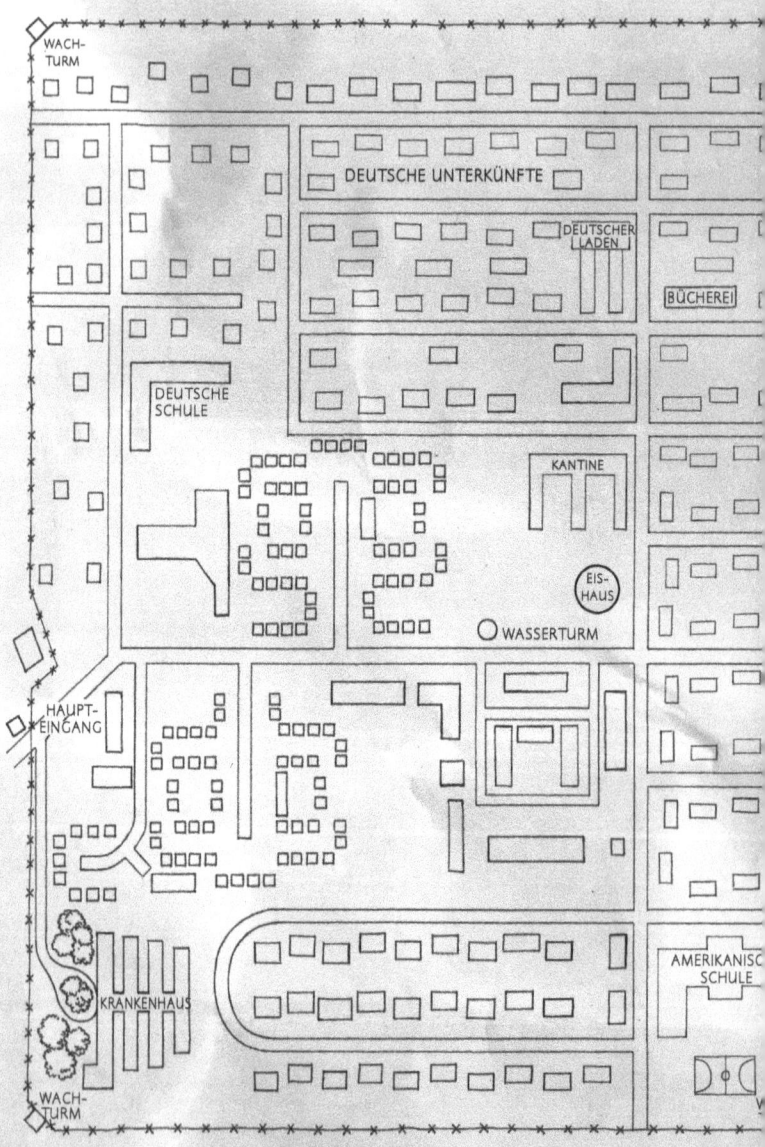

LAGER CRYSTAL CITY

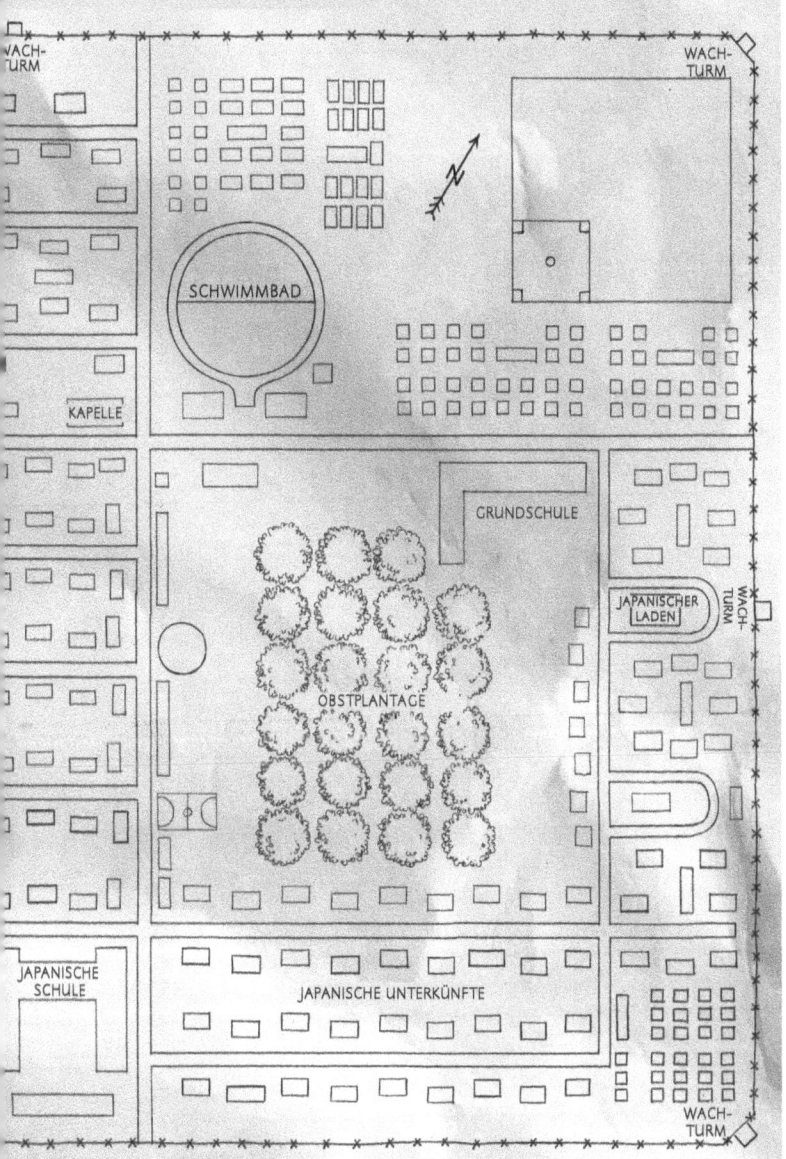

WACH-
TURM

WACH-
TURM

N

SCHWIMMBAD

KAPELLE

GRUNDSCHULE

JAPANISCHER
LADEN

WACH-
TURM

OBSTPLANTAGE

JAPANISCHE
SCHULE

JAPANISCHE UNTERKÜNFTE

WACH-
TURM

HARUKO

∞

Wenn ich daran denke, was dort geschah, an diesem Ort, wo es so viele Feinde und Spione, so viel Staub und Trübsal gab. Wenn ich daran denke, was Margot mir sagte – berechnende Worte, die wie Freundschaft klangen, mein Leben, das wie beiläufig zerbrach –, so bin ich doch für eines dankbar: dass ich sie nie geliebt habe. Hätte ich sie geliebt, hätte ich das alles nicht ertragen, und deshalb bin ich froh über diesen Mangel an Liebe, er ist das Einzige, was mir geblieben ist. Es ist eine schreckliche Hinterlassenschaft, ohne die mir jedoch gar nichts bliebe.

MARGOT

∞

Wenn Haruko so etwas gesagt hat, hat sie gelogen.
Sie hat mich geliebt. Und ich habe sie geliebt.

EINS

∞

HARUKO

Wären wir alle doch nur wieder zu Hause«, flüstert Toshiko. Glaubt sie, ich würde ihr jetzt eine andere Antwort
geben als beim letzten Mal, als sie genau dasselbe sagte.
Sie stupst mich an, um meine Aufmerksamkeit zu bekommen, obwohl sie genau weiß, wie sehr ich das hasse.
Trotzdem bleibe ich ruhig, weil meine Schwester und ich
einen unausgesprochenen Pakt geschlossen haben, höflich zu sein, weil alles andere uns Angst machen würde.
Außerdem haben wir es unserer Mutter versprochen.

»Deine kleine Schwester ist nicht deine Feindin«,
sagte Mama, als Toshiko und ich uns das letzte Mal gestritten haben. Das war, als ich zum ersten Mal von
Texas hörte. »Das weiß ich«, sagte ich vielsagend und
sprach nicht weiter, denn über den eigentlichen Feind
wollte ich nicht sprechen.

Jetzt sitzen wir unserer Mutter gegenüber, die zwischen unseren Koffern eingekeilt ist und ihren Rücken

ganz gerade hält, damit ihr Hut nicht gegen den Sitz des Waggons gedrückt wird. Sie hat die Augen geschlossen. Ich weiß nicht, ob sie schläft oder reisekrank ist. Dass man reisekrank werden kann, habe ich erst gelernt, als wir mit dem Zug losfuhren und manche Leute sich würgend in die Papiertüten übergaben, die von den Schaffnern verteilt worden waren. Der Hut sitzt nun schon seit über 1 000 Meilen auf dem Kopf meiner Mutter. Alles andere im Abteil sieht schlaff und mitgenommen aus: ihr Kleid, mein Kleid und meine Schwester, die sich mit ihrem ganzen Körper an mich lehnt, als ich ihren letzten Satz nicht kommentiere. Ich presse meine Stirn an die Fensterscheibe. Braunes Gras. Brauner Staub. Schmutzige Pferde, auf denen Männer reiten, die sich Halstücher über Mund und Nase gebunden haben. Eine unerträglich flache Landschaft.

Als ich Denver das letzte Mal sah, war der Himmel so klar, dass man bis zu den Bergspitzen sehen konnte.

»Haruko.« Diesmal stupst mich Toshiko unterhalb des Brustkorbs an.

»Helen«, korrigiere ich sie.

Sie verdreht die Augen. »Hier sind nur Japaner. Sie können deinen richtigen Namen aussprechen.«

Ich zwinge mich, weiter aus dem Fenster zu schauen, obwohl ich wütend auf Toshiko bin. »Meine Freunde nennen mich Helen.«

»Das waren doch höchstens fünf Mädchen, die dich so genannt haben.«

Wir sind alle ein bisschen gereizt, nicht nur meine Schwester und ich, sondern alle Reisenden im Zug, erschöpft von drei Tagen Höflichkeit und aufgeweichten Sandwiches. In meinem Kopf pulsiert das Kreischen des Zuges. Es schmerzt in meinem Kiefer und meinen Zähnen. Öl und Rauch beißen in meiner Nase. Ich bedecke die Nase und versuche, flacher zu atmen.

»*Helen.*« Schon wieder stupst sie mich an. »Kann ich den Brief noch mal sehen?«

Eigentlich will ich Nein sagen, nicht weil ich sie ärgern will, sondern weil ich den Brief hasse. Aber meine Mutter hat Toshikos Frage gehört und öffnet wachsam ein Auge, damit ich auch ja tue, worum ich gebeten worden bin. Sie liebt den Brief. Beide lieben den Brief.

Auf dem Brief befindet sich eine offizielle Stempelmarke, und auf dem Absender steht, dass er vom Justizministerium der Vereinigten Staaten von Amerika abgeschickt worden ist. Ich hole ihn aus meiner Handtasche und reiche ihn an Toshiko weiter, die ihn ehrfürchtig auseinanderfaltet. Was glaubt sie, was geschehen würde, wenn sie ihn zerreißt? Dass sie uns nicht hineinlassen? Das Entscheidende an dem Brief ist doch, dass sie uns nicht mehr rauslassen werden.

Liebe Frau Tanaka,

hiermit informieren wir Sie, dass Ihrem Antrag auf Zusammenführung mit Ihrem Ehemann Ichiro Tanaka in einem Familien-Internierungslager entsprochen worden ist. Bitte beachten Sie, dass sich diese Entscheidung ausschließlich auf Mrs Setsu Tanaka (44 Jahre alt), Miss Haruko Tanaka (17 Jahre alt) und Miss Toshiko Tanaka (12 Jahre alt) bezieht. In Crystal City, Texas, werden entsprechende Vorkehrungen für die Zusammenführung getroffen.

Crystal City. Wir fahren zu einem Ort, der Crystal City heißt. Zuerst stimmte mich dieser Name optimistisch, weil er einem eine wunderschöne Stadt vorgaukelt. Eine Stadt, für die es sich lohnt, schöne Dinge einzupacken. Mein schönstes Kleid. Meine neue Handtasche. Mein Fläschchen Tabu-Parfüm.

Im Zug sind auch andere Familien. Ein paar haben wir kennengelernt.

Mrs Ginoza und ihre kleine Tochter aus Los Angeles. Die alte Mrs Jamaguchi aus Santa Cruz. Die Geschichten dieser Familien klingen bis auf ein paar Details fast alle gleich. Meine Mutter hört jedem höflich zu, obwohl sie mittlerweile weiß, wie die Geschichten enden: *Und dann sind wir in diesen Zug gestiegen.*

Wir hatten uns gerade zum Essen gesetzt. Der Mann vom FBI ließ ihn nicht einmal zu Ende essen.

Sie behaupteten, wir hätten japanische Briefe versteckt. Aber es waren die Briefe meiner Schwiegermutter, die wir in unserer Aussteuertruhe verwahrten. Das ist doch nicht verstecken?

Wir kannten einen Anwalt, aber der sagte, er könne nichts machen, es sei alles legal. Präsident Roosevelt habe einen Erlass unterschrieben.

Jetzt höre ich sogar, wie meine Mutter der Braut, deren Mann zwei Tage nach der Hochzeit abgeholt wurde, über den Mittelgang hinweg unsere eigene Geschichte erzählt.

»Sie kamen an einem Samstagvormittag, als Ichiro noch bei der Arbeit war. Sie warteten auf ihn in meiner Küche«, erzählt Mama. »Ich durfte ihn nicht anrufen, um ihn nicht heimlich zu warnen. Wir mussten stundenlang warten. Mein Mann blieb lange weg, weil er einem Gast half, eine Wandertour vorzubereiten. Er arbeitete immer lang, weil er sich um alles kümmerte. Die Männer sagten, er benutze seinen Job, um Informationen an Gäste weiterzugeben, die ins Ausland reisen.«

Sie lässt in ihrer Geschichte so viel aus. Sie erzählt nicht, dass das Albany, wo mein Vater als Nachtportier arbeitete, das schönste Hotel der ganzen Stadt war. Dass einige Gäste Japaner, die meisten aber Weiße waren und dass sie meinen Vater mochten und uns sogar manchmal Geschenke aus fremden Ländern mitbrachten. Papierfächer aus Paris, Schneekugeln aus New York City.

Sie erzählt nicht, dass einmal sogar die Frau des Gouverneurs dort eingekehrt war und mein Bruder ihr eine Orangenlimonade aus dem Hotelshop verkaufte und ich ihr einen Strohhalm zum Trinken brachte. Mrs Carr sagte, ich hätte entzückende amerikanische Grübchen, und eine ganze Woche lang, wenn Kenichi und ich abends die Böden aufwischten, spielten wir diese Szene in aller Ausführlichkeit nach. »Amerikanische Grübchen sind okay, wenn du nicht andere haben kannst«, sagte Ken dann. »Ich für meinen Teil hätte meine Grübchen aber lieber aus *Frankreich.*«

Wenn wir Mrs Carr imitierten, verliehen wir ihr manchmal einen hochnäsigen Akzent, den sie aber gar nicht hatte. »Habe ich amerikanische Grübchen gesagt? *Himmel,* ich meinte natürlich amerikanische Pickel.« Niemand außer uns fand das witzig. Überhaupt lachte niemand außer uns über die Sachen, die wir witzig fanden.

An dem Tag, als die Polizei in unsere Wohnung kam, half ich nicht an der Sodastation aus. Und Ken hatte uns bereits verlassen, um ein amerikanischer Held zu werden. Papa und Mama wollten nicht, dass ich allein dort arbeitete.

Ich zog mir gerade mein Volleyballtrikot an, weil ich mich mit ein paar anderen Nisei-Mädchen aus der California-Street-Gemeinde treffen wollte. Meine Mutter rief mich aus meinem Zimmer, weil ich für sie übersetzen sollte. Ich hatte noch Lockenwickler im Haar. Ich brauchte eine Weile, bis ich verstand, was die Männer wollten. Für manche Ausdrücke hatte ich keine Übersetzung. *Was bedeutet Vorwand?*, fragte ich einen der Polizisten, der die Frage unverschämt fand.

Wenn meine Mutter die Geschichte erzählt, lässt sie mein ganzes Leben aus.

Kurz nachdem der Brief von der Regierung eingetroffen war, kam auch ein Brief von meinem Vater, der nur an meine Mutter adressiert, aber an uns alle gerichtet war – auf Englisch. Wahrscheinlich hatten die, die seine Post überwachen, darauf bestanden, dass er englisch schreibt. Also musste ich ihn den anderen vorlesen. *Hier gibt es einen Schönheitssalon und ein Lebensmittelgeschäft. Sie bauen eine amerikanische Schule und ein Schwimmbecken mit einem Durchmesser von 100 Yard und einem Sprungbrett! Die Leute können sich durch Arbeit etwas dazuverdienen, aber alle bekommen eine Wohnung und Wertmarken für Lebensmittel und Kleidung, egal ob sie Arbeit haben oder nicht. Es wird euch hier gefallen.*

Mein Vater hätte sich wenigstens mehr anstrengen können, uns die Sache auszureden, meiner Mutter zu verbieten, nach Texas zu kommen. Aber als sie darauf bestand zu kommen, schrieb er uns fröhliche Briefchen, die sich wie Urlaubsgrüße anhörten. Mein Vater verwendete sogar Ausrufezeichen, die er bei mir als vulgär kritisiert hätte: *Ganz viele Japaner! Gratisfilme im Gemeindezentrum! Haruko, sag deiner Mutter, dass das Krankenhaus ehrenamtliche Helfer sucht und dass ein paar Frauen eine Tofuproduktion aufbauen, mitten im Lager!*

Auf diese Weise wollte mein Vater uns die karge texanische Wüste schmackhaft machen. Eine Tofuproduktion.

Ich erzählte meiner Mutter vom Krankenhaus. Sie strahlte. Meine Mutter, die ihren Abschluss an der Tokyo Women's Medical Professional School gemacht hatte, die nie richtige Ärztin wurde, weil sie nach Amerika zog, um den ihr unbekannten Sohn einer befreundeten Familie zu heiraten, die nie richtig Englisch gelernt hat und die es sich stattdessen zur Aufgabe gemacht hat, sich um die Länge meines Volleyballtrikots zu sorgen.

Ich für meinen Teil würde mir eher Sorgen machen, dass ein Krankenhaus eine Frau, die vor zwanzig Jahren Medizin studiert hat, als Ärztin arbeiten lassen will. Aber meine Mutter strahlte, also schwieg ich lieber. Ruhig bleiben.

Toshiko stößt mich mit dem Ellbogen an. Der Zug hat sein Tempo gedrosselt, die Bremsen quietschen. »Ich glaube, wir bleiben stehen«, flüstert sie. »Ich glaube, da steigen neue Leute ein.«

»Wartungsarbeiten«, flüstere ich zurück. »Die Sonnenblenden.«

Würden wir an einem Bahnhof halten, hätten die Schaffner uns befohlen, die Sonnenblenden runterzuziehen. Das machen sie nämlich bei jedem Halt, haben uns aber nicht gesagt, warum. Ob wir nicht sehen sollen, wo wir sind, oder ob wir von den Leuten in den Ortschaften nicht gesehen werden sollen.

Diesmal aber liegen weder Toshiko noch ich richtig. Der Zug ist stehen geblieben, richtig stehen geblieben, und niemand hat gesagt, wir sollen die Blenden runterziehen, und niemand steht da und will einsteigen. Der Zug ist endlich still, eine himmlische Stille. Alle drücken sich die Nasen an den heißen Scheiben platt und niemand schreit uns an.

Der kleine, blasse Schaffner geht durch die Gänge und zählt murmelnd unsere Köpfe. Als er auf die erforderliche Personenzahl gekommen ist, befiehlt er, dass wir uns in einer Reihe aufstellen. Nicht durcheinanderlaufen, keine Hetze, lasst die Koffer stehen, sie werden nachgebracht.

Kaum werden die Zugtüren geöffnet, schlägt uns Hitze entgegen. Auch in Colorado ist es manchmal heiß, aber nicht so heiß, dass man das Gefühl hat, in einen Backofen zu kommen. Es ist eine unnatürliche, stockende Hitze, die sich träge durch den Zug wälzt. Die Leute vor mir bleiben erst einmal an der Tür stehen und wappnen sich gegen die gewaltige Hitzewand, bevor sie aussteigen.

Wir sind an einem Bahnhof. Eigentlich ist es eher eine Haltestelle, denn es gibt kein Bahnhofsgebäude, nur eine Art Pavillon: ein rostiges Eisengerüst mit einem Blechdach und in der Mitte eine Bank. Auf einem Hängeschild steht: CRYSTAL CITY.

Nachdem endlich alle ausgestiegen und noch einmal durchgezählt worden sind, herrscht Verwirrung. Eigentlich sollte uns ein Bus ins Lager bringen, aber der hat anscheinend in der Hitze einen Motorschaden bekommen. Jedenfalls kommen wir nicht weiter. Der Mann, der uns diese Nachricht überbringt, ist ein Weißer in einem Anzug, dem die Schweißperlen von den Schläfen rinnen. Er entschuldigt sich für diese »Entwicklung«. Er sagt immer wieder, wenn wir noch etwas Geduld hätten und warten würden ...

Wenn wir noch etwas Geduld hätten und warten würden, übersetze ich für meine Mutter.

»Dann kommt ein anderer Bus«, sagt der Mann. Er hat schütteres Haar und ein rundes Gesicht. Er ist groß und stämmig. Bestimmt irgendein Vorgesetzter. Er hat ein Klemmbrett. Andere Leute, die wie Angestellte aussehen, wieseln flüsternd herum, während er sich Notizen macht.

Dann kommt ein anderer Bus.

Was es sonst noch hier gibt: eine Poststelle mit amerikanischer Flagge. Ein winziges, verwittertes Lokal. Ein Gästehaus, in dem ich lieber nicht wohnen würde.

Kleine einstöckige Häuser, die weit voneinander entfernt stehen. In Denver haben wir im oberen Stock eines Zweifamilienhauses gewohnt. In Denver musste man nur die Treppe hinunter, wenn man sich eine Nadel oder eine Dose Schuhwichse ausleihen wollte.

Einige Reisende haben sich beraten, während ich mich umgesehen habe. Die besonders lautstarken wie Mrs Ginoza, die ständig Wasser für ihre Tochter verlangte, während meine Mutter uns sagte, wir sollen unsere eigene Spucke schlucken, wollen nicht auf den Bus warten. Sie haben einfach beschlossen, zu Fuß zu gehen: Was ist schon eine Meile, wenn wir bereits 1 000 Meilen hinter uns haben?

Der verschwitzte weiße Mann ist nicht begeistert. Wie sieht das aus, mit einem Haufen müder Frauen und Kinder in bester Reisekleidung durch die Landschaft zu wandern? Aber wir haben uns schon in Bewegung gesetzt. Mrs Ginoza hat einen Wegweiser entdeckt, und wir folgen ihr aus der winzigen Stadt hinaus, in der es keine Häuser aus Glas gibt, nichts was irgendwie an Kristall erinnert. Wir kommen an Feldern vorbei, auf denen Spinat wächst, wie der Mann sagt. »Crystal City ist die Spinathauptstadt der Welt.« Das sagt er wirklich, als könnte er die Situation wieder unter Kontrolle bekommen, wenn er sich wie ein Fremdenführer aufführt. »Die Gegend ist berühmt für ihren Spinat. Wir haben hier auch eine Statue von Popeye, dem Matrosen, der so gern Spinat isst«, sagt er. Fast schäme ich mich für ihn. Die Sonne steht genau über uns, und ich bin völlig verschwitzt, erst unter den Armen und, als wir weitergehen, am ganzen Körper. Mein Kleid klebt an Bauch und Beinen.

Und dann, als meine Zunge vor Hitze so geschwollen ist, dass ich keine Spucke mehr zum Runterschlucken habe, sehen wir fünfzig Yard von uns entfernt ein Tor. Dahinter ein Gewimmel von Gesichtern, der Grund, warum wir hergekommen sind.

Unsere Väter und Ehemänner recken ihre Hälse. Man hat ihnen anscheinend gesagt, dass wir im Anmarsch sind. Ein paar halten Willkommensschilder hoch. Durch den Schweiß, der über mein Gesicht strömt, sehe ich verschwommen eine Blaskapelle, und noch verschwommener wird mir klar, dass sie zu unserem Empfangskomitee gehört.

Zuerst denke ich, meine Augen würden mir einen Streich spielen, aber es stimmt: Ein paar Männer weiter hinten haben blonde Haare und sehen europäisch aus. Deutsche Häftlinge. Auch das hat Vater uns geschrieben. Wir teilen uns das Lager mit Nazis.

»Ich sehe deinen Vater nicht«, flüstert Mutter ängstlich.

Ich lasse meinen Blick über die Menge schweifen, und er bleibt an einem Zaunpfahl hängen, auf dem ein Mädchen sitzt. Krisseliges blondes Haar, auf den spitzen Knien ein Heft, in das sie etwas hineinschreibt. Sie sieht offiziell aus, wie eine Lagerangestellte, aber dafür ist sie zu jung, ungefähr mein Alter. Ich habe mir nicht klargemacht, dass auch die deutschen Häftlinge ihre Kinder mitbringen. Auch sie blickt über die Menge und mustert die Neuankömmlinge. Kurz treffen sich unsere Blicke, dann beugt sie sich wieder über ihr Heft und schreibt. Wütend ziehe ich die Augenbrauen hoch. Ich bin schon von zu vielen Menschen auf irgendwelchen Listen abgehakt worden. Zu viele, die sich notiert haben, wann wir essen, schlafen und aufs Klo gehen.

»Haruko! Haru-chan!«

Das ist mein Vater. *Mein Vater.* Seit fünf Monaten habe ich ihn nicht mehr gesehen. Mein Herz macht einen Sprung, aber dann fällt mir ein, dass ich gar nicht weiß, wie ich das Wiedersehen mit meinem Vater empfinde, weil er, als ich ihn das letzte Mal gesehen habe, so eigenartig war.

Er sicht dünner aus und seine Schläfen sind grau geworden. Er steht an einem der anderen Zaunpfähle und schwenkt ein Taschentuch wie eine Fahne. Ich höre ihn als Erste, vor meiner Mutter und meiner Schwester. Als sich unsere Blicke treffen, lässt er das Taschentuch sinken und auf seinem Gesicht zeigt sich so etwas wie Unsicherheit. »Helen«, ruft er. Es ist keine Unsicherheit, es ist die Hoffnung, dass ich in seine Richtung blicken möge. Toshiko hatte recht. Nur die Mädchen aus meiner Schulclique nannten mich Helen. Meine Familie nie. Er versucht es wieder. Eigentlich sollte ich glücklich sein. »Helen, hier drüben.«

Ich stupse meine Mutter an. »Da ist Papa.« Meine Mutter blickt sich suchend um. Dann hat sie ihn gefunden und fängt an zu lächeln, packt mich am Handgelenk und eilt auf das Eingangstor zu, zu dem Maschendrahtzaun, der sich um das gesamte Lager zieht. Er ist zehn Fuß hoch und oben von Stacheldraht gesäumt. An den Ecken stehen Wachtürme, besetzt mit bewaffneten Soldaten.

Das hat mein Vater in keinem seiner Briefe erwähnt, das hat er wohl vergessen. Hier in Crystal City, Haruko, gibt es Freiluftkino, eine Tofuproduktion und stachelige, spitze Zäune, die von Männern bewacht werden, die dich erschießen, wenn du versuchst rauszukommen.

Komisch, was man alles auslassen kann. Komisch, wie man ein Bild zeichnen kann, das einerseits wahr ist und andererseits falscher als falsch.

Mein Vater kommt zur Begrüßung nicht heraus, weil er innerhalb dieses Zauns lebt. Er hat uns zu diesem Zaun gebracht. Und obwohl ich weiß, dass ich mich freuen sollte, ihn wiederzusehen, muss ich daran denken, was ich antworten wollte, als meine Mutter sagte: *Deine Schwester ist nicht deine Feindin.* Ich wollte fragen: *Und mein Vater?*

Plötzlich zerrt jemand an meinem linken Arm. Während meine Mutter mich nach vorne zieht, reißt Toshiko mich an der anderen Hand zurück, ihr Mund zu einem stummen Schrei aufgerissen.

»Hör auf, Toshi, du tust mir weh.«

»Ich will da nicht rein.«

»Red keinen Unsinn, du hast seit Tagen von nichts anderem gesprochen.«

»Aber jetzt will ich nicht mehr«, kreischt sie und ist den Tränen nah.

»Toshiko, hör auf. Wenn du Papa sehen willst, musst du jetzt mitkommen.«

Meine Mutter versucht immer noch, uns nach vorne zu ziehen. Im Gedränge fängt ihr Hut an zu wackeln, ein mit blauen Blüten besetztes Zweiglein zittert, als würde es gleich herunterfallen. Ich drehe mich zu meiner Schwester um, die immer noch widerspenstig wie ein Maulesel ist. »Ich wünschte, wir wären alle zu Hause«, sagt Toshiko. »Ich wünschte, wir könnten Papa abholen und zusammen nach Hause fahren.«

Sie weint und schnieft, und als sie ihre Finger in meine flechten will, ziehe ich meine Hand ruckartig weg, hole aus und schlage sie, ohne es zu wollen, ins Gesicht.

Meine Finger brennen von der Berührung mit Toshis zarter Babyhaut. Sie sperrt den Mund auf und fasst sich ins Gesicht, auf dem sich vier fingerförmige weiße Streifen abzeichnen. »Haruko ...«, setzt sie an, weil ich sie noch nie zuvor geohrfeigt habe und weil ich so hart zugeschlagen habe.

Ich atme schwer, wir atmen beide schwer, und in meine Reue mischt sich ein ekelhaftes Gefühl der Erleichterung, weil der Schlag ins Gesicht meiner Schwester mir so echt vorkommt wie lange nichts seit vielen Monaten.

»Das ist jetzt unser Zuhause«, sage ich zu ihr, als sie neue Schluchzer hinunterschluckt. Ich ziehe ein Taschentuch heraus und warte, bis sie ihr Gesicht abgewischt hat. »Schluss mit Wünschen. Das ist jetzt unser Zuhause.«

ZWEI

MARGOT

24. August 1944
Zugänge:
Frauen: 44
Kinder: 63 (Mädchen – 37; Jungen – 26)
Aktuelle Gesamtzahl in Crystal City: 3 368

Diesmal sind alle Neuzugänge Japaner, das habe ich auch in mein Heft geschrieben. Gesamtzahl der japanischen Lagerinsassen: 2 371. Gesamtzahl der deutschen Lagerinsassen: 997.

Diese Gesamtzahl teilt sich noch in Untergruppen: in Deutschland geborene Häftlinge, die aus Costa Rica kommen. In Japan geborene Häftlinge, die aus Peru kommen. Mit diesen Ländern hat Amerika Abkommen geschlossen, wonach in Crystal City zusätzlich zu den eigenen auch die Staatsfeinde dieser Länder interniert werden. Ein Mädchen hat einen Betty-Boop-Aufkleber auf seiner Handtasche, sie kommt also aus Amerika.

Ich vergleiche meine Aufzeichnungen mit denen früherer Zugänge. Dies ist die kleinste Gruppe, seit ich hier bin. *Kürzerer Zug?*, notiere ich. Oder gibt es zu wenig Unterkünfte?

Alle Neuzugänge sind jetzt innerhalb des Lagers. Die Väter, die ihre Familien schon in die Arme geschlossen haben, machen sie stolz mit den anderen bekannt. Eine Lagerschwester in weißer Uniform schleust die Leute durch das Klinikzelt, wo sie geimpft und untersucht werden. Keuchhusten. Als unsere Gruppe hier ankam, hatten 54 von uns Keuchhusten.

Mr Mercer, der alle um Kopflänge überragt, sieht verärgert aus. Er hat sein Jackett ausgezogen. Auf seinem beigefarbenen Hemd zeichnen sich kreisförmige Schweißflecke ab. Seine Schuhe sind schmutzig. Wahrscheinlich war der Bus kaputt.

Ist diese Gruppe kleiner, weil es nicht mehr so viele Japaner gibt, die man in die Lager stecken kann?

»Guten Morgen, Margot.«

Ich drehe mich nach der Männerstimme um und halte schützend meine Hand vor die Augen. Schmale Lippen, dunkles Haar, etwas älter als mein Vater. Er macht Anstalten, seinen rechten Arm zu heben. »Hei…«

»Hallo, Herr Kruse«, unterbreche ich ihn, weil ich

ahne, wie sein Gruß sonst aussehen würde. Ich habe mich immer noch nicht daran gewöhnt.

»Und, hast du alles unter Kontrolle?«

»Zeit totschlagen. Bald fängt die Schule an«, sage ich, obwohl er das vielleicht schon weiß. Er hat eine Tochter. »Ich glaube, es gab eine Verzögerung, aber jetzt sind die Gebäude fertig.«

»Du gehst doch in die Deutsche Schule, oder?« Statt einer Antwort zucke ich die Achseln. Er sieht mich überrascht an. »Nicht in die Deutsche Schule?«

Ich überlege, ob ich hätte nicken sollen. Die Lagerabteilung des Amerikadeutschen Bunds hat den deutschen Eltern empfohlen, ihre Kinder in die Deutsche Schule zu schicken und nicht in die Amerikanische. Das stand in dem Blättchen *Das Lager*, das an die Hausfrauen verteilt wird. Aber die Highschool ist staatlich anerkannt und hat amerikanische Lehrer wie jede andere Schule in den Vereinigten Staaten. In der Deutschen Schule wird der Lehrplan vom Bund festgelegt. Mutti und Vati würden mich niemals zwingen, in die Deutsche Schule zu gehen.

»Heidi wird enttäuscht sein«, sagt er. »Sie redet immer noch von dir. Ich schicke sie mal bei euch vorbei, wenn sie nicht stört.«

»Aber ja doch. Ich mag Heidi.« Wir waren im selben Zug. Sie hatte bei einer Tante gewohnt, bis ihre Eltern sie zu sich holten. Ich half ihr, die Proviantbrote auszupacken, und erzählte ihr die Geschichte von einem Mädchen aus den Schweizer Alpen, das genauso hieß wie sie.

Drüben am Zaun zupfen die neu eingetroffenen Mütter ihren Kindern die Kleider zurecht und streichen ihnen die Haare glatt. Nach dem Impfen kommt als nächster Akt der Aufnahmeprozedur das Familienporträt. Jede Familie bekommt ein Foto, das sie in ihrer Unterkunft aufhängen kann. Etwas, womit keiner rechnet.

»Und was macht dein Vater so?« Herr Kruse zieht eine Zigarette aus seiner Brusttasche, zündet sie an und dreht den Kopf zur Seite, damit mir der Rauch nicht ins Gesicht bläst. Es ist so heiß, dass man die Schwaden seiner Zigarette kaum von den Hitzewellen am Horizont unterscheiden kann.

»Er hat zu tun«, sage ich möglichst belanglos. Seine Frage hat mich aufhorchen lassen. »Mutti hat die Erlaubnis für einen Garten bekommen, aber sie kann noch nicht lange stehen. Vati baut Blumenkästen für sie.«

Herr Kruse sieht mich belustigt an. »Geld für Sämereien ausgeben, wenn die USA uns gratis mit Lebensmitteln versorgt? Würde ich nicht machen. Lieber sich am Lager schadlos halten und ihre Vorräte schröpfen.«

»*Wer rastet, der rostet*«, erwidere ich unwillkürlich auf Deutsch.

Herr Kruse lacht los. »Da hast du recht. Ich freue mich immer, wenn junge Leute Deutsch sprechen. Richte deinem Vater bitte aus, er soll mal bei mir vorbeikommen. Wir könnten noch einen Mann beim Schwimmbad gebrauchen, vor allem einen mit seiner Ausbildung. Er kommt nie zu unseren Versammlungen. Sag ihm das. Und deine Mutter kann auch kommen, wenn sie will.«

Mir ist das unangenehm. Die Unterhaltung hat jetzt einen offiziellen Charakter bekommen. Herr Kruse wird Vati bei seinen Versammlungen auch weiterhin nicht sehen. Wegen so einer Versammlung sind wir überhaupt hier gelandet. Er würde niemals wieder zu einer gehen. *Warum habe ich nicht einfach gesagt, dass ich in die Deutsche Schule gehen werde?* Ich tue so, als ob ich in der Menge nach etwas suche.

Vor mir blitzt etwas Blaues auf. Es ist der mit Blüten besetzte Hut einer erschöpften Mutter. Sie schmiegt sich in die Arme eines Mannes und ihre kleine Tochter hat die Arme um seine Hüfte geschlungen.

Aber sie hat auch eine ältere Tochter, ein hübsches Mädchen, schlank und sportlich, in einem lavendelfarbenen Kleid. Sie hat ihr schulterlanges Haar auf eine Weise hochgesteckt, wie ich es mit meinen Haaren nie hinkriegen würde. Ihre Arme hängen steif an ihr herab, während ihr Vater versucht, sie an sich zu ziehen.

Sei nicht so unhöflich. Guck weg, sage ich zu mir, aber ich kann meine Augen nicht von der Szene losreißen.

Jetzt fällt etwas Blaues auf den Boden, ein paar der blauen Hutlilien. Sie landen direkt vor dem Lavendelmädchen, liegen seidig glatt neben ihren staubigen Schuhen. Sie blickt hinab, hebt sie aber nicht auf. Ich würde sie aufheben. Es gibt hier nichts Schönes. Ich würde sie aufheben und mein Gesicht darin vergraben, so wie ich es bei den Blumen auf unserer Farm gemacht habe. Das Kleid des Mädchens hat nicht genau die gleiche Farbe wie die Blumen, nur beinahe. Noch so eine seidige Schönheit fällt in den Staub. Ich schlucke.

Die Wange des Mädchens drückt sich jetzt an den Ärmel des Vaters. Ein Ausdruck von Einsamkeit und Trotz flackert in ihren Augen auf, etwas, das die Familie nicht sehen darf. Das niemand sehen darf. Nur ich sehe es. Wie angespannt sie ist. Wie sie die Füße in den Boden stemmt, statt sich an die Eltern zu lehnen. Ich meine, inmitten des Staubs, inmitten des Durcheinanders, ein Geheimnis zu sehen.

An so etwas sollte ich nicht denken. Nicht an das Mädchen, nicht daran, wie sehr ich unser Zuhause vermisse, und nicht an das alles hier. Also zähle ich lieber die Lilien auf dem Boden.

Acht Lilien. Meine Lippen sind ganz spröde. Es ist so heiß.

Sie weicht von ihrem Vater zurück und lässt ihren Blick über das Lager schweifen. Dann sieht sie mich. Sie hat gesehen, wie ich sie anstarre. Ich werde rot und blicke rasch zu Boden.

Ich kann nicht nachempfinden, wie es wäre, endlich den Vater wiederzusehen, aber ihn nicht begrüßen zu wollen. Als ich hier ankam, musste ich heulen und Vati auch. Nur meine Mutter nicht, weil sie zum Weinen viel zu erschöpft war. Wir hatten meinen Vater sechs Monate lang nicht gesehen.

Ich kann nicht nachempfinden, dass man seine Familie nicht festhalten und nie mehr loslassen will.

Mr Mercer hat sich aus der Menge befreit, packt sein Klemmbrett und sieht sich suchend um, bis er mich entdeckt. Ich komme ihm gerade gelegen. »Miss Krukow, nicht wahr? Könnten Sie mir einen Gefallen tun?« Er wischt sich den Schweiß von der Stirn und kommt auf mich zu. Als Herr Kruse neben mir hustet, bleibt er unschlüssig stehen. »Störe ich?«

»Nein, überhaupt nicht.« Ich stehe auf und klopfe den Staub von meinem Rock. Ich bin froh, dass er den unangenehmen Blick des Lavendelmädchens verdeckt, froh, dass ich jetzt einen Grund habe, das Gespräch mit Herrn Kruse zu beenden. »Äh, entschuldigen Sie, Herr Kruse, ich wollte nicht unhöflich sein.«

»Es gibt offenbar Probleme mit dem Neuzugang«, sagt Mr Mercer. »Das Gepäck ist zurückgeblieben und wir haben einen Fall von Magen-Darm-Grippe. Wir brauchen ein paar Anziehsachen.«

»Soll ich welche aus dem Lagerladen holen?«

Er hat bereits ein Papier aus seiner Brusttasche gezogen und notiert etwas. »Das ist ein Bezugsschein für einen Rock und eine Garnitur Unterwäsche. Ich schätze, die Frau hat Größe M.«

Als er fort ist, merke ich, dass ich ihn gar nicht gefragt habe, zu welchem Laden ich gehen soll. Es gibt einen für die Japaner, den Union Store, und einen für uns, den General Store. Dieser ist ein Gemischtwarenladen, in dem es Zigaretten, Trockenprodukte, amerikanische Limo und deutsches Bier gibt. Im japanischen Laden gibt es wahrscheinlich ähnliche Sachen, aber ich bin noch nie drin gewesen. Ich war auch noch nie in einem japanischen Haus oder überhaupt im japanischen Teil des Lagers, obwohl ich schon seit vier Monaten hier bin.

Im deutschen Laden lege ich dem Angestellten den Zettel von Mr Mercer vor. Normalerweise kaufe ich mit Wertmarken aus Pappe ein. Am Anfang gaben sie uns Kleidungsstücke aus, deren Größen wir vorher auf kleine Zettel geschrieben hatten. Dann überlegten sie, dass es stimmungsförderlich für uns sein könnte, wenn wir selbst einkaufen. Jetzt haben wir die freie Auswahl, nur ist das Angebot sehr beschränkt. Vorhänge, Kleider, Tischdecken sind alle aus den gleichen Stoffen genäht, und wenn einmal ein neues Muster reinkommt, zieht sich durch das halbe Lager eine Schlange. Die Frauen haben selbst gebaute hölzerne Einkaufswagen dabei und hoffen auf etwas Neues, irgendetwas Neues.

Als ich zurückkomme, ist die Familie des Lavendelmädchens verschwunden. Die Kleidung, die ich gerade beschafft habe, ist für eine erschöpfte junge Mutter. Von ihrem fleckigen Rock steigt ein säuerlicher Geruch auf. Verlegen tupft sie mit einem feuchten Tuch darauf herum.

»Gut. Wunderbar«, sagt Mr Mercer, als ich der Frau das braune Papierpäckchen reiche. »Danke, Margot. Mrs ...«, er wirft einen Blick auf sein Klemmbrett. »Mrs Menda ist bestimmt froh, wenn sie ihre schmutzigen Sachen endlich ausziehen kann.«

Nachdem er gegangen ist, hält die Frau den Rock hoch, den ich ihr gerade gebracht habe. Sie sieht mich ratlos an.

»Die Krankenschwester kann Ihnen vielleicht zeigen, wo Sie sich umziehen können«, sage ich, aber erst als sie mich verwirrt ansieht, begreife ich, dass sie kaum Englisch versteht. »Die Krankenschwester, da drüben.« Ich zeige immer wieder zum Impfzelt hinüber, bis die Frau sich in die Richtung davonmacht.

»Margot!« Mein Magen krampft sich kurz zusammen. Mir war nicht klar, dass Herr Kruse noch da ist. »Da warst du aber eine große Hilfe für den Lagerleiter!«

»Es war nur eine kleine Besorgung.«

»Natürlich. Wir wollen uns nützlich machen, wo es nur geht. Ich habe überlegt, dass ich Heidi persönlich bei euch vorbeibringe und bei dieser Gelegenheit gleich mit deinem Vater darüber sprechen könnte, dass er zu unseren Versammlungen kommen soll. Das hört sich doch gut an?« Er zwinkert mir zu. »Ich frage dich, weil ich weiß, dass der Weg zum Vater über die Tochter geht.«

Unter meiner Achsel löst sich ein Schweißtropfen und rinnt an meinem staubverklebten Ellbogen hinab, dann über mein Handgelenk und tropft schließlich auf den Boden. *Hört sich das gut an?*

Ich kann so etwas nicht. Ich kann nicht das eine sagen und das andere meinen, und ich bin doch völlig anderer Meinung als Herr Kruse, der viel älter ist, ein Mann in einer gewählten Position.

»Sie müssen sich nicht so viele Umstände machen«, sage ich.

»Aber das ist überhaupt keine Mühe. Würdest du es ihm bitte ausrichten? Dass ich vorbeikomme? Sehr schön.«

Und dann schlägt er die Absätze aneinander und streckt seinen Arm hoch, genau parallel zum Boden und kerzengerade. Mir wird übel bei dieser Geste. Auch wenn sie, Gott sei Dank, nicht von Worten begleitet ist. Er sieht mich erwartungsvoll an, aber ich kann den Gruß nicht erwidern. Ich ertrage den Anblick nicht. Ich beuge mich tief über das Heft und tue, als hätte ich es nicht gesehen.

»Auf Wiedersehen, Margot«, sagt er.

»Auf Wiedersehen, Herr Kruse.«

Ich starre in mein Heft, bis ich sicher bin, dass er fort ist. Herr Kruse hat eine Stimme, die man schon von Weitem hört, auch wenn er nicht besonders laut spricht. Wenn ich sie höre, muss ich immer daran denken, wie Vati mit mir einmal in ein leeres Getreidesilo ging. Ich sollte die Augen zumachen und nur am Ton seiner Stimme erraten, wo er sich befand. Das sei eine Lektion über Akustik, hatte er erklärt. Krümmungen verstärken den Ton, der näher erscheint, als er wirklich ist.

Hier in Crystal City höre ich immer Herrn Kruse. Egal ob er schreit oder flüstert. Seine Stimme dringt an mein Ohr, als würde sie von der gekrümmten Wand eines Silos verstärkt werden. Er muss mittlerweile viele Yards entfernt sein und immer noch höre ich seine Stimme.

»Heil Hitler«, sagt er zu allen, an denen er vorüberkommt. Mit diesem Gruß soll ein Diktator geehrt werden, der fast auf der anderen Seite der Welt lebt und der schuld daran ist, dass wir hier sind.

»Heil Hitler«, sagt Herr Kruse wieder, aber diesmal ist es vielleicht nur meine Einbildung, die seine Worte so laut klingen lässt. *Heil Hitler. Heil Hitler. Heil Hitler.*

DREI

∞

MARGOT

»Die Bücher?«, fragt Mutti, als ich zur Tür herein-
komme. Deshalb war ich zwei Stunden zuvor eigentlich
aus dem Haus gegangen. Ich wollte in der Lagerbücherei
nachsehen, ob die bestellten Bücher angekommen sind.

»Wie geht es dir?«, frage ich, als wüsste ich nicht, dass
es sie wahnsinnig macht, ständig gefragt zu werden.

Sie wedelt wegwerfend mit der Hand. »Hast du Bücher?« Ich reiche ihr das oberste Buch von dem Stapel,
den ich unter dem Arm trage. *Gartenbau in Texas*. Sie
blättert es durch. »Eine gute und eine schlechte Nachricht. Die gute Nachricht: Deine Mutter ist nicht
plemplem. Kein Wunder, dass aus den Samen, die ich
hier gekauft habe, nichts geworden ist. Das Klima ist
völlig ungeeignet dafür.«

»Ist das die schlechte Nachricht?«

»Nein, abgestorbene Blumen sind keine schlechte
Nachricht, sondern einfach Pech. Die schlechte Nach-

richt: Es zeigt mal wieder, dass die Angestellten, die die Bestellungen für den Laden bearbeiten, komplett inkompetent sind. Vielleicht sollten wir Spinatbeete anlegen, anstatt irgendetwas Nützliches oder gar Hübsches anzupflanzen.«

»Ich glaube, das könnte funktionieren ...«, setze ich an, aber Mutti streckt mir die Zunge raus.

»Das war ein Witz. Nimm nicht immer alles so wörtlich, Margot.« Mit zusammengepressten Lippen geht sie den Bücherstapel durch. »Latein, gut. Aufbaubuch Geometrie, gut. Du und Vati, ihr habt das meiste sowieso schon zu Hause durchgenommen, oder? Deshalb konntest du eine Klasse überspringen.« Nachdem sie den ganzen Stapel durchgesehen hat, blickt sie auf. »Ich dachte, Vati hätte auch ein Chemiebuch bestellt.«

»Es ist nicht gekommen.«

»Vielleicht mit der nächsten Lieferung.«

»Nein, also – es kommt überhaupt nicht.«

Sie begreift nicht sofort. Normalerweise gibt es nur einen Grund, warum Bücher nicht kommen. »Nun gut. Chemikerin ist sowieso nicht dein Wunschberuf, oder?«

Ich verneine kopfschüttelnd.

Sie sieht mich prüfend an. »Freust du dich auf die Schule?«

Diesmal nicke ich, aber so zögerlich, dass meine Mutter es registriert.

»Es wird dir gefallen.« Energisch legt sie den Bücher-stapel auf den Tisch. »Zu Hause waren sie verunsichert. Weil du viel weiter warst als sie. Und so ernst. Darum hattest du auch wenig Freundinnen – hier spielt das keine Rolle. Alle sind hier neu, alle haben hier andere Sorg…«

Plötzlich zieht meine Mutter ein Taschentuch aus ih-rer Rocktasche und drückt es auf den Mund.

»Geht es dir nicht gut?«

Der Augenblick geht vorüber und sie schluckt. »Im-mer diese Morgenübelkeit. Manchmal auch Abend-übelkeit und Nachmittagsübelkeit, je nachdem. Bei dir musste ich mich ständig übergeben. Erinnerst du dich an Mrs Loeb in der Kirche? Wenn ich ihr Parfüm roch, kam es mir hoch.«

Bei mir war ihr übel. Diesmal ist ihr auch übel. Das ist ein gutes Zeichen. Wenigstens in dieser Hinsicht ist es anders als im März. In vielerlei Hinsicht verbessere ich mich. Es ist ganz anders.

»Was hast du sonst erlebt, als du draußen warst?«, fragt meine Mutter. »Komm, hilf mir mal.« Sie zeigt mit dem Kopf auf die Feldbetten, wo sie und Vater schlafen, und zieht an der Decke. Mein Feldbett befindet sich auf der anderen Seite des Zimmers, ebenso mein großer Koffer, der Schreibtisch, Sitzgelegenheit und Nachttisch in einem ist. Dazwischen steht der Tisch mit einer Por-zellanschüssel, die als Waschbecken dient. Unser Zimmer ist ungefähr sechzehn mal sechzehn Fuß groß und befindet sich in einem Gebäude, in dem es noch drei andere gleich große Unterkünfte gibt. Die Gemeinschaftsküche teilen wir mit den anderen Familien. Von den meisten Küchengerüchen wird meiner Mutter übel. Aber wir haben wenigstens eine Küche.

»Setz dich doch, Mutti.«

»Ich muss die Betten machen.«

»Aber das kann ich doch machen!«

Sie gibt aber nicht nach, sieht mich nur erwartungsvoll an. Ich nehme die Decke am anderen Ende. »Eine neue Busladung ist angekommen«, erzähle ich. »Ich habe für Mr Mercer eine Besorgung gemacht. Und …«

»Und?«

Und ich habe ein Mädchen in einem lavendelfarbenen Kleid gesehen, hätte ich beinahe gesagt, aber wieso sollte ich so etwas erwähnen? Vielleicht sehe ich das Mädchen nie wieder. »Und ich habe mit Herrn Kruse gesprochen. Oder eigentlich hat er mit mir gesprochen«, füge ich rasch hinzu.

Mutti kneift die Lippen zusammen und schüttelt heftig die Decke aus. »Was hat er gesagt?«

Bevor ich antworte, geht hinter mir mit einem Quietschen die Tür auf. »Wer hat was gesagt?« Vati nimmt seinen Hut ab und drückt die Tür wieder zu. Sie schließt nicht richtig. Die Wände haben sich verzogen, das liegt irgendwie an der Hitze. Zu Hause hätte Mutti darauf bestanden, dass er sich erst draußen am Wasserhahn säubert, bevor er hereinkommt. Doch dann müsste er sich auf dem staubigen Weg ausziehen, und der ist so schmal, dass ich nachts vier Familien schnarchen höre.

»Margot erzählt gerade von Neuzugängen«, sagt Mutti leichthin. »Japaner?«

Vati nickt, geht zur Waschschüssel und wäscht sich das Gesicht. »Gibt es Neuigkeiten?« Der Krieg draußen kommt zeitverzögert hier an, weil unsere Nachrichten zensiert werden. Bevor meine Mutter und ich im Lager eintrafen, hatten wir im Zug von Monte Cassino gehört, einem Kloster in der Nähe von Rom, das von den Alliierten unter Beschuss war. Vor einigen Monaten kam ein Zug hier an, und die Leute berichteten, dass auf einem Strand in Frankreich Tausende amerikanische Soldaten gelandet wären. *Dann ist es vielleicht bald vorbei,* überlegten wir, aber da niemand uns rausließ, war der Krieg wohl immer noch nicht zu Ende.

»Ich weiß nicht, ob sie etwas wissen«, sage ich zu Vati. »Ich habe nicht mit ihnen gesprochen.«

»*Wer* hat dann *was* gesagt?«

»Herr Kruse«, sage ich nach kurzem Zögern, weil mir so schnell keine Lüge einfällt. »Nachdem ich die Bücher abgeholt habe.«

Vati nickt. »Hat er zufällig erwähnt, wie der Schwimmbadbau vorangeht?« Er fragt das wie beiläufig, aber Mutti warnt mich mit einem Kopfschütteln.

»Er – er hat gesagt, dass sie daran arbeiten, aber wir haben nicht lange miteinander gesprochen.«

Vati seufzt und setzt sich an den Tisch. »Sie verwenden für die Verkleidung das falsche Material. Es ist schwarz, dadurch kann man nicht auf den Grund sehen. Ehrlich gesagt kann ich mir nicht vorstellen, dass sie vor dem Bau einen Ingenieur um Rat gefragt haben.«

Als Vati im vergangenen Jahr den ersten Brief aus Crystal City schickte, schrieb er, es gäbe hier viele gute, anständige Leute und »ein paar verirrte Nazisympathisanten«. In seinem nächsten Brief berichtete er entsetzt, dass einer der verirrten Nazis zum Vertrauensmann der Deutschen gewählt worden war. In seinem dritten Brief sagte er, dass Herr Kruse in seiner Funktion als Vertrauensmann Arbeitseinsätze anordnen könne und die Leute auswähle, die zu seinen Versammlungen gingen.

Aber das macht nichts, schrieb Vati. *Solange ich meine Familie hier habe, spielt das alles keine Rolle.* Aber dann kamen wir hierher, und es spielte doch eine Rolle, denn nachdem er die wenigen Möbel für unser kleines Zimmer geschreinert hatte, gab es für ihn nichts mehr zu tun.

»Dann bist du dort gewesen?«, frage ich vorsichtig. »Beim Schwimmbad. Dann bist du auf der Baustelle gewesen?«

»Ich werde da nicht mitmachen, Margot.« Er klingt angespannt.

»Das habe ich auch nicht gemeint. Ich – ich weiß doch, dass du denkst, sie machen es nicht richtig. Und dass es dich ärgert.«

»Ich *weiß*, dass sie es nicht richtig machen. Schau dir die Möbel an, die ich für uns gebaut habe. Habe ich irgendwo halbe Sachen gemacht?«

»Genau das meine ich.«

»Warum denkst du immer das Schlechteste von mir? Warum verhältst du dich, als bräuchte ich eine Aufpasserin?«

Mutti schließt ihre Augen. *Nicht jetzt,* sagt ihr Gesicht. *Bitte nicht schon wieder.*

Seine Hand knallt auf die Tischplatte. »Das Schwimmbad befindet sich innerhalb des Lagers. Wenn ich spazieren gehe, befinde auch ich mich innerhalb des Lagers, falls dir das noch nicht aufgefallen ist. Das Lager ist höchstens eine halbe Quadratmeile groß. Ich bin schon jedes Stück abgelaufen und war auch beim Schwimmbad, und zwar nicht nur einmal. Ich gehe nicht gezielt dorthin, aber so viele Möglichkeiten, spazieren zu gehen, gibt es hier nicht, wenn man auf das Lager beschränkt ist. Und noch mal, wenn wir nicht im Lager bleiben, werden wir erschossen.«

Durch die Wand höre ich Geräusche, als ob jemand auf Zehenspitzen vorbeiginge, dann schabt ein Stuhl über den Boden. Die Nachbarn hören, dass wir uns streiten. Lache, befehle ich mir. Du musst lachen, dann wissen die Nachbarn, dass bei uns alles in Ordnung ist, dass alles nur ein alberner Witz ist. Lache, dann weiß mein Vater, dass alles gut ist.

»Jemand sollte mit Mr Mercer sprechen, dass er einen neuen Vertrauensmann wählen lässt«, sagt meine Mutter. »Bei den Japanern gibt es keinen Ärger. Sie organisieren für ihren Nationalfeiertag ein Drachenfest. Und was macht unsere Führung? Sie verhandelt, wie oft sie an Hitlers Geburtstag mit dem Hakenkreuz aufmarschieren darf. Sie baut eine illegale Brennerei und besäuft sich mit Kornschnaps.«

»Ich dachte, du magst die japanischen Vertrauensleute auch nicht«, seufzt Vati. Der Ärger in seiner Stimme ist abgeebbt. »Diese Abstimmung. Nur weil sie die Frauen nicht wählen lassen, die genau genommen keine Häftlinge sind.«

»Eine idiotische Bestimmung. Wir keine Häftlinge? Dann sind wir wohl Wächter?«, meint Mutti ironisch. »Oder Lagerangestellte? Texaner, die zufällig an einen Stacheldrahtzaun gekommen sind und gesagt haben: *Oh, wie hübsch! Ich glaube, ich bleibe eine Weile hier.*«

Ich befürchte, Vati könnte gleich wieder losschreien. Aber er schnaubt, und als aus dem Schnauben ein Lachen wird, löst sich der Knoten in meinem Magen. Es ist wirklich zum Lachen, dass wir alle hinter Stacheldraht leben müssen, aber manche als Häftlinge gelten, andere nicht. »Stellt euch mal vor!« Vati hebt einen unsichtbaren Telefonhörer ab. »*Hallo, Crystal City? Hier spricht die Familie Jones aus Houston. Wir möchten einen Platz reservieren. Für wie lang? Geht es auf* unbegrenzte *Zeit? Wir möchten sichergehen, dass wir unbegrenzt dableiben können.*«

Er lacht immer noch, als sein Blick auf den Bücherstapel fällt. »Ich habe ganz vergessen, dass du in der Bücherei warst! Haben sie die neuste Auflage des Chemiebuchs bekommen? Ich wollte wissen, ob auch Curium darin behandelt wird.«

»Keine Chemie«, sage ich schließlich. »Sie haben kein Chemiebuch.«

»Margot hasst neuerdings Chemie«, sagt Mutti. »Ich auch. Ich habe ihr verboten, Chemiebücher nach Hause zu bringen.«

Mein Vater braucht eine Sekunde länger als meine Mutter, bis er begreift. »Stand auf dem Ablehnungsbescheid etwas Genaueres?«

»Dasselbe wie immer«, antworte ich.

Normalerweise läuft es so: Mein Vater fordert in der Lagerbücherei Bücher an, und wenn ein Buch nicht vorrätig ist, geht die Anfrage 100 Meilen weiter an die Universität von Texas. Manchmal bekommen wir dann die Bücher.

Manchmal kommt die Anfrage zurück: *von der Regierung abgelehnt.* Die Ablehnung bedeutet, dass mein Vater das Buch nicht lesen darf. Bücher übers Bauen oder über Revolutionen gelten als zu gefährlich für feindliche Ausländer. Dazu zählen offenbar auch Chemiebücher. »Alle anderen Bücher sind gekommen«, sage ich schnell. »Mit denen habe ich schon genug zu tun.«

»Nun ja, da kann man nichts machen«, sagt Mutti und bindet sich die Schürze ab. »Ich mache einen Spaziergang zum Lagertor und schaue mir die Neuzugänge an. Ich bleibe nicht lang«, fügt sie hinzu, bevor Vati und ich etwas einwenden können. »Ich muss mir nur die Füße vertreten.«

Sie geht. Mein Vater seufzt. Die Nachricht von dem Buch hat er verwunden. Er ist fast wieder wie früher, nur mit einem Krümel weniger Frohsinn. Ein winziger Krümel, leicht wie eine Feder. Ich würde gern wissen, wie ich das messen kann. Wenn ich wüsste, wie viel Frohsinn wiegt, könnte ich herauskriegen, auf wie viel mein Vater verzichten könnte, ohne ganz zu verschwinden.

»Latein oder Geometrie?« Er richtet sich im Stuhl auf und schüttelt die Anspannung von sich ab.

»Wirklich?«, frage ich ihn unsicher. »Es muss nicht sein.«

»Sollen wir Latein oder Geometrie machen?« Er zeigt auf mich. Ich reiche ihm ein Buch. So macht er das immer, bis ich ihm das richtige gebe. »Natürlich, mein *Schneckchen.* Du darfst keinen Schulstoff verpassen, der Krieg kann nicht ewig dauern.«

VIER

∽

HARUKO

Das ist nur eine Schule. Das ist nur eine amerikanische Flagge, die vor dem einfachen Backsteingebäude in den Boden gerammt ist. Das könnte überall sein. Ist es aber nicht.

»Du siehst richtig süß aus«, sagt Chieko und schnalzt anerkennend, als sie mein rosarotes Seersuckerkleid sieht.

Chieko wohnt zwei Victory-Hütten weiter. Ich habe sie letzte Woche kennengelernt, ein paar Tage nach unserer Ankunft, in der Kantine. »Das ist chinesischer Reis«, sagte sie, als ich die seltsame Beschaffenheit des Reises untersuchte. »Hier kennen sie den Unterschied nicht.«

Zu Hause in San Francisco spielt Chieko Tennis, hat sie mir erzählt. Und sie besitzt sämtliche Glenn-Miller-Platten, und ihr Vater hat einen Filmprojektor, mit dem, erklärte sie mir gleich, nachdem wir uns kennengelernt hatten, einmal in der Woche Filme im Freien aufgeführt werden. Die Lagermitarbeiter wählen sie aus – Western, Musical – und schreiben auf, welche uns gefallen haben. So war das an meinem ersten Filmabend, als ein blonder, sommersprossiger Wächter seinem Vorgesetzten mitteilte, dass in meiner Reihe sechs Mal gegähnt worden war, als der Film *Tanzende Piraten* gezeigt wurde. Während der Wochenschau, die davor lief, gähnte niemand. Vielleicht waren es nur Propagandanachrichten, aber es war wie eine plötzliche, scharfe Kostprobe der Außenwelt.

»Sag deiner Schwester, sie soll sich näher bei uns halten«, sagt Chieko. »Es macht sich nicht gut, wenn sie ganz allein zurückbleibt, als hätte sie keine Freundinnen, mit denen sie gehen kann.«

Chieko ist genau die richtige Freundin für mich im Lager. Sie hat mir ein paar Armreifen mit pinkfarbener Einfassung geliehen, die genau zu meinem Kleid passen. Sie ist seit dem Frühsommer hier und weiß alles über das Lager. Eigentlich müsste ich dankbar sein, Chieko zur Freundin zu haben.

»Toshi, komm zu uns.«

Meine Schwester kann ziemlich nachtragend sein, sie hat mir noch nicht verziehen, dass ich sie geohrfeigt habe. Seit unserer Ankunft hat sie jeden Abend ihr Feldbett in das Zimmer unserer Eltern geschleppt. Deshalb gehe ich morgens nicht mit Toshiko zu den Toi-

letten, sondern mit Chieko, die schon vor Sonnenauf-
gang an mein Fenster klopft. Immer ist schon jemand
da und hält ein Stück Pappe wie einen Wandschirm
zum Schutz der Privatsphäre vor sich. *Das wird dir bald
ganz normal vorkommen,* sagte Papa am ersten Tag, als
ich von der Pappe noch nichts wusste und meine Mutter und ich uns gegenseitig mit gespreizten Röcken vor
den Blicken der anderen schützten. *Normal wird es nie,*
dachte ich. Nach einer Woche suche ich die Latrine erst
nach Schaben ab und uriniere dann hinter meiner
Pappe, aber jedes Mal sage ich mir, dass das nicht normal ist.

Die Schule ist ein u-förmiges, einstöckiges Backsteingebäude. In der Mitte des U befindet sich ein Hof mit
einem kleinen Sportplatz, und auf der anderen Seite des
Hofs, zur offenen U-Seite hin, steht ein Wachturm. Als
wir daran vorübergehen, hören wir eine Trillerpfeife.
Sie klingt freundlich und nicht so bedrohlich wie eine
Polizeipfeife. Wir schauen uns um.

»Viel Glück!«, ruft jemand.

Ich drehe mich einmal im Kreis, um den auszuma-
chen, der getrillert und gesprochen hat.

»Hier oben.« Der Wächter beugt sich aus dem Turm,
damit wir ihn sehen können. »Hier, fangt.« Eine Hand-
voll Vierecke flattert nach unten. Kaugummi, eingewi-
ckelt in Wachspapier. Chieko kreischt und hält schützend
ihre Hände über den Kopf. »Leider keine Wrigleys«, sagt

der Wächter. »Wrigleys werden an die Frontsoldaten geliefert.«

Er ist jung. Gewelltes blondes Haar, von der Sonne gebleicht, gebräunte Haut, Sommersprossen auf der Nase. Es ist derselbe Wächter, der mich am Filmabend beobachtet hat. Ungefähr so alt wie Ken. Ich wundere mich, wie er an diesen Job gekommen ist, wo doch die meisten seines Alters in den Krieg müssen. Die meisten Wächter im Lager sind älter als mein Vater. Schwerfällig und langsam, untauglich für den Kriegseinsatz.

»Danke«, rufe ich zaghaft und überlege, ob er überhaupt mit mir sprechen darf.

»Was?« Er stellt sich so hin, dass er uns seine andere, seine rechte Seite zuwendet, und beugt sich weiter hinaus. »Tut mir leid, ich bin ein bisschen – mit diesem Ohr kann ich nicht – Was hast du gesagt?« Er legt seine Hand an sein rechtes Ohr.

Deshalb ist er also hier und nicht irgendwo in Europa oder im Pazifik. Er hat den Hörtest nicht bestanden. Ken hat ein perfektes Gehör. Ken und sein blödes, perfektes Gehör.

»Ich sagte Danke«, rufe ich und bemühe mich, möglichst deutlich zu sprechen. »Aber sind Sie sicher, dass …«, und dann weiß ich nicht, wie ich den Satz beenden soll. *Ist das legal?*, möchte ich ihn fragen. *Dürfen Sie uns überhaupt Kaugummi herunterwerfen?* Stattdessen bemerke ich einen schwarz-weißen Auf-

kleber an seinem Helm. »Ist das ein M&O-Cigars-Auf-
kleber?«

»Elitch Gardens bestimmt nicht.« Er grinst. »Auf
welcher Seite stehst du beim Denver-Turnier?«

»Baseball ist nicht unbedingt mein Lieblings… –
Moment, woher wissen Sie, dass ich aus Denver bin?«

»Ich habe dich gestern bei der Filmvorführung gehört. Ich bin auch aus Denver. Also, als ich Kind war.
Meinst du, wir bekommen bald eine Profimannschaft?«

»Mein Bruder meint Nein«, rufe ich hinauf.

»Darauf würde ich wetten.«

*Für welchen Verein bist du? Wir könnten uns im
Merchant Park treffen. Ich habe gehört, dass die Base-
ball-Spitzenmannschaft der Niseis, der japanischstämmi-
gen Amerikaner, nächstes Jahr nach Denver kommt.*

Ich habe den Wächter nicht angelogen. Baseball hat
mich noch nie interessiert. Mir ist es völlig egal, ob
Denver eine Profimannschaft bekommt. Aber die Jungs
zu Hause sprachen von nichts anderem: die japanischen
Jungs, mit denen ich zu den Nisei-Treffen gegangen bin,
die weißen Jungs, die neben mir in der Schule saßen.
Hunderte Varianten dieser Gespräche ignorierte ich,
weil ich nicht wusste, dass ich sie vielleicht nie mehr
hören würde. Jetzt überlege ich fieberhaft, was ich über
Baseball sagen könnte, irgendetwas, damit ich mich
endlich einmal wieder über normale Sachen unterhalten kann.

Chieko stößt mich an. »Wir kommen zu spät.«

»Die Cigars«, rufe ich schnell, »mir sind die M&Os lieber als Elitch Gardens. Aber die Grizzlies sind die Besten. Und danke für das Kaugummi.«

»Danke, *Mike.*«

»Danke, Mike«, sage ich, und dann läutet auch schon die Schulglocke, und Chieko zieht mich zu dem Gebäude, in das Scharen von Schülern strömen.

»Wo sind die deutschen Kinder?«, flüstere ich, während wir durch die breite Schultür gehen und uns an einer Traube kleinerer Jungen vorbeidrängen, um Toshiko zum richtigen Flur zu bringen.

»Hm?« Chieko sucht nach unserem Klassenzimmer. Im Flur sind lauter Schüler mit schwarzen Haaren.

»Die deutschen Kinder? Haben sie einen separaten Eingang?«

»Beeil dich, hier rein, damit wir uns einen guten Platz sichern können.« Chieko zieht mich am Arm und manövriert mich in ein Klassenzimmer, das ihrer Meinung nach unseres ist. Sie winkt ein paar Mädchen zu und verspricht mir, mich ihnen später vorzustellen. Doch bevor sie sich für einen Tisch entscheidet, macht sie erst einen Erkundungsgang durchs Klassenzimmer. Ich kenne diese Spielchen, wie man sich den richtigen Platz sichert und die richtigen Sachen sagt. Ich gebe mir Mühe hier in Crystal City. Ich gebe mir große Mühe.

»Wie wäre es hier?« Ich zeige auf eine Reihe, in der erst ein anderes Mädchen sitzt. Sie ist weit genug hinten, um nicht zu streberhaft zu erscheinen, aber auch nicht in der letzten Reihe, die den Jungs vorbehalten ist, die uns heimlich Zettel weiterreichen. In meiner früheren Schule saßen die beliebten Mädchen immer in dieser Reihe. Ich habe Jahre gebraucht, es in diese Reihe zu schaffen.

Chieko sieht das andere Mädchen, stößt einen würgenden, missbilligenden Laut aus und schüttelt verneinend den Kopf. »Warum nicht?«, frage ich.

»Sie ist eine Rückkehrerin«, murmelt sie fast lautlos. Sie geht vielleicht bald wieder.

»Was meinst du damit?«

Chieko packt mich wieder am Ellbogen und schiebt mich in eine Ecke, wo das Mädchen uns nicht hören kann. »Ihre Familie hat sich freiwillig gemeldet, mit einem der Schiffe nach Japan zurückzukehren.«

»Aber es fahren doch gar keine Schiffe nach Japan«, erwidere ich verwirrt.

»Die Regierung will die amerikanischen Soldaten nach Hause bringen. Deshalb können hier lebende Familien sich freiwillig für die Rückkehr nach Japan melden. Eine Art Austausch.« Chieko sieht ungeduldig über meine Schulter, die Plätze füllen sich.

»Aber wir sind doch keine Soldaten – warum sollte die japanische Regierung uns zurücknehmen wollen?«

Der Gedanke beunruhigt mich. »Leiten die Amerikaner das in die Wege, dass sie geht? Sie ist doch Amerikanerin?«

»Können wir später darüber sprechen?«, sagt Chieko. Aber unser Gespräch hat zu lang gedauert. Es gibt keine leeren Reihen mehr und wir müssen uns neben das Rückkehrermädchen setzen. Chieko seufzt.

»Sorry«, sage ich tonlos, aber mir geht ständig durch den Kopf, dass sie von *zurückkehren* gesprochen hat. Man kann doch nicht an einen Ort zurückgehen, an dem man nie gewesen ist.

Unsere Lehrerin Miss Goodwin ist jünger, als ich erwartet habe, und hübscher zurechtgemacht, als es in Crystal City nötig wäre. Sie zeigt auf eine Kiste mit Schulbüchern, und gerade als die Letzten ihre Bücher geholt haben, geht ruckartig die Klassenzimmertür auf. Alle drehen ihre Köpfe zur Tür.

Ein braun gebranntes weißes Mädchen mit krisseligem Haar. Das Mädchen, das unsere Ankunft in einem Heft verzeichnet hat.

»Ja?«, fragt Miss Goodwin, weil das Mädchen immer noch an der Tür steht, die Bücher an die Brust drückt und nichts sagt. Der Junge hinter mir fängt an zu lachen, andere stimmen mit ein.

Das Mädchen errötet und zieht ein gefaltetes Papier aus seiner Rocktasche. »Entschuldigen Sie die Verspätung. Aber sie haben mir nicht geglaubt, dass ich in diese Schule gehen soll«, sagt sie und überreicht Miss Goodwin den Zettel. »Doch es stimmt. Ich soll hier in die Schule gehen.«

»Margot Krukow«, sagt Miss Goodwin und gibt den Zettel zurück. »Such dir einen freien Platz.«

Ich weiß nicht, ob sie das Tuscheln der anderen Schüler nicht hört, als sie durch die Reihen geht, oder ob sie sich so gut verstellen kann. Ihre Augen sind dunkelgrau und geben nichts preis.

Chieko erzählte mir gestern, die Nisei-Gemeinde in Kalifornien sei so groß, dass es an ihrer Schule fast nur Japaner gibt. Bei mir war das anders. Ich war in meiner Schule in der gleichen Lage wie Margot hier. Wenn ich durch die Reihen ging, lachten und tuschelten die anderen Schüler. Ich habe daran gearbeitet, das Flüstern zu ignorieren. Und obwohl ich mich darüber geärgert habe, dass sie unsere Ankunft in ihrem Heft dokumentiert hat, und obwohl ihr Vater ein Nazi ist, kann ich ihre Situation so gut nachempfinden, dass ich sie jetzt anlächle, während sie die Bücher noch fester an sich drückt und einen Platz sucht.

Ich kenne die Situation so gut, dass ich jetzt lieber nicht mehr lächle, sondern mich innerlich anspanne, als sie näher kommt. Chieko verhält sich genauso. Stumm fordert sie Margot auf, sich eine andere Reihe zu suchen. Wir müssen nicht an unserem ersten Tag die Reihe mit dem Nazi-Mädchen sein.

Aber es gibt keine anderen freien Plätze mehr. Hätte ich mich vorhin richtig verhalten, wäre neben mir jetzt nicht der letzte freie Platz.

»Das ist dir heruntergefallen.«

Sie meint mich, berührt meine Hand, um meine Aufmerksamkeit zu gewinnen. Ihre Finger sind rau und schwielig. Ich drehe mich zu ihr und will ihr sagen, dass sie es behalten kann, egal was es ist, mein Bleistift oder eine Buchhülle, denn solange sie mich berührt, tuscheln die anderen auch über mich.

»Das hast du letzte Woche verloren: Ich habe es dir mitgebracht«, sagt sie.

»Na so was.« Chieko lacht, um die Anspannung im Raum zu lösen. Auch ich zwinge mich zum Lachen, bis Margot sich abwendet und an ihren Tisch zurückkehrt.

Nur dass es kein Bleistift ist, was sie auf meinen Tisch gelegt hat. Es ist ein Strauß Lilien. Lilien aus Seide. Blau und zart liegen sie vor mir. Margot hat sie angefasst, als seien sie das Wertvollste auf der Welt, und da vergesse ich für einen Augenblick, dass sie nicht echt sind.

MARGOT

∞

Haruko erinnert sich falsch. Sie erzählt, was sie für wahr halten will. Ich habe die Blumen nicht auf ihren Tisch gelegt. Das hätte ja bedeutet, dass ich sie in die Schule mitgenommen und erwartet hätte, Haruko dort zu sehen. Das ergibt überhaupt keinen Sinn. Ich wusste doch gar nicht, dass sie da sein würde. Ich berührte sie nicht mit der Hand und sagte auch nicht: Die sind dir heruntergefallen. Das hätte ich nie getan. Ich vermied es, in ihre Richtung zu blicken.

Ich glaube, Haruko zieht ihre Version vor, weil es so aussieht, als hätte sie gar keine andere Wahl gehabt. Als hätte ich mich in ihr Leben gedrängt.

Ich hatte die Blumen dabei. Das stimmt. Ich hatte sie zwischen die Seiten meines Buches gelegt, aber sie entdeckte sie erst viel später. Sie sagte: Die haben meiner Mutter gehört. Sie sagte: Du kannst sie behalten als Erinnerung an mich.

Ich habe sie behalten.

Diese Berichtigung mag unbedeutend erscheinen. Aber das stimmt nicht. Ich weiß, dass sich meine Art des Erzählens alltäglich und langweilig anhört. Das Grauen wächst aus dem Alltäglichen. Wenn man genau hinsieht, beginnt es immer ganz klein. Wir erzählen immer die Version, von der wir uns wünschen, dass sie wahr wäre. Aber das spielt jetzt alles keine Rolle mehr. Ob ich ihr die Blumen in der Schule oder später geben wollte. Sie kennt meine Version der Geschichte nicht und wird sie nie kennenlernen. Sie kann es in Erinnerung behalten, wie sie will.

Aber es macht einen großen Unterschied. Man kann das Ende nicht verändern, indem man zurückgeht und den Anfang verändert.

FÜNF

∞

HARUKO

Nach der Schule warte ich auf Toshiko. Wir gehen zusammen über die schmalen, unbefestigten Wege, die hier Straßen genannt werden, nach Hause. »Wie war dein erster Tag?«, frage ich sie, bohre aber nicht weiter, als sie nur die Achseln zuckt. Aber sie schneidet mir eine Grimasse, daher weiß ich, dass sie mir nicht mehr böse ist.

Die Eltern sind in unserer Victory-Hütte, da meine Mutter Spätschicht im Krankenhaus hat und mein Vater den ganzen Tag zu Hause geblieben ist. In einem Lager für feindliche Ausländer gibt es keine Arbeit für einen Hotelangestellten. Der japanische Lagerrat hat versprochen, etwas Geeignetes für ihn zu finden, in der Zwischenzeit jedoch muss er auf den Spinatfeldern arbeiten, eine Arbeit, um die sich viele reißen, weil sie außerhalb des Lagers ist, wie Chieko mir erklärt hat.

»Wie war die Schule?«, fragt meine Mutter, schenkt

Toshikos Antwort aber kaum Beachtung, murmelt »Gut, gut«, bevor Toshiko auch nur einen Satz gesagt hat. Gestern Abend hat Mama ihre Krankenhauskleidung bekommen, einen weißen Kittel, der über der Kleidung getragen wird. Mein Vater sagte Dr. Tanaka zu ihr, als sie ihn anprobierte, ihr aber war nur wichtig, dass die Ärmel die richtige Länge haben. Den ganzen Abend saß sie über einem japanischen Lehrbuch, das sie sich von einem der anderen Häftlingsärzte geliehen hat, und murmelte Wörter wie *Tränenkanal, Siebbein, Jochbein* vor sich hin.

»Bei mir war es auch okay«, sage ich, obwohl sie mich nicht einmal gefragt hat.

Statt zu antworten, reicht sie mir einen braunen Briefumschlag. Auf dem Absender steht *Kriegs- und Marineministerium, Feldpostbrief.*

Mein Herz schlägt schneller.

»Von Ken«, sagt sie, als würde uns irgendjemand sonst aus der US-Armee Briefe schreiben. »Wir haben auf dich gewartet, damit du ihn vorliest.«

Ken. Wir haben seit Langem nichts mehr von ihm gehört. Vor Monaten schrieb er uns aus einem amerikanischen Ausbildungslager, dessen Standort wir aber nicht wissen durften. In seinem Brief machte er sich über seine Vorgesetzten lustig und erzählte, wie einer von ihnen immer über den großen Onkel stolpere und mit dem Hintern wackele. Wir saßen am Tisch und lachten.

Als wir das letzte Mal Nachricht von Ken bekamen, war das FBI noch nicht bei uns gewesen. Ich hatte Ken geschrieben, dass ich nicht mehr zur Sodastation ginge, weil die Leute, die jetzt dort arbeiteten, Vollidioten seien, die nicht einmal richtiges Mineralwasser machen könnten, und dass meine Freundinnen, für die er vorher eine Niete gewesen war, von seiner Uniform schwer beeindruckt seien. Meine Eltern schrieben ihm, bevor wir ins Lager gingen, aber er hat nie darauf geantwortet. »Er hat jetzt andere Sorgen«, hatte meine Mutter gesagt.

Der Brief ist schon geöffnet worden – die gesamte Post wird inspiziert –, und Papa gibt mir mit einem Nicken zu verstehen, dass ich ihn aus dem Umschlag holen soll. Der Brief ist klein, nur halb so groß wie ein gewöhnlicher Brief, auch Kens Handschrift ist kleiner geworden. Feldpost: Ken hat einen Brief geschrieben, irgendwo, wo er gerade ist, dann hat die Regierung den Brief zusammen mit Tausenden anderen Feldpostbriefen auf Mikrofilm kopiert, um Versandkosten zu sparen, und dann ist der Brief wieder ausgedruckt worden, nur kleiner diesmal.

Schreibschrift. Der Brief ist in Schreibschrift geschrieben, deshalb haben meine Eltern ihn noch nicht gelesen. Mama kann Englisch nicht lesen. Papa spricht Englisch fast perfekt, Gedrucktes kann er auch gut lesen, aber abgesehen von seiner Unterschrift, die er unter die Hotelformulare setzen musste, kommt er mit Schreibschrift nicht zurecht. Der Brief ist an uns alle adressiert, aber Ken hat bestimmt gewusst, dass ich ihn vorlesen würde.

Ich streiche mit der Hand über das Papier, denn dieses Papier hat mein Bruder berührt. Aber dann fällt mir ein, dass das bei Feldpostbriefen anders ist. Diesen Brief hat er nie berührt. Er ist eine Kopie seines Briefs. »Lies vor!« Toshiko hüpft aufgeregt auf und ab und ich räuspere mich.

»Lieber Papa, liebe Mama, liebe Haruko und Toshi«, schreibt Ken.

Junge, endlich mal eine Minute Zeit, um in Ruhe zu schreiben. Wir haben gerade ein ewig langes Biwaklager hinter uns. Also marschieren, ein provisorisches Lager aufbauen und auf dem Boden schlafen. Gar nicht so schlecht, wenigstens sind wir an der frischen Luft. Einfach herrlich, die Lungen mit frischer Landluft zu füllen! Außerdem kommen wir durch hübsche Ortschaften, die fast wie Postkartenmotive aussehen.
Ihr fragt, was für Ortschaften das sind? Tss, tss, das darf ich euch nicht sagen! Aber eins darf ich euch erzählen. Die Kinder hier erkennen einen amerikanischen Soldaten schon von Weitem, bekommen aber einen Höllenschreck, wenn sie ein paar Japaner in amerikanischer Uniform sehen.

Wir versuchen, ihnen mit Handzeichen klarzu-
machen, dass wir Amerikaner sind, aber meistens
glauben sie uns erst, wenn wir einen echten
Hershey-Schokoriegel rausholen. Dann kraxeln sie
überall auf uns herum. Ein echter Brüller.
Die Kerle hier sind wirklich famos. Ich habe so
viele Freunde kennengelernt. Die meisten sind aus
Kalifornien, und ich freue mich schon darauf,
wenn ich sie später mal besuchen kann. Junge,
Junge, dann werden wir die Sau rauslassen.
Jedenfalls geht es mir gut, und ich hoffe, euch auch.
Ich schicke diesen Brief nach Crystal City, weil
Papa mir in seinem letzten Brief schrieb, dass ihr
jetzt wahrscheinlich alle dort seid. Schreibt mir.
Kenichi/Ken

Als ich zu Ende gelesen habe, falte ich den Brief wieder zusammen und gebe ihn meiner Mutter. Alle sind still.

»Das war ein guter Brief, nicht wahr?« Sie streicht ihn mit den Fingern glatt. »Anscheinend ist er gesund.«

»Ein sehr guter Brief.« Mein Vater klingt sogar noch erleichterter als meine Mutter. »Er macht uns stolz.«

»Was meinst du, wo er jetzt ist?«, fragt Toshiko. »In Deutschland?«

»Niemand ist bis jetzt in Deutschland, Toshi-chan«, erklärt ihr mein Vater. »Außer den Deutschen. Wir sind dort noch nicht einmarschiert.«

»Aber vielleicht ist das erst passiert, als wir schon hier waren. Seither sind keine weiteren Züge mit neuen Häftlingen angekommen, von denen wir Neuigkeiten hätten erfahren können. Wir wissen nur, dass wir vor unserer Abreise nicht in Deutschland einmarschiert sind«, sagt Toshiko.

Meine Zunge fühlt sich taub an. Ich kann nicht mitdiskutieren, weil ich nicht weiß, worüber sie sprechen.

Ken klingt gesund, für jemanden, der nicht Ken ist. Es ist ein guter Brief, für jemanden, der nicht Ken ist. *Ein echter Brüller?* Ken würde sich nie so ausdrücken. Ken verwendet keine Umgangssprache. Und er würde auch keine lebenslange Freundschaft mit ein paar *famosen Kerlen* knüpfen. Einmal beobachtete ich, wie mein Bruder einen ganzen Schulball lang allein unter der Tribüne hockte, weil er behauptete, das Comicheft, das er lese, interessiere ihn mehr als das Geschwitze in der Turnhalle.

Mir dagegen war es wichtig, Freundschaften zu schließen. Ich saß nur deshalb unter der Tribüne, weil eins der weißen Mädchen mich beim Tanzen gefragt hatte, ob mein Vater auch solche Raffzähne hätte wie General Tōjō in den Karikaturen. Jene Karikaturen, in denen es hieß: *Was hast du getan, um unser Land vor IHNEN zu schützen?* Und in denen der japanische General als gefangene Maus abgebildet war mit einem Schild »Jap trap«, Japanerfalle. Ich hatte mich bei ihrer

Frage gezwungen zu lachen, weil Janine ebenfalls lachte, weil es an einer Schule mit so wenig Japanern nicht anders ging, als über solche Dinge zu lachen, wenn man beliebt sein wollte.

Bleib hier bei mir und mach dir nichts draus, hatte Ken gesagt, als ich mich in meinem neuen Kleid mit den Flügelärmeln neben ihn hockte. Ich hatte das Kleid nur kaufen dürfen, weil ich meiner Mutter versprochen hatte, es auf sämtlichen Veranstaltungen der nächsten zwei Jahre zu tragen, wenn sie mir nur erlauben würde, auf einen richtigen Schulball zu gehen anstatt zu den Treffen in der japanischen Kirche. Schließlich war es mein Vater, der sie dazu überredete, mein Vater, dem es gefiel, dass ich so beliebt in der Schule war, der im Radio amerikanische Big Bands hörte und amerikanischen Stepptanz lernte, der mir verschwörerisch sagte, er würde meine Mutter noch umstimmen.

Wir müssen unseren Eltern nicht alles erzählen, sagte Ken. *Ich werde sagen, dass du den ganzen Abend lang getanzt hast.* Er gab mir ein Taschentuch und wandte sich wieder seiner Lektüre zu. Ab und zu warf er mir einen verstohlenen Blick zu.

Meinem Bruder wären schöne Landschaften völlig egal gewesen. Er war ein Stubenhocker, der sich am liebsten mit Wortspielen, Backgammon und Kreuzworträtseln beschäftigte, bei denen die Buchstabenkästchen zu kniffligen Gebilden angeordnet werden mussten. Ken würde das Wort *Biwaklager* höchstens benutzen, weil es für ein Kreuzworträtsel relevant war und bestimmte Buchstaben enthielt. Aber jetzt ist dieses Wort in einem Brief, der offensichtlich von ihm stammt.

Ken, der Stolz der amerikanischen Armee, einer jener Nisei-Jungs, die zur Armee gegangen sind und die Regierung von ihrer Vertrauenswürdigkeit hatten überzeugen können. Er meldete sich, sobald er achtzehn war. Niemand hatte das von ihm verlangt, aber mein magerer, sarkastischer Bruder meldete sich trotzdem.

»Wir können sehr stolz auf ihn sein«, wiederholt mein Vater, und bei seinen Worten sträuben sich mir die Haare.

Ken hat sich nicht zur Armee gemeldet, weil er davon begeistert war. Ken meldete sich, damit unsere Familie eine gelbe Schleife ans Fenster hängen konnte. Damit ich dem Mädchen beim Ball erzählen konnte, dass mein Bruder für unser Land kämpft. Damit es in einer Stadt, in der nur 600 Japaner lebten, klar war, dass wir genauso Amerikaner waren wie alle anderen.

Aber als das FBI in unsere Küche kam, was erzählte mein Vater ihnen? Sprach er darüber, dass sein Sohn im 442. Infanterieregiment kämpfte und dass Ken mit einem Bus ins Ausbildungslager gefahren war und mit dem Taschentuch aus dem Fenster gewunken hatte?

Er erzählte nichts von alledem. Er erklärte ihnen nichts und verteidigte sich auch nicht. Er bot ihnen zu trinken an, wie es sich für einen guten Hotelangestellten gehört. Er sagte meiner Mutter, meiner Schwester und mir, dass wir uns an den Tisch setzen und nicht rühren sollten. Er entschuldigte sich für die verklemmte Tischschublade. Er war so ehrerbietig, als die Männer vom FBI die Schublade durchwühlten und unsere Schränke aufrissen. Als hätte er sich etwas zuschulden kommen lassen. Als hätte er etwas Schlimmes getan, als hätten wir alle etwas Schlimmes getan.

Und dann geschah es. Etwas Verräterisches, etwas Seltsames. Während die Polizisten unseren Teppich im Wohnzimmer aufrollten, um zu sehen, ob darunter etwas verborgen war, warf mir mein Vater einen Blick zu. Er schüttelte kaum merklich den Kopf. Sodass nur ich es sehen konnte, sonst niemand. Als Antwort auf eine Frage, die ich gar nicht gestellt hatte, schüttelte er den Kopf. Ich hatte diese Geste bei ihm noch nie zuvor beobachtet. Ich wusste nicht, was sie bedeutete.

Seitdem habe ich mir dieses Kopfschütteln jeden Tag vor Augen geführt. Jeden Tag, seitdem das FBI Papa mitgenommen und eine verwüstete Wohnung zurückgelassen hat. Immer frage ich mich, was mein Vater verschwiegen hat, und denke an seinen angsterfüllten Blick.

Ken nimmt ganz umsonst an den Biwaklagern teil. Ken hat uns umsonst verlassen. Wir bekommen Briefe, die angeblich fröhlich sind, aber falsch klingen, und

meine Familie ist so verzweifelt, dass sie das nicht zu-
gibt. Wieso fällt ihnen nicht auf, dass fröhliche Sätze etwas sind, worüber man sich Sorgen machen kann?

»Klingt wirklich großartig«, ist alles, was ich sage.
Denn auch jetzt muss ich meinen Eltern nicht alles sagen. »Junge, Junge! Hat der eine tolle Zeit. Ich kann es
kaum erwarten, bis er nach Hause kommt und uns alles
erzählt.« Meine Familie nickt bestätigend, und ich
strenge mich an, möglichst fröhlich zu klingen.

»Ich gehe noch ein bisschen raus«, sage ich. »Ich höre
mir mit Chieko ein paar Schallplatten an.«

»Aber hilf mir zuerst, den Tisch zu decken«, sagt
meine Mutter. »Und sei zum Appell rechtzeitig wieder
da.«

Das ist kein normaler Ort. Das ist keine normale
Zeit.

Ich schaffe es, meine fröhliche Fassade aufrechtzuer-
halten, bis das Tischdecken erledigt ist und bis ich
Mama gesagt habe, dass ich den neuen Stoff für das
Tischtuch sehr hübsch finde. Dann gehe ich nach draußen, schaffe es gerade bis zum Ende des staubigen Wegs
vor unserem Haus und breche in Tränen aus.

SECHS

MARGOT

4. September 1944

Anzahl der Personen, die bei unserem ersten Zählappell daran gedacht haben, Stühle mitzubringen: 0

Anzahl der Personen, die heute Stühle mitgebracht haben: 7

Anzahl der Personen, die außerdem Sprudelwasserflaschen mitgebracht haben: 15

Temperatur: ? (Thermometer sind verboten. Ein Thermometer könnte als gefährliches Gerät angesehen werden.)

Zweimal täglich werden wir gezählt, die Wächter machen das äußerst genau. Auf einem Platz in der Nähe unserer Unterkunft müssen wir uns in Reihen und Abschnitten aufstellen. Einmal morgens, bevor es richtig heiß wird, und dann abends, wenn die Hitze nachgelassen hat.

Der Haupteingang des Lagers befindet sich auf der Westseite. Dort, wo auch das Krankenhaus und die Wäscherei sind. Im Süden befinden sich die Amerikanische Schule, der Tennisplatz, die Unterkünfte für die Japaner sowie japanische Einrichtungen und Geschäfte. Im Osten sind eine kleine Obstplantage und die Baustelle für das Schwimmbad und im Norden die Kantine in der 11. Avenue, ein Freizeitzentrum in der Lincoln Avenue und die Bücherei in der Arizona Street. Im nördlichen und mittleren Teil des Lagers befinden sich die Unterkünfte für die Deutschen, die Deutsche Schule und andere deutsche Einrichtungen. Und auf dem Platz zwischen den Wohnhäusern und der Schule werden wir gezählt.

Die Frauen bringen ihr Strickzeug, die Kinder ihre Hausaufgaben mit, damit sie beim Warten etwas zu tun haben. Eigentlich sollte mir die Warterei etwas ausmachen: die heiße Sonne, erst auf einem Bein, dann auf dem anderen Bein stehen, damit die Füße nicht einschlafen. Aber Ordnung hat für mich etwas Tröstendes, ich weiß, wo meine Familie ist und dass wir zusammen sind.

Heute Abend werden wir hastig gezählt. Nicht schnell, um genau zu sein, denn die Wächter wollen nicht nachlässig sein. Aber es fühlt sich irgendwie gehetzt an. Das liegt am Himmel, wo Wolken aufgezogen sind, die wie Wattebäuschchen aussehen. Sie kündigen einen Sturm an, ein Wetter, bei dem Vati und ich schnell die Kuh in den Stall gebracht hätten. Der Wind schlägt einen unbefestigten Fensterladen gegen die mit Teerpappe verkleidete Hütte von Mrs Schmidt. *Mrs Schmidt hat Fensterläden.* Ich drehe mich um, will meiner Mutter diese neue Information mitteilen, aber dann fällt mir ein, dass ich direkt aus der Bücherei gekommen bin und nicht an meinem üblichen Platz stehe.

»Vier fünfundneunzig?«, ruft der Wächter mit der glänzenden Stirn seinem Kameraden zu.

»Vier vierundneunzig«, ruft der Wächter mit dem großen Muttermal zurück. Um mich herum stöhnen die Leute, denn das heißt, dass wir noch einmal von vorn beginnen müssen. Es müssen 495 sein. Jeden Tag werden die deutschen Häftlinge aufs Neue gezählt. Auch heute sind es 495. Der eine Wächter hat nicht gesehen, dass Mr Fuhr in der Reihe vor mir in die Hocke gegangen ist, um seine Knie zu entlasten. Ich hätte das gern einem der Wächter erklärt, aber sie haben Anweisung, uns nichts zu glauben.

Die Wächter fangen jetzt beim anderen Ende an zu zählen. Sie sind gereizt. Die Fensterläden von Mrs Schmidt schlagen weiter gegen die Teerpappe. Ich habe mein Lateinbuch herausgeholt und möchte mir ein paar Vokabeln einprägen, stattdessen aber starre ich wie alle anderen zum Himmel und überlege, ob das Wetter hält, bis der Zählappell vorbei ist.

Aus dem Augenwinkel bemerke ich eine Bewegung. Ein Mädchen rennt auf uns zu.

Einen kurzen Moment glaube ich, ich hätte mich getäuscht: Vielleicht waren es doch nur 494. Aber ich liege beim Zählen nie daneben und außerdem ist die rennende Gestalt keine Deutsche.

Es ist Haruko, das Lavendelmädchen. Heute hat sie ein rosarotes Kleid angehabt und den ganzen Tag kein einziges Wort mit mir gewechselt, obwohl mein Tisch keine elf Inches von ihr entfernt ist. Ich weiß nicht, ob sie überhaupt weiß, wie ich heiße.

»He«, ruft einer der Wächter und bricht mitten im Zählen ab. »Langsam, Mädchen. Warte einen Augenblick.«

Ihre Augen sind verquollen, als hätte sie geweint. Sie bleibt stehen und spricht mit einem der Wächter. Eigentlich dürfte Haruko gar nicht hier sein. Sie wird später gezählt, auf der japanischen Lagerseite, so läuft das hier. *Wo sind ihre Freundinnen, die Mädchen, mit denen sie mittaggegessen hat, denen ich jetzt schon ansehe, dass sie beliebte Schülerinnen werden? Warum ist sie hier, ganz allein, und warum weint sie?*

Ich beobachte sie wie neulich am Haupteingang, nur dass jetzt auch andere zu ihr hinsehen. *Hört auf,* möchte ich ihnen zurufen, weil ich glaube, dass sie aus demselben Grund weint, aus dem sie wütend war, als ich sie das erste Mal sah, dass ihre Gefühle einfach überkochen. Wir alle verletzen ihre Privatsphäre.

Ich weiß, wie es ist, wenn man die eigenen Gedanken und Gefühle für sich behalten will und Angst haben muss, dass alle sie mitkriegen.

Die Wächter blicken auf ihre Uhren, dann hoch zum Himmel, der sich immer mehr zuzieht. Sie wissen nicht, was sie mit Haruko machen und wie sie vor dem Sturm mit dem Zählen fertig werden sollen. Schließlich zeigt einer zu uns hinüber und sagt ihr, dass sie sich in die Reihe vor mir einordnen soll.

Sie muss direkt an mir vorbei, um ihren Platz einzunehmen, und als sie an mir vorübergeht, rufe ich zu meiner eigenen Überraschung: »Hi, Haruko.«

Sie blickt mich ganz kurz an, dann wischt sie mit dem Oberarm über ihr Gesicht und starrt abweisend geradeaus. Es ist mir peinlich, dass ich sie angesprochen habe. Meine Eltern sagten, ihre einzige Sorge, wenn ich in die staatliche Schule ginge, sei, dass es dort so wenig Deutsche gebe und ich nur schwer Freunde finden würde. Ich sagte ihnen nicht, dass es mir gerade recht sei, eine Ausrede zu haben. Zu Hause hatte ich immer gehofft, es läge wirklich nur daran, dass ich ein Jahr jünger als die anderen Schüler war. Das hatte Vati immer behauptet. Oder weil ich zu schüchtern wäre, wie Mutter meinte. Aber es gibt noch einen Grund, warum ich so ernst und nüchtern bin: Wenn man weiß, dass man anders ist als andere, ist es besser, vorsichtig zu sein. Die Dinge lieber unter Verschluss zu halten.

Nur auf das zu reagieren, was die Leute tatsächlich gesagt haben, und nicht auf das, was man in die Worte hineininterpretiert.

Und ich *war* anders. Ich war irgendwie sonderbar in einer für sie schwer fassbaren Weise, und ich wusste nicht, wie ich das ändern sollte. Meine Klassenkameraden behaupteten, ich hätte die Gastlehrerin zu lang und zu intensiv angestarrt. Aber das hatte ich gar nicht, nicht so, wie sie dachten, diesmal nicht. Sie war einfach nett zu mir gewesen.

Der Wind drückt meinen Rock an die Knie. Vor mir ziehen zwei Frauen ihre Tücher aus der Schürzentasche und binden sie sich um den Kopf. »Vier sechsundneunzig«, ruft der Wächter gegen den heulenden Wind an. Alle sind anwesend plus Haruko.

»Ab nach Hause«, ruft der erste Wächter. »Tut mir leid, dass es so lang gedauert hat.«

Die Menschen beachten ihn kaum und rennen los, zurück zu ihren Häusern, bevor der Sturm losbricht. Ich zögere kurz und überlege, ob ich zuerst meine Eltern suchen soll, aber irgendetwas stimmt nicht mit dem Himmel. Er sieht so anders aus. Bei einem Sturm müsste er grauschwarz und die Luft drückend sein. Dieser Himmel sieht grünorange aus, wie ein verblasster Bluterguss, und die Luft hat etwas Stechendes. Fast wie vor einem Tornado, aber wir haben September, und die Tornadosaison ist im Frühling.

»Warte«, ruft hinter mir jemand, gerade als ich mich auf den Heimweg machen will. »Margot, warte.« Ich drehe mich um. Haruko sieht sich gehetzt um.

»Zurück und dann links«, rufe ich gegen das lauter werdende Heulen des Windes und registriere kaum, dass sie weiß, wer ich bin. *Warum ist der Wind so laut?*

»Was?«

»Der Weg zu eurem Haus. Du musst zurück und …«

»Was?«

Ich renne zu ihr, packe sie am Jackenärmel und drehe sie in die richtige Richtung. Ich will sie loslassen, aber da fällt mein Blick auf den Himmel im Osten, und mir stockt der Atem.

Das ist kein Regen. Über das flache Land, ungefähr eine halbe Meile von uns entfernt und rasch näher kommend, wälzt sich eine schwarze Wand, breit wie der Horizont, auf uns zu.

»Ein Staubsturm«, schreie ich. Deshalb war der Himmel so anders. Kein Regen. Staub. Haruko starrt mich an, rührt sich nicht vom Fleck. Sie hat ihn noch nicht bemerkt. »Ein Staubsturm«, sage ich und zeige auf die schwarze Wand. Ich empfinde keine Scheu mehr, mit ihr zu sprechen, denn der Sturm ist etwas, das ich verstehe, und er ist größer als meine eigenen Ängste.

Endlich folgt Haruko meinem Blick. Ihre Augen weiten sich. Blitze leuchten am Himmel auf. Die Staubwand ist mindestens eine Meile hoch. In solchen Stürmen sind Menschen schon erstickt oder blind geworden.

Wir befinden uns am Rand des deutschen Viertels direkt vor der Deutschen Schule. Unser Haus ist mehrere Blocks entfernt, zu weit, um es noch bis dorthin zu schaffen.

»Hier entlang«, schreie ich und ziehe Haruko in Richtung Schule, aber sie wehrt sich, und so lasse ich sie los und renne allein weiter. Ich bedecke Mund und Nase mit meinem Rocksaum, sehe aber kaum die Hand vor Augen. Ich werfe mich mit der Schulter gegen die Schultür. Abgeschlossen.

Die uns umgebenden Gebäude sind nur noch große, konturlose Umrisse. Haruko schreit etwas, aber ich konzentriere mich darauf, mir die Anlage des Lagers vor Augen zu führen und herauszufinden, wo wir Schutz finden können. Die Haare peitschen mir ins Gesicht, der Wind kreischt.

Mit der rechten Hand taste ich mich an dem Gebäude entlang und mit der linken halte ich Haruko am Pullover fest. Auf diese Weise gelange ich bis zur Ecke. »Fünfzig Yard …«, rufe ich, aber kaum habe ich meinen Mund aufgemacht, kommt Staub hinein. Ich ringe nach Luft und bedecke mein Gesicht schnell wieder mit dem Rockzipfel und schmecke nur noch den Baumwollstoff.

Wir rennen und straucheln über lose Steine und Äste. Von Haruko sehe ich nur die stolpernden Füße, ihr ausgestreckter Arm ist von der staubigen Luft verschluckt.

Habe ich mich verrechnet? Wir rennen in südliche Richtung, und nach einer Sekunde, die mir wie eine Ewigkeit vorkommt, stößt meine Hand gegen eine Backsteinmauer.

Das Eishaus.

Eigentlich soll es immer abgeschlossen sein, aber meistens ist es offen. Die Bewohner beider Lagerhälften nutzen es. Trotzdem halte ich den Atem an, als ich die Klinke herunterdrücke, aber dann stoße ich Haruko hinein und ziehe schnell die Tür hinter mir zu, die mit einem metallischen Klicken ins Schloss fällt.

Wir schnappen nach Luft. Mein Rachen und meine Nase brennen, ich stütze mich auf die Knie, bis ich wieder zu Atem komme. *Wasser,* denke ich, aber hier gibt es kein Wasser, nur Eis. Ich spucke auf den Betonboden des kleinen Rundbaus, um den Staubgeschmack loszuwerden. Als ich mich wieder aufrichte, steht Haruko noch an derselben Stelle, wohin ich sie gestoßen habe. Ihr Blick ist glasig, ihre Haare haben sich aus den Klammern gelöst. In ihrem Ärmel ist ein Loch, das ich wahrscheinlich aus Versehen hineingerissen habe.

»Du solltest das auch machen«, sage ich schließlich. »Ausspucken. Sonst schluckst du den Staub herunter.«

Nach einer Weile räuspert sie sich und spuckt aus.

»Besser?«

Sie antwortet nicht, sondern wischt sich den Mund ab und geht, immer noch wackelig auf den Beinen, zu dem kleinen Fenster in der Tür. Ich mache mich auf die Suche nach einer Thermosflasche oder sonst etwas mit Wasser darin und gehe einmal ganz um den Innenraum herum, ohne etwas zu finden. Doch dann entdecke ich weiter hinten eine Öllampe und eine Arbeitsdecke, die ich über einen der Heuballen breite, die zur Isolierung der Eisblöcke dienen.

»So etwas habe ich noch nie gesehen«, sagt Haruko schließlich mit kratziger Stimme.

»Das ist einer von den Schlimmen. Normalerweise ist es nur dünner Staub, als würde man einen Teppich ausklopfen. Willst du dich nicht hinsetzen?«

»Er sieht wie ein Gebirge aus. Wie an einem klaren Tag in Denver. Genauso hat der Staubsturm ausgesehen. Ein Gebirge. Und dann, als er hier war, wie starker Schneefall.«

»In Iowa gibt es Tornados«, erzähle ich. »Die sind noch schlimmer. Physikalisch sind Staubstürme und Tornados dasselbe. Labilität der Erdatmosphäre, wenn trockene auf feuchte Luft trifft. Schneestürme haben, glaube ich, eine andere Ursache.«

Sie sieht mich verwundert an. »Ich meinte nicht die physikalischen Ursachen. Ich meinte nur, dass der Sturm mich an zu Hause erinnert.«

Ich werde rot, natürlich hat sie es so gemeint. *Nimm nicht alles so wörtlich, Margot.*

»Das hier erinnert mich irgendwie auch an zu Hause«, sage ich schließlich witzelnd. Ich zeige auf die anderen Eisblöcke. »Seitdem ich aus Iowa weg bin, habe ich nicht mehr gefroren.« Ich warte nicht ab, ob sie lächelt, sondern nehme mein Lateinbuch aus der Tasche und klopfe den Staub aus, der sich zwischen die Seiten gesetzt hat. »Na ja, auch schlimme Staubstürme dauern in der Regel höchstens zwanzig Minuten.«

Nach drei oder vier Minuten verlässt Haruko ihren Fensterplatz und tut es mir nach, holt sich ebenfalls eine Decke und wirft sie über einen Heuballen. Sie sitzt jetzt mir gegenüber, zwischen uns steht die Öllampe.

»Das war sehr nett von dir, dass du mir geholfen hast«, sagt sie.

»Schon gut.« Ich starre auf mein Buch.

»Vor allem, wo ich so … vor allem, wegen der Schule heute.«

»Schon gut«, wiederhole ich und weiß nicht, was ich sonst sagen soll. »Du hast dich verlaufen und der Sturm ist ganz plötzlich gekommen. Ich wusste nicht, ob du es bis nach Hause schaffen würdest.«

»Ich wollte eigentlich gar nicht auf die Nazi… auf die deutsche Lagerseite.« Sie blickt verlegen zur Seite, und ich tue, als hätte ich nichts gehört. »Ich hatte mich verlaufen.«

»Warum hast du geweint?«

»Wieso?«

»Vor einer halben Stunde. Als du auf uns zugerannt bist. Da sahst du unglücklich aus. Kam mir jedenfalls so vor, als du an mir vorbeigekommen bist … Egal.«

»Ich habe nicht geweint.« Sie nimmt die Haarklammern aus ihren zerzausten Haaren und legt sie der Reihe nach in ihren Schoß. Sie bläst von jeder einzelnen den Staub ab. Langsam gewinnt sie ihre Fassung wieder zurück. Ich weiß nicht, warum sie lügt, aber das geht mich auch nichts an. Ich blättere die Seite um und lerne Vokabeln.

Ihr Haar raschelt, als sie es mit ihren Fingern kämmt. Sie arbeitet Strähne für Strähne durch. Nach einer Weile räuspert sie sich. »Margot – du heißt doch Margot? Und das t am Ende wird mitgesprochen? Wie bist du nach Crystal City gekommen?«

»Über San Antonio«, sage ich. »Genau wie du wahrscheinlich. Und dann weiter bis Crystal City. Aber als wir ankamen, war der Bus nicht kaputt. Wir konnten bis hierher fahren.«

Sie schüttelt den Kopf. »Nein. Ich meine vorher.«

Wieder erröte ich, ich habe sie schon zum zweiten Mal missverstanden. »Wieso?«

»Ach egal. Ich wollte mich nur mit dir unterhalten.«

»Wieso? Weil deine anderen Freundinnen nicht hier sind?«

Sie zuckt zusammen, aber ich wollte sie nicht anklagen. Ich versuche nur, unsere Unterhaltung richtig einzuordnen. Langweilt sie sich? Sucht sie nach etwas, das sie morgen in der Schule herumerzählen kann?

»Ich frage einfach deshalb, weil man ziemlich leicht in so einem Lager landet, wenn man Japaner ist. Mehr muss die Regierung nicht über einen wissen. Aber deutsche Einwanderer gibt es doch massenweise in den Vereinigten Staaten. Nicht alle sind interniert worden. Nur die, die …«

Sie spricht den Satz nicht zu Ende. Sie meint wahrscheinlich, wenn man als Deutscher in einem Lager für feindliche Ausländer landet, muss man etwas ganz Schlimmes getan haben.

Mir wäre lieber, wenn ich ihr nicht antworten müsste. Mir wäre lieber, wenn sie nicht so neugierig wäre. Mir wäre lieber, wenn sie nicht so hübsch wäre. Mir wäre lieber, mir wäre nicht so bewusst, dass dies die längste Unterhaltung mit einer Person meines Alters ist, seitdem wir in Crystal City sind, und dass sie nichts über mich weiß und dass wir deshalb vielleicht Freundinnen werden könnten.

»Mein Vater ist Farmer«, sage ich mit Bedacht. »In Deutschland war er Ingenieur, aber – in Iowa gibt es viele deutsche Farmer.«

Eine ganze Gemeinde. Das gemeinsame Scheunenbauen und das Feiern der Wintersonnenwende. Sie hat recht, nicht alle wurden festgenommen. Sie haben kaum jemanden festgenommen.

»In der Nachbarstadt gab es einen Saal, in dem jeden Freitag eine Kapelle spielte. Der Wirt lud meinen Vater zu einem Vortrag ein. Ein Redner aus Chicago sollte über die amerikanischen Nazis sprechen. Er sagte, nur ein paar Freunde seien eingeladen.«

Mr Schweitzer ist immer nett zu uns gewesen. War es auch nett, meinen Vater zu dem Vortrag zu überreden? Ich weiß nicht. Es ist auch egal. Überall in den Vereinigten Staaten gab es bereits Ortsgruppen des Amerika-deutschen Bunds, die zu Vorträgen über die amerikani-sche Nazipartei einluden. Im Madison Square Garden in New York hatten 20 000 Menschen einem Fritz Kuhn zugehört, der über die Bewahrung der arischen Rasse in den USA gesprochen hatte.

»Dann bist du hier, weil dein Vater ein Nazi ist«, sagt Haruko.

»Er ist kein Nazi.«

Sie antwortet nicht, aber ich spüre ihren Zweifel.

»Vati ist nur zu der einen Versammlung gegangen, aus Gefälligkeit für einen Freund. Er glaubt nicht an das, was sie sagen.« Ich versuche, mich zu beherrschen, denn so sollte unser Gespräch nicht laufen. »Als er nach Hause kam, erzählte er, in der Versammlung sei nur ein Dutzend alter, knitteriger Männer gewesen, die lauter Unsinn erzählt hätten. Aber später behauptete das FBI, mein Vater sei Mitglied geworden. Sie hatten die Beitrittserklärung dabei, also war er eingetreten. Das FBI nahm ihn fest. Und wir sind dann nachgekommen.«

Ich versuche, mich ganz ruhig an die Geschehnisse zu erinnern. An die Fakten. Zuerst wussten wir zwei Monate lang nicht, wo er war, ob er überhaupt noch im Land war und ob er noch lebte. Dann versuchten wir vier Monate lang nachzukommen, aber über diese vier Monate spreche ich nicht gern.

Haruko flüstert etwas. Ich weiß nicht, ob ich es überhaupt hören soll. »Und dann seid ihr in den Zug gestiegen«, hat sie gesagt. »Und dann sind wir alle in den Zug gestiegen.«

Es hat keinen Sinn, aus dem kleinen Fenster zu gucken. Man sieht nur herumwirbelnden Staub. Es kann nicht viel später als sieben Uhr sein, aber draußen ist es dunkel wie um Mitternacht. Die Öllampe wirft ein unheimliches Licht auf die Gegenstände im Innenraum. Ich erkenne nur vage Umrisse von Harukos Gesicht, sehe aber, dass sie nicht grinst, wie ich befürchtet habe. Sie holt Luft und fängt dann zögernd an zu erzählen.

»Ich habe geweint, weil wir einen Brief von meinem Bruder bekommen haben. Er ist im 442sten. Weißt du, was das ist?«

»Die Armee?«

»Das japanische Infanterieregiment. Jungs wie er wollen für ihr Land kämpfen.« Sie reckt ihr Kinn, als erwarte sie Widerspruch von mir.

Vom 442. Infanterieregiment habe ich noch nie gehört, aber jetzt ist nicht der richtige Augenblick, das zu sagen. »Wenn ihr einen Brief bekommen habt, dann heißt das doch, dass es ihm gut geht?«

Sie beißt sich auf die Lippen. »Das schreibt er auch. Und meine Eltern glauben das auch.«

»Du nicht?«

»Ich wünschte, ich könnte es glauben. Aber ich glaube es nicht.«

»Und wieso?«

»Ich kann es einfach nicht glauben.«

Mit einem Zipfel ihrer Arbeitsdecke wischt sie sich rasch über die Augen. Wahrscheinlich hofft sie, dass ich es nicht bemerke. Dieses Mädchen, das bei der Wiedervereinigung mit ihrem Vater wie versteinert war, das in der Schule selbstbewusst und fröhlich war, muss weinen, wenn es über seinen Bruder spricht.

»Wie ist er?«

»Ken?«

»Ja. Ich habe nie einen Bruder gehabt. Nur beinahe – ich habe keine Geschwister.«

Haruko zieht scharf die Luft ein, und dann höre ich von ihr ein Lachen, das fast wie ein Schluchzen klingt. »Er ist – also, wenn er nicht mein Bruder wäre, wäre ich wahrscheinlich nicht mit ihm befreundet. Wir interessieren uns nicht für dieselben Sachen. Er hat sich nie darum geschert, was die anderen denken. Er hat sich immer so dumme Sachen ausgedacht – aber das hat mich nicht gestört. Wenn wir zusammen waren, habe ich mitgemacht. Weil ich ihm nichts beweisen musste. Er hat mich verstanden. Er hat verstanden, wie es ist – unsere Eltern natürlich auch, aber sie sind aus Japan, und das ist etwas anderes. Sie haben sich nicht auf die gleiche Weise anpassen müssen. Ken hat verstanden, wie es ist, beides sein zu müssen, zu …«

Haruko schweigt verlegen. Tränen rollen über ihr staubiges Gesicht und bilden kleine Linien. »Niemand hier interessiert sich wirklich für Ken, außer dass er Soldat ist.« Sie schüttelt den Kopf. »Ich weiß, dass das alles unlogisch klingt. Ich weiß, dass ich nicht … warum erzähle ich dir das eigentlich alles?«

»Weil ich gefragt habe«, antworte ich.

Sie lacht, als ob ich einen Witz gemacht hätte, und ich merke, dass dies wieder eine Frage war, die ich nicht wörtlich hätte nehmen sollen. »Das habe ich nicht gemeint …« Sie verstummt, sie atmet abgehackt, als sie versucht, ihr Weinen zu unterdrücken. »Ja wahrscheinlich hast du recht. Weil du gefragt hast.«

Sie senkt den Blick und fingert an der Decke herum. »Margot, heute in der Schule. Ich bin eigentlich nicht so gemein. Ich wollte nur …«

»Es war für dich einfacher, nicht mit mir zu sprechen.«

Sie knetet ihre Decke noch intensiver. »Ja. Es war einfacher für mich, nicht mit dir zu sprechen.«

Ich möchte, dass sie noch etwas mehr dazu sagt. Dass es ihr leidtut und dass es morgen in der Schule anders sein wird. Aber sie sagt es nicht, und ich schlucke meine Enttäuschung herunter, weil ich das eigentlich nicht von ihr erwarten kann. Warum sollte sie?

Dann ist es eben so. Das sind die Spielregeln. Jetzt sitzen wir zusammen im Eishaus und danach werden wir nie mehr miteinander sprechen.

Ich blicke zu Boden. Dort glitzert etwas Metallisches. Eine ihrer Haarklammern. Ich hebe sie auf und reibe sie an meinem Kleid sauber. Sie ist neu, sie glänzt richtig. *Behalte sie,* möchte ich ihr sagen. *Bewahre sie gut auf. Hier gibt es keine zu kaufen.*

Haruko beobachtet mich. »Warum bist du nicht wütend auf mich?«, fragt sie. »Als du mir erzählt hast, wie du hierhergekommen bist, hat sich das so nüchtern angehört. Macht es dich nicht wahnsinnig, dass dein Vater vielleicht zu Unrecht hier ist?«

»Ich bin nicht wütend darüber«, sage ich, ohne überlegen zu müssen. »Als sie meinen Vater wegbrachten, dachte ich, ich würde ihn nie wiedersehen. Aber dann habe ich ihn doch wiedergesehen. Es hätte also viel schlimmer kommen können.«

Ich würde ihr gern erklären, warum Wut ein Gefühl ist, dass mir sinnlos erscheint. Dass man hier nur überlebt, wenn man sich einbildet, freiwillig hier zu sein. Man muss Crystal City irgendwie unter dem Deckel halten, darf sich nicht von ihr deckeln lassen. Die Neuzugänge zählen. Neue Sachen registrieren. Meine Familie wird unbeschadet hier rauskommen, und wir werden wieder nach Hause nach Iowa gehen, allein darauf kommt es an. Der Rest ist etwas, das man beachten muss. Man darf sich nicht an die schlimmen Dinge erinnern, denn sie lassen sich nicht erklären.

Es könnte viel schlimmer sein.

»Haruko, ich habe deine Familie gesehen, als ihr ankamt.«

Es ist ein Wagnis, sie darauf anzusprechen, aber sie ist so durcheinander, und wenn wir sowieso nie mehr miteinander reden, kann ich das ebenso gut jetzt ansprechen. »Ich habe dich gesehen und gedacht ...« Ich zögere, weil sie es vielleicht seltsam findet, wie viel ich von diesem Tag noch weiß. »Du hast nicht glücklich ausgesehen.«

»Wieso sollte ich glücklich aussehen? Ich bin in ein Gefängnis gekommen.«

Ich erröte. »Ich meinte, du hast nicht glücklich ausgesehen, als du deinen Vater gesehen hast. Du hast einsam ausgesehen.«

»Das willst du gesehen haben?«

»Vielleicht habe ich mich geirrt.«

Eine Pause, die mir wie eine Ewigkeit vorkommt. Doch plötzlich senkt Haruko die Schultern und wiegt den Kopf hin und her.

»Du hast dich nicht geirrt«, flüstert sie. »Ich bin so wütend. Ich bin die ganze Zeit wütend.«

»Ich weiß, dass es schlimm ist, was sie deinem Vater angetan …«

»Ich bin *auf* meinen Vater wütend«, unterbricht sie mich. Die Worte kommen harsch und überstürzt heraus. Ihre Stimme hallt an den Wänden des Eishauses wider und klingt ganz anders als zuvor.

»Warum?«, frage ich und versuche zu verstehen. »Hat er euch gezwungen hierherzukommen?«

»Nein. Ich meine Ja. Oder doch Nein. Es war die Idee meiner Mutter. Sie hat den Antrag gestellt.«

»Dann verstehe ich nicht, was du meinst. Glaubst du denn, dein Vater ist zu Recht interniert worden?«

Ich sage das, weil ich nicht sofort auf eine andere Erklärung komme, aber ich glaube selbst nicht, dass es stimmt. Ich denke, dass sie mir jetzt erklärt, warum ich falschliege, so wie ich ihr von Vati erzählt habe, als sie mich gefragt hat.

Stattdessen sieht sie mich empört an. Ihr Mund ist vor Wut verzerrt, aber sie schafft es nicht, mich anzu-schreien.

»Du kannst es mir erzählen, wenn du willst«, sage ich sanft. »Ich habe niemanden, dem ich es weitersagen könnte.«

Ich meine damit, ich habe niemanden hier im Lager, dem ich es erzählen könnte, aber ich meine es auch grundsätzlich. Ich habe noch nie jemandem ein Geheimnis weitererzählt.

»Ich denke …«, flüstert Haruko gequält.

»Was denkst du?« Ich beuge mich vor. Die Strohhalme unter meiner Decke piksen in meine Schenkel.

»Ich denke, dass an dem Tag, als sie meinen Vater mitgenommen haben, etwas geschehen ist, das ich nicht verstehe.«

Kaum hat sie ausgesprochen, verbirgt sie ihr Gesicht in den Händen, als würde sie sich schämen. Sie weint. Es tut ihr weh, es ausgesprochen zu haben. Genauso wie es mir wehtut, meinen Vater zu fragen, ob er sich für eine Arbeit am Schwimmbad bewerben will. Aber ich kann jetzt nicht über meinen Vater sprechen. Doch ich weiß nicht, was ich sonst sagen soll oder wie ich sie trösten kann und ob sie das überhaupt möchte.

Ich habe immer noch ihre Haarklammer in der Hand, die wellige Abdrücke auf meinen Fingern hinterlässt. Als Haruko mich wieder ansieht, strecke ich ihr die Klammer hin.

Darf ich, bedeute ich ihr, da mir nichts anderes einfällt, was ich ihr anbieten könnte.

Sie sagt nicht Nein, deshalb rutsche ich möglichst vorsichtig und so wenig unbeholfen es geht von meinem Eisblock und knie mich vor sie hin. Ich nehme eine ihrer Haarsträhnen, streiche sie glatt nach hinten und fixiere die Haarklammer. Ich spüre den Staub auf ihrer Kopfhaut, aber ich spüre auch, dass ihre Haare weicher und dicker sind als meine.

Wir schweigen. Wir sind beide ganz still.

»Bitte erzähle niemandem, was ich gesagt habe«, flüstert sie. »Ich weiß nicht, warum ich das getan habe. Es stimmt nicht. Ich möchte einfach nach Hause. Ich möchte so gerne wieder nach Hause.«

Ich möchte ihr sagen, dass ich weiß, wie es ist, Angst um die Familie zu haben. Dass ich meinen Vater dazu bringe, jeden Abend 100 lateinische Verben mit mir zu üben, weil ich will, dass er seinen Kopf damit füllt und nicht mit seiner Traurigkeit.

»Egal was du mir sagst«, setze ich an, »egal …«

Ein Rattern ertönt. Jemand ist draußen und rüttelt am Türgriff. Die Tür geht nicht auf, wahrscheinlich ist sie vom Staub verklebt. Haruko sieht mich angstvoll an.

Ohne groß zu überlegen, puste ich die Lampe aus und packe Haruko am Handgelenk. Wir krabbeln über ihren Eisblock und kauern uns dahinter.

Mit einem Ruck geht die Tür auf, der Strahl einer Taschenlampe streift durch den Raum. Es ist ein Lagerangestellter, der vielleicht nachsieht, ob der Sturm etwas zerstört hat. Wir halten die Luft an, als das Licht über den Boden flimmert.

Harukos kalter Arm berührt meinen Arm, ihre weichen Haare streifen meinen Nacken, während wir hinter dem Eisblock kauern. Der Wächter pfeift und sucht in aller Ruhe systematisch den Raum ab. Als er sich unserem Versteck nähert, packt Haruko mein Knie und versucht, sich noch kleiner zu machen. Mein Bein brennt an der Stelle, wo sie mich berührt.

Ich möchte, dass der Wächter sich beeilt, möchte aber gleichzeitig, dass er sich Zeit nimmt, wünsche mir, er würde eine Ewigkeit brauchen. Ich weiß, dass ich puterrot im Gesicht bin. Ich weiß nicht, was mit mir los ist. Ich weiß nicht, warum ich ihr die Haarklammer ins Haar stecken wollte, anstatt sie ihr einfach zu geben.

Der Wächter hat seine Inspektion beendet und wendet sich, immer noch sein Liedchen pfeifend, zum Gehen. Langsam lösen sich Harukos Finger von meinem Knie, aber ich bin immer noch wie erstarrt, bis ihre Hand ganz weg ist. Ich kann kaum atmen, ich muss auch nicht atmen.

Dann fällt die Tür zu. Von draußen weht eine Böe stickiger Luft herein. Die Klinke schnappt zu, es klingt endgültig, und etwas hat sich verändert. Oder etwas ist verschwunden.

Ich merke plötzlich wieder, wie kalt es hier ist. Der Staub unter meinem Kragen und in meinen Kniekehlen juckt, vor ein paar Minuten ist mir das noch nicht aufgefallen. Mein Mund ist unerträglich trocken.

Haruko steht auf, klopft ihren Rock ab und prüft tastend, ob die Haarklammern richtig sitzen. Ohne das Licht der Öllampe sehe ich nur ihren Umriss.

»Ich glaube, es war dumm, sich zu verstecken«, sagt sie und krempelt ihren Jackenärmel hoch, damit man das Loch nicht sieht. »Wir mussten ja irgendwo rein bei dem Sturm. Es ist nicht verboten, hierherzukommen.«

»Das heißt aber auch, dass der Sturm vorbei ist«, sage ich und suche in der Dunkelheit mit übertriebenem Eifer nach meinem Buch.

»Ich weiß gar nicht, wie spät es ist. Wie lang waren wir eigentlich hier drin?« Sie schlägt sich demonstrativ an die Stirn. »Aber das kannst du gar nicht wissen – du hast ja auch keine Uhr.« Sie lacht nervös. Sie verhält sich, als sei sie jetzt ein ganz anderer Mensch als zuvor, bevor der Wächter gekommen ist. Auch ich bin nicht mehr dieselbe.

»Ich glaube nicht, dass es länger als eine halbe Stunde war.«

In der Dunkelheit kann ich nicht feststellen, ob sie noch etwas sagen will oder ob sie will, dass ich noch etwas sage. In der Dunkelheit wage ich aber auch nicht *Dann bis morgen* zu sagen, denn ich möchte keine Vermutungen anstellen. »Ich lege noch die Decken zusammen«, sage ich schließlich. »Du kannst zuerst gehen.«

Draußen geht die Sonne unter. Ich falle in einen Dauerlauf, weil sich in meinem Körper verwirrende Energien freisetzen, und auch, weil ich an meine Eltern denke, die zu Hause sind und sich vielleicht Sorgen machen. Aber als ich in unsere Unterkunft komme, sind Mutti und Vati nicht da. Hoffentlich sind sie nicht in den Sturm hinausgegangen, um mich zu suchen. Doch dann sehe ich auf dem Tisch einen Zettel von meinem Vater. Es steht nur ein Wort darauf:

Krankenhaus.

SIEBEN

∞

MARGOT

Völlig außer Atem komme ich im Krankenhaus an. Ich habe Seitenstechen, als ich über den staubigen Weg zum Eingang renne, auf dem die Fußabdrücke von zwei Menschen zu sehen sind. *Dann ist meine Mutter wenigstens auf eigenen Füßen hergekommen. Musste nicht auf einer Liege eingeliefert werden.*

Drinnen suche ich den großen Saal ab: Reihen von weißen Betten. Zwei Patienten mit Fieberthermometern im Mund. Junge Hilfsschwestern mit Hauben.

»Margot!«

Gott sei Dank. Gott sei Dank. Gott sei Dank.

Meine Mutter liegt in dem Bett ganz am anderen Ende des Saals, Vati steht neben ihr. Es ist die einzige Ecke in diesem Gebäude, in der man halbwegs für sich ist. Meine Mutter sieht blass aus, aber als sie mich sieht, lächelt sie.

»Es ist nichts.« Sie macht eine beruhigende Geste,

bevor ich etwas sagen kann. »Dieses ganze Tamtam wäre wirklich nicht nötig gewesen. Ich bin ohnmächtig geworden, aber nur, weil ich so lange stehen musste und kaum etwas gegessen hatte.«

»Weil dir schon den ganzen Tag übel war«, sagt Vati vorwurfsvoll. »Das Tamtam ist mehr als nötig.«

Ich bin immer noch nicht richtig zu Atem gekommen, als hinter uns jemand sagt: »Ich stimme Ihrem Mann völlig zu.« Wir drehen uns zu einem rotblonden Mann mit weißem Kittel und Klemmbrett um.

»Es ist immer besser, sich vorsorglich untersuchen zu lassen, und ich bin froh, dass Sie gekommen sind, Mrs Krukow«, sagt der Arzt. »Aber davon abgesehen, nach dem, was Sie der Schwester erzählt haben, war es wohl die Hitze in Verbindung mit einem leeren Magen und dem Zählappell. Ich werde empfehlen, Sie von der Teilnahme am Appell befreien zu lassen. In Ihrem Zustand ist das nicht gut« Er macht sich ein paar Notizen. »Geht es Ihnen jetzt besser, seit Sie die Füße hochgelegt haben? Können wir noch etwas für Sie tun?«

»Ich vermute, dass es in der Krankenhausapotheke keinen *Schwangerschaftstee* gibt?«

Der Arzt sieht meinen Vater an, als wäre meine Mutter eine der Frauen, die nur zum Heiraten in die USA gekommen sind und noch nicht richtig Englisch gelernt haben. Meine Mutter spricht eigentlich besser Englisch als mein Vater, aber es gibt dafür kein Wort auf Englisch.

»Ein Tee für die Schwangerschaft«, erkläre ich dem Arzt. »Eine bestimmte Kräutermischung. Ich glaube mit Brennnessel und Minze.«

»Plus Johanniskraut und noch ein paar anderen Kräutern«, ergänzt meine Mutter. »Das trinken alle deutschen Frauen. Es hilft gegen die Übelkeit. Als ich mit Margot schwanger war, schickte mir meine Mutter ein paar Päckchen.«

Ungeduldig wendet sich mein Vater an den Arzt. »Können Sie ihr das besorgen? Für zu Hause.«

Ich weiß jetzt schon, dass die Antwort Nein sein wird. Natürlich kann der Arzt ihr den Tee nicht besorgen. Er hat noch nie davon gehört.

»Es tut mir leid, aber wir verschreiben keine regionalen Heilmittel. gewöhnlicher Übelkeit empfehlen wir Bettruhe, viel trinken und ein paar Salzstangen.«

»Das ist keine gewöhnliche Übelkeit«, entgegnet mein Vater aufgebracht. »Meine Frau hat schon so viel durchgemacht – die Situation meiner Frau ist alles andere als gewöhnlich.«

»Jakob.« Mutti legt ihre Hand auf seinen Arm, aber er schüttelt sie ab.

»Es tut mir leid, Ina, aber so ist es nun einmal. Deine Situation ist nicht gewöhnlich. Diesmal muss es – du musst diesmal vorsichtiger sein.«

»Willst du damit sagen, dass ich bei den anderen Malen nicht vorsichtig war?« Ihre Stimme klingt eiskalt.

Der Arzt sieht verlegen von einem zum anderen und überlegt sich, wie er beschwichtigen kann. »Natürlich, wenn Sie meinen, dass es beim letzten Mal geholfen hat, schadet es nicht, wenn Sie es wieder versuchen. Sie sagten, Ihre Mutter habe den Tee geschickt? Vielleicht kann sie noch mal welchen schicken? Wo lebt sie? Sie sind aus Iowa?«

»In Heidelberg«, flüstert meine Mutter. »Meine Eltern sind noch in Deutschland.«

»Ach so.« Der Arzt schaut verlegen drein. Von Deutschland nach Crystal City oder an einen anderen Ort in den USA kann man keinen Tee schicken.

Er murmelt etwas von Salzstangen und dass er nachsehen will, ob er für sie welche auftreiben kann, dann entschuldigt er sich. Kaum ist der Arzt außer Hörweite, legt mein Vater los.

»Das ist absurd«, sagt er mit zusammengebissenen Zähnen. »Eine schwangere Frau, die gefangen gehalten wird und der die notwendige Medizin verweigert wird.«

»Sie verweigern ihr doch nicht die Medizin, wenn sie den Tee gar nicht haben«, beschwichtige ich. »Sie helfen ihr genau wie allen anderen hier.«

»Ja, Jakob«, sagt meine Mutter. »Das, was er mir empfohlen hat, würde er jeder seiner amerikanischen

Patientinnen genauso empfehlen, nämlich Ruhe. Und genau das werde ich auch machen wie Tausende Frauen vor mir. Und wenn wir nicht hier wären, würden wir auch keine Post aus Heidelberg bekommen, jedenfalls nicht ohne die Hilfe des Roten Kreuzes.«

Ich nehme an, dass meine Mutter recht hat. Aber auch, was mein Vater sagt, ist richtig. In Iowa haben wir deutsche Freunde gehabt. Ein ganzes Netzwerk umtriebiger Frauen, die sogenannten *Tantchen,* die verschiedene Tees in Dosen vorrätig hatten oder selbst mischten.

Meine Mutter hat ihre Schuhe ausgezogen. Ihre Füße sind stark geschwollen. Ihren Bauch kann man noch nicht sehen, nur wenn sie ihr Kleid straff zieht, sieht man eine kleine Wölbung. Sie ist noch nicht so weit wie beim letzten Mal. Aber ihre Füße und Beine sind geschwollen. Daran habe sie gemerkt, dass sie wieder schwanger ist, hat sie gesagt. Ich nehme einen ihrer Füße und rubbele ihn.

Sie kuschelt sich in das Kissen. »Dieses Bett«, sagt sie. »Ich will nicht simulieren, aber ich würde mir jede Krankheit ausdenken, wenn ich hier liegen bleiben könnte.«

Mein Vater erstarrt. »Ich habe getan, was ich konnte mit den Betten in unserer Unterkunft«, sagt er kurz angebunden.

»Ich weiß, Jakob.« Meine Mutter seufzt.

»Du glaubst, dass das nicht genug war, aber ich habe getan, was ich konnte.«

»Ich kritisiere dich doch gar nicht, ich sage nur, dass es hier richtig gemütlich ist.«

Aber mein Vater hört nicht zu. Er beachtet uns kaum noch, nagt an seinen Lippen und überlegt.

»Ich glaube, ich weiß, wer den Schwangerschaftstee beschaffen könnte«, sagt er schließlich und ergreift die Hand meiner Mutter.

Meine Mutter und ich sehen uns an. »Das machst du nicht«, sage ich rasch.

»Er kennt jeden im Lager«, sagt Vati verbissen. »Er hat mit vielen Leuten außerhalb des Lagers Kontakt.«

Meine Mutter verzieht das Gesicht. »Warum sagst du so etwas? Allein bei dem Gedanken wird mir schon übel.«

»Himmel Herrgott noch mal, er hat verrückte Überzeugungen, aber er ist kein schlechter Mensch. Auch seine Frau ist schwanger gewesen.«

»Versprich mir, dass du das nicht machst«, bittet meine Mutter. »Seine Geschenke sind an Bedingungen geknüpft.« Wir haben den Namen Frederick Kruse nicht ausgesprochen, wissen aber alle, von wem die Rede ist.

»Entschuldigen Sie die Störung«, sagt hinter uns jemand. Wir drehen uns wie auf Kommando um und verhalten uns, als wären wir bei etwas Verbotenem ertappt worden, dabei überlegen wir nur, wie wir an einen Tee für eine schwangere Frau kommen.

Vor uns stehen zwei der japanischen Hilfsschwestern, die ich gesehen habe, als ich in das Krankenhaus gekommen bin. Bei näherem Hinsehen stelle ich fest, dass eine der Frauen einen Arztkittel anhat. Sie ist auch kein junges Mädchen, sondern eine Frau mittleren Alters, aber kleiner und zierlicher als ich. Ich habe zuvor noch nie einen weiblichen Arzt gesehen, erst recht keine Japanerin, die offensichtlich selbst Insassin ist. Jetzt erkenne ich die Frau. Ihr Gesicht ist etwas eckiger, aber Stirn und Kinn sind gleich.

»Mrs Tanaka«, platze ich heraus.

Meine Mutter sieht mich verdutzt an. »Kennt ihr euch?«, fragt sie.

Haruko war so mit ihrem Bruder beschäftigt, dass ich ihre übrige Familie völlig ausgeblendet habe.

Ich war während des Sturms mit Ihrer Tochter zusammen. Sie hat mir von Ken erzählt. Ich habe sie weinen sehen.

Das sage ich nicht. »Ihr Name steht auf dem Kittel«, sage ich. Ich weiß nicht genau, warum ich lüge, aber ich weiß, dass das Eishaus ein Geheimnis ist.

Mrs Tanaka – Dr. Tanaka – sagt etwas auf Japanisch, und die Hilfsschwester, die uns zuvor angesprochen hat, übersetzt.

»Sie sagt, sie habe gehört, wonach Sie suchen. Sie sagt,

dass im japanischen Laden Tee verkauft wird. Schlechte amerikanische Qualität, aber er könnte Ihnen helfen.«

Meine Mutter lächelt. »Ein sehr freundliches Angebot«, setzt sie an, aber mein Vater schüttelt zur gleichen Zeit den Kopf.

»Wir brauchen keine Almosen«, sagt er knapp. »Von anderen Leuten. Ich kann mich selbst um meine Familie kümmern, danke.«

»Das ist kein Almosen, sie ist Ärztin und will einfach nett sein.« Ich lege meine Hand auf seinen Arm. Manchmal beruhigt er sich, wenn ich meine Hand auf seinen Arm lege.

»Sie sollte einfach ihre Arbeit tun.«

»Das ist ihre Arbeit.«

»Familiengespräche zu unterbrechen?«

»Bitte, große Schnecke.«

Große Schnecke. Ich verwende diesen Kosenamen, den ich seit Jahren nicht mehr benutzt habe, weil er mich vor einigen Wochen *Schneckchen* genannt und dabei so gelacht hat.

»Das ist nicht, worum deine Mutter gebeten hat, und wir brauchen es nicht«, sagt Vati.

»Jakob.«

»Ich kann mich selbst um dich und Margot kümmern!«, braust er auf. »Warum tut ihr immer so? Immer diese besorgten Blicke hinter meinem Rücken? Auch ich bin Teil dieser Familie.«

»Wir tauschen keine …«

»Ihr haltet mich für schwach.«

Die Stimme meines Vaters wird zu einem Knurren, so etwas habe ich noch nie bei ihm gehört. Grob stößt er die Hand meiner Mutter fort, die sie sogleich mit ihrer anderen Hand zudeckt.

Dr. Tanaka sieht uns betroffen an, sie versteht auch ohne die Übersetzung der Hilfsschwester. Ich überlege, ob Dr. Tanaka zu Hause über ihre Patienten spricht. Ich überlege, ob sie Haruko heute beim Abendessen von dem Streit zwischen dem deutschen Ehepaar erzählt, das eine Tochter in ihrem Alter hat. Mir graust bei diesem Gedanken.

»Komm mit mir auf einen Spaziergang, Vati«, sage ich unvermittelt. »Mutti kann sich noch eine Weile ausruhen und wir können uns die Beine vertreten.«

Meine Mutter lächelt Dr. Tanaka immer noch an, aber es ist ein angestrengtes Lächeln.

»Ein Spaziergang. Bitte. Für mich.«

»Das Bett wird nicht wegfliegen, wenn ihr fort seid«, sagt Mutti. Ihre Stimme zittert ein wenig, sie hofft inständig, dass wir endlich gehen. »Ich bleibe hier. Ich möchte noch über intime Frauenangelegenheiten mit ihr sprechen.«

Ich gehe mit ihm aus dem Gebäude. Im Hof des Krankenhauses stehen überall Prosopisbäume. Und überall liegen Zweige herum, die der Sturm abgerissen hat. Es gibt zwei Bänke, aber sie sind zu staubig, um darauf Platz zu nehmen. »Was ist los?«, frage ich meinen Vater, während wir unsere Runden drehen.

»Was meinst du, was ist los? Ich mache mir Sorgen um deine Mutter. Ich muss mich um meine Familie kümmern.«

»Jetzt kümmern sich die Ärzte um sie.«

»Aber nicht die amerikanischen. Die nicht.«

»Die ... amerikanischen?«, frage ich verwirrt.

»Die anderen Deutschen, die bieten uns immer ihre Hilfe an. Was haben die Amerikaner gemacht, außer uns zu quälen? Würde man so mit uns umgehen, wenn wir zu Hause in Berlin wären?«

Die anderen Deutschen? Zu Hause in Berlin? »Vati«, sage ich langsam. Ich bin ganz ruhig. Ich versuche, mir einzureden, es sei normal, was er gesagt hat. Aber das ist es nicht, denn hätte er heute Morgen so etwas gesagt, hätte ich Haruko im Eishaus aus Scham nichts davon erzählt. »Vati, was ist passiert? Hier geht es doch nicht um Mutti?«

Er stößt mit dem Fuß gegen das Wurzelwerk der Bäume. »Ich habe einen Brief bekommen.« Er spricht nicht weiter, sondern sieht zur Krankenhauspforte hinüber, wo eine Schwester gerade einen Patienten im Rollstuhl hinausschiebt. Er bedeutet mir, ihm zu folgen. Als wir außer Hörweite sind, spricht er weiter. »Ich habe einen Brief von Mr Lammey bekommen. Er möchte

unser Land weiterverpachten. Er kann es nicht unbe-
stellt lassen.«

»Oh«, sage ich, und mein Bauch fühlt sich an, als sei
er mit Steinen gefüllt. »Ach so.«

Unser Land. So habe ich es immer empfunden. So
haben meine Eltern immer darüber gesprochen. Wir
entschieden, wo Mais und wo Gerste angebaut wurde.
Wir pflügten ordentliche Reihen. Wir arbeiteten nach
Einbruch der Dunkelheit, weil Mutti und Vati nicht er-
laubten, dass ich wie die anderen Schüler in der Ernte-
zeit die Schule schwänzte.

Aber natürlich ist es nie unser Land gewesen. Es gehört Hank Lammey. Wir haben es von ihm gepachtet
und er hat einen Teil der Ernte dafür bekommen. Es
geht um seinen Profit, sage ich mir. Mr Lammey ver-
dient nicht genug, wenn niemand das Land bestellt.

»Er sagt, es sei zu heikel, das Land an einen feind-
lichen Ausländer zu verpachten. Er sagt, er persönlich
denke nicht so über uns, aber die anderen Leute ...«

»Aber du wirst ihm doch antworten?«, sage ich. »Und
ihn daran erinnern, dass wir Freunde in der Stadt haben
und dass es nicht stimmt?«

»Ich habe ihm bereits geschrieben. Heute Morgen
habe ich den Brief abgeschickt.«

Das Land gehört Mr Lammey, aber wir haben das
Haus gebaut. Jahr um Jahr, am Anfang war ich noch
ganz klein. Zuerst wohnten die Eltern in Fort Dodge

und bestellten nur das Land. Sie sparten Geld, kauften Holz und bauten das Haus. Ein Zimmer nach dem anderen.

»Ich habe im Swimmingpool von Lammeys Schwimmen gelernt«, sage ich. Ich weiß nicht, warum ich mich gerade jetzt daran erinnere. »Weißt du noch? Mutti und ich hatten nur unsere Unterwäsche an, als sie es mir beibrachte. Ich hatte die ganze Zeit Angst, die Lammey-Buben könnten uns sehen, aber Mr Lammey sagte, wenn er sie beim Spähen erwischte, bekämen sie Dresche.«

»Ich glaube, deine Mutter hätte sie eigenhändig verprügelt.«

»Oder sie ausgeschimpft.«

»Hat sie dir eigentlich von dem Vermieter unseres ersten Zimmers in Iowa erzählt? Du warst zu klein, um dich daran zu erinnern.«

Ich verneine kopfschüttelnd. Diese Geschichte habe ich, glaube ich, noch nie gehört.

»Wir hatten gerade erst mit dem Hausbau begonnen«, sagt Vati. »Wir wohnten zu dritt in einem heruntergekommenen Pensionszimmerchen. In der Tür war ein Loch, und deine Mutter war überzeugt, dass der Vermieter sie beim Ankleiden heimlich beobachtete. Natürlich wollte ich ihn zur Rede stellen, aber sie sagte, dass sie selbst damit fertigwerde. Als ich am nächsten Tag nach Hause kam, hatte sie ein Schild über das Loch gehängt, auf dem stand *Zehn Cent pro Gucker.* Vielleicht stand da auch *Wenn Sie schon gucken müssen, sollten Sie wenigstens den Anstand haben zu bezahlen.*«

»Gab es in dem Haus eine Katze? Groß und orange, die mich immer gekratzt hat?«

»Sie hieß Jingles. Dass du dich daran noch erinnerst!«

Ganz dunkel. An die Katze kann ich mich erinnern und an einen heruntergekommenen Hof, in dem mein Vater mit mir Fangen spielte. Und dass er von oben bis unten verdreckt war, wenn er von der Arbeit am Haus zurückkam, und meine Mutter für sein Bad viele Eimer kochenden Wassers in einen Zuber füllte. Sie beklagte sich nie. Selbst dann nicht, als es so kalt war, dass sie Steine in den Brunnenschacht schmeißen musste, um das Eis aufzubrechen, bevor sie den Eimer hochziehen konnte. »Und wie hast du reagiert, als du das Schild an der Tür gesehen hast?«

Seine Mundwinkel zucken. »Ich steckte einen Zehner durch das Loch.«

»Vati!«

»Und der Vermieter beobachtete sie nie mehr. Auch sonst niemanden. Und in den nächsten drei Monaten ging er uns im Frühstückszimmer aus dem Weg.«

»Und du musstest ihm keine Schläge androhen«, sage ich.

Mein Vater zuckt die Achseln. »Vielleicht hätte ich sie beschützen sollen, anstatt sie allein damit fertigwerden zu lassen.«

»Sie hat sich selbst geschützt.«

»Sie war so müde und du warst den ganzen Winter über krank und wir fanden kaum Schlaf.« Er schluckt. »Aber wir vergruben uns unter den Bettdecken und sahen dich stundenlang an und malten uns aus, wie unser Leben werden würde.«

Ich suche nach den richtigen Worten für meinen traurigen, gebrochenen Vater, aber ich finde sie nicht. Mir fällt nichts ein. Die Sonne ist untergegangen, während wir miteinander gesprochen haben, und es ist jetzt fast dunkel.

»Sollen wir zurückgehen?«, fragt mein Vater, und ich nicke, weil sein Zorn verebbt zu sein scheint.

Im Bettensaal spricht meine Mutter noch mit Harukos Mutter. Als sie uns bemerkt, blickt sie auf. »Ich habe Dr. Tanaka noch einmal gesagt, dass ihr Angebot, mir den Tee zu beschaffen, sehr freundlich ist. *Sehr freundlich*«, wiederholt sie und blickt nun Harukos Mutter an. »Und dass ich gerne auf ihr Angebot zurückkomme, wenn ich mich wieder so schlecht fühle wie heute Nachmittag. Im Moment geht es mir viel besser.«

Sie wartet, bis die Hilfsschwester übersetzt hat, dann spricht sie weiter: »Und auch mein Mann ist Ihnen sehr dankbar. Die Hitze hat uns beiden sehr zugesetzt.«

Dr. Tanaka erwähnt den Tee mit keinem Wort. Sie nickt freundlich und bedeutet der Hilfsschwester dann, uns wieder allein zu lassen. Doch bevor sie geht, tritt sie noch einmal an das Bett, schüttelt die Kissen auf und steckt meiner Mutter eines davon hinter den Rücken, damit sie besser abgestützt wird. Dann sagt sie etwas auf Englisch, ganz leise, als sei es nur für meine Mutter gedacht oder als wolle sie, dass mein Vater und ich es nicht hören. »Brauchen Tee, brauchen anderes«, sagt sie und artikuliert jedes Wort ganz sorgfältig. »Brauchen etwas, kommen zu mir.«

Es ist so freundlich. Es ist so demütigend, denn in ihrer Fürsorge zeigt sich mir, wie sie meine Familie sieht.

ACHT

∞

HARUKO

Alles andere als ruhig, denke ich, als ich über die staubigen Wege nach Hause gehe. Mein Verhalten gegenüber Margot im Eishaus war das Gegenteil all dessen, was ich mir seit meiner Ankunft im Lager vorgenommen habe. Ich habe mehr gesagt, als ich sagen wollte, und mehr gefragt, als ich fragen sollte, und habe mich viel verletzbarer gezeigt, als ich wollte. Sie hat zugehört, als ich von Ken erzählte, sie hat zugehört, als ich über meinen Vater sprach. Ich habe ihr meine Geheimnisse anvertraut, aber sie hat kaum etwas von sich erzählt. *Warum habe ich alles aus mir herausgelassen?*

Als ich am nächsten Tag in die Schule gehe, überlege ich mir, was ich ihr sagen soll, aber es stellt sich heraus, dass ich mir umsonst Gedanken gemacht habe – Margot ist nicht da. Der Tisch, den ich mir am Tag zuvor so sehr unbesetzt gewünscht hätte, bleibt den ganzen Tag unbesetzt.

Sie ist auch am nächsten Tag nicht da, und ich überlege, ob ich nicht ganz richtig im Kopf bin und mir alles nur eingebildet habe, ob ich wirklich hinter einem Eisblock gehockt und gezittert habe, dass der Wächter mich nicht entdeckt. Am dritten Tag schließlich frage ich Miss Goodwin, ob sie weiß, warum Margot nicht da ist. Sie wirkt überrascht, dass ich mir wegen Margots Fehlen Gedanken mache. »Ihre Mutter ist krank. Margot kümmert sich um sie«, klärt sie mich auf.

Ich könnte versuchen, ihre Adresse ausfindig zu machen, das ist nicht verboten. Aber es gibt offizielle Regeln und Regeln, die unausgesprochen verstanden und befolgt werden. Die Japaner, die ich hier kenne, sind Geschäftsleute, Ärzte und Lehrer. Mein Vater sagt, die ersten deutschen Häftlinge seien hierhergekommen, um das Lager zu bauen. Es waren Arbeiter, Farmer und Leute vom Bau, die in Crystal City bleiben wollten, als sie merkten, dass es hier besser war als in den Gefängnissen, aus denen sie kamen. Dass wir hier zusammenleben, war ursprünglich nicht beabsichtigt gewesen.

Vielleicht hat sie die Schule auch ganz verlassen. Ihre Eltern haben vielleicht entschieden, sie mit den anderen deutschen Kindern unterrichten zu lassen. Das wäre sogar gut, sage ich mir. Genau das ist es, was ich mir wünschen sollte. Ich bilde mir ein, dass ich mir genau das gewünscht habe, bis zu dem Augenblick, als

Margot mir das Klämmerchen ins Haar steckte und ich wegen Ken so weinen musste und meine Ängste eine winzige Zeitspanne lang von jemand anderem aufgefangen wurden.

Klirr, klirr.

Chieko klopft ans Fenster. Zeit zum Aufstehen, Zeit zum Anstehen. Mal sehen, wie viele Minuten ich mir heute in der Dusche erlauben kann, denn offiziell ist die Obergrenze drei. Einmal habe ich sogar sechs geschafft. Heute rüttelt eine alte Frau schon nach vier Minuten an der Holztür zur Duschkabine. Alle versuchen, Duschzeit herauszuschlagen. Es ist der einzige Ort, wo wir wirklich für uns sein können.

Vielleicht hat sie sich bei ihrer Mutter angesteckt. Vielleicht hat sie zu viel Staub geschluckt, als sie mir im Sturm geholfen hat.

Chieko plappert und plappert und merkt erst nach einer ganzen Weile, dass ich nicht richtig zuhöre. Sie erzählt, wie gemein die Mönche sind, die nach dem Unterricht in der amerikanischen Schule Japanisch unterrichten, und dass ich von Glück reden kann, dass meine Eltern Toshiko und mich nicht daran teilnehmen lassen. Dass der Zucker wieder knapp ist und deshalb die Zuteilungsrate geändert wird. Dass das Schwimmbad bald aufmacht. Chieko hat sich mit allem arrangiert. Sie ist nie bedrückt. Sie hat ebenfalls einen älteren Bruder, aber der schläft im Zimmer neben ihr, und sie weiß jede

Nacht, dass er da ist. Sie sieht mich an und denkt, ich sei genau wie sie. Das möchte ich auch. Ich wünschte, ich könnte einfach wie Chieko sein.

»Ich denke, ich gehe trotzdem hin«, sagt sie, als wir nach dem Duschen die Zähne putzen. »Und du?«

»Wohin?«, sage ich und bemühe mich um einen interessierten Tonfall.

»Zum Judo-Wettkampf. Hörst du mir überhaupt zu? Übrigens, willst du heute bei mir übernachten? Mein Vater hat schon den Film, der am Samstag gezeigt wird. Er will die Rollen überprüfen.«

»Findest du das nicht seltsam, dass wir ihn nicht mit den Deutschen zusammen ansehen?«, frage ich.

»Was meinst du? Wir haben unseren eigenen Projektor. Und sie haben auch einen Projektor.«

»Ich weiß nicht. Ich dachte nur – diese Margot zum Beispiel. Wenn wir mal mit ihr zusammen den Film anschauen wollten, könnten wir sie dann zur Spätvorstellung einladen, wenn die Rolle bei uns ist? Oder müssten wir zur früheren Vorstellung in das deutsche Freizeitzentrum?«

»Marg…« Chieko verzieht fragend ihr Gesicht, weiß nicht, von wem ich spreche. »Ich habe dir doch gesagt, wenn du einen Film zweimal sehen willst, kannst du zu uns kommen, wenn wir den Projektor überprüfen. Du musst nicht in die deutsche Vorstellung. Du bist manchmal echt komisch.«

Geometrie, Gemeinschaftskunde. Wie jeden Tag kommen während des Unterrichts Wächter herein. Sie flüstern ein paar Worte mit der Lehrerin und mustern die Klasse.

Miss Goodwin reicht mir einen Zettel. Mein Vater hat seinen Lunch vergessen. *Falsch,* denke ich bei mir: Mein Vater hat vergessen, wie man seinen eigenen Lunch zubereitet, weil das immer meine Mutter gemacht hat, aber jetzt geht sie auch arbeiten. Ob ich ihm in meiner Mittagspause etwas aus der Kantine an das Lagertor bringen könnte, steht auf dem Zettel. Das ist schon das zweite Mal in dieser Woche.

Vielleicht ist Margot gegangen, nicht nur von der Schule, vielleicht hat sie das Lager verlassen, und ich weiß nichts davon.

Crystal City ist wie die Schneekugel, die mein Vater einmal mitgebracht hat: eine ganze Stadt in einer Blase. Innen geht es einem vielleicht ganz gut, aber wenn man etwas will, das sich außerhalb befindet, dann merkt man, dass die ganze Welt, alles, was man tun oder sehen oder kaufen oder essen oder ansehen möchte, nur innerhalb des Zauns existieren darf. Wenn Margot sich auf der anderen Seite des Zauns befände, auch nur zwei Fuß entfernt, würde sie in meiner Welt nicht mehr existieren.

Hauswirtschaftslehre. Wir Mädchen lernen, wie man einen Saum heftet. Ich bin schrecklich schlecht im Saumheften.

Leibesübungen.

Margot.

Sie sitzt an ihrem Platz, als ich vom Volleyball zurückkomme. Sie hat ihr Heft aufgeschlagen, und Miss Goodwin sagt ihr, sie solle nach dem Unterricht noch dableiben, um die versäumten Hausaufgaben nachzuholen. Ich bin vom Sport noch ganz verschwitzt, die Haare kleben in meinem Nacken.

Als sie mich sieht, lächelt sie zaghaft. »Hi.«

Hi, sage ich, aber nur in Gedanken. Bevor ich etwas richtig sagen kann, kommt Chieko, und dann folgen alle anderen Mädchen aus meiner Klasse. »Sie ist wieder da«, flüstert jemand.

Ich glaube nicht, dass Margot das hören sollte. Aber sie hat es gehört und bekommt rote Ohren. Sie sieht mich an, als ob sie wüsste, dass auch ich es gehört habe, und als erwarte sie, dass ich etwas zu ihrer Verteidigung sage. Das sollte ich auch. Ich sollte Linda sagen, dass sie sich um ihre eigenen Angelegenheiten kümmern soll. Ich sollte wenigstens Margots Gruß erwidern, damit sie sich nicht so blöd vorkommen muss.

Aber das tue ich nicht. Ich kann das nicht vor allen anderen. Meine Zunge ist wie gelähmt. Hier in der Öffentlichkeit mit ihr zu sprechen, kommt mir irgendwie seltsam vor.

Ich setze mich und Margot wendet ihren Blick ab. Sie ist puterrot im Gesicht und blättert die Seiten ihres

Buchs viel zu schnell um, so schnell kann niemand lesen. Vor lauter Schuldgefühlen bekomme ich Magendrücken, aber ich schaffe es erst, mit ihr zu sprechen, als die Stunde halb um ist und Chieko an der Tafel eine Matheaufgabe löst und der Rest der Klasse abgelenkt ist.

»Tut mir leid mit deiner Mutter«, flüstere ich, fast ohne die Lippen zu bewegen. »Ich wollte …«

»Was wolltest du?«, flüstert sie ausdruckslos zurück.

»Ich wollte …«

Die Schulglocke klingelt, während ich noch überlege, was ich eigentlich sagen wollte. *Lunch.* Wollte ich mich bedanken? Wollte ich mich vergewissern, dass sie niemandem von unserem Gespräch erzählt? Wollte ich vorschlagen, dass wir wieder miteinander reden? Ihre unbewegten grauen Augen warten darauf, dass ich zu Ende spreche.

Wieder klingelt die Glocke und ich habe die Chance verpasst. Sie ist aufgestanden und zur Tür hinausgegangen und ich starre auf den Zettel von Miss Goodwin. Mein Vater.

Bis zur Kantine ist es nicht weit. Ich nehme Rindereintopf und Brot mit Margarine, das bekommen heute die Familien, die noch keine eigene Küche haben. Der Wächter vom Spinatfeld, der die Lunchportionen abholt, ist noch nicht da, als ich ans Tor komme. Aber dort, direkt am Zaun, steht ein anderer Wächter.

»Hallo, Colorado!«

»Mike«, sage ich. Er war auch beim letzten Mal da, als ich den Lunch gebracht habe.

»Kaugummi?« Er streckt seine Hand aus.

»Hm, ich weiß nicht.« Ich versuche, nicht mehr an Margot zu denken und mich auf Mike einzustellen. »Mir ist eher nach einem Schokokaramell-Marshmallow von Hammond's.«

Er fasst sich an die Brust und gibt sich gekränkt. »Du brichst mir das Herz«, sagt er. »Du lehnst mein Kaugummi ab und unterstellst, dass Hammond's-Schokolade besser als Baur's-Schokolade ist? Ich habe in dem Laden in der Stadt die letzte Packung gekauft. Soll ich sie jemand anderem geben? Vielleicht dem alten Deutschen aus Colorado Springs, mit dem ich mich genauso unterhalten könnte?«

Hammond's. Baur's. Ein Schokokaramell-Marshmallow. Mike ist der Einzige, den ich hier kenne, der auch ein Leben außerhalb des Lagers hat.

»Nein, nein, ich nehme es ja.« Ich strecke meine Hand aus.

»Bist du sicher?« Spielerisch zieht er seine Hand zurück. »Der alte Deutsche nämlich …« Mike unterbricht sich, sein Lächeln verschwindet. Ein anderer Wächter ist gekommen. Mike nimmt Haltung an und legt die Hand an die Stirn. »Guten Tag, Officer.«

Der andere Wächter steigt nicht auf den Turm, um seinen Posten einzunehmen, sondern mustert uns aus einiger Entfernung. »Braucht diese Gefangene Ihre Unterstützung, Officer?«, fragt er schließlich vernehmlich. »Kann ich vielleicht übernehmen, bestimmt wollen Sie in Ihre Mittagspause?«

»Miss Tanaka wurde angewiesen, ihrem Vater das Essen zu bringen. Sie hat die Erlaubnis zu warten, bis jemand kommt und es entgegennimmt, und ich bin angewiesen, das Tor zu öffnen.«

Der andere Wächter ist immer noch misstrauisch, steigt aber schließlich die Leiter zum Wachturm hinauf. Mike macht seinen älteren Kollegen nach und bläst die Backen auf. »Er ist so muffig, weil ich nur für ihn da sein soll«, flüstert er. Dann sieht er zum Tor hinüber. »Oh, da kommt dein Vater.«

Zwei Gestalten nähern sich dem Zaun. Mein Vater in Hemdsärmeln und verschlissener, verdreckter Hose, ein Tuch um den Hals. Ich habe ihn nicht hier erwartet. Beim letzten Mal habe ich das Essen einem Angestellten des Lagers mitgegeben. Aber heute ist er selbst gekommen, in Begleitung eines Wächters. In dieser Kleidung hätte er zu Hause nicht einmal den Müll hinausgebracht.

»Har-chan!« Er lächelt, als er mich warten sieht.

»Ich habe deine Nachricht bekommen. Ich bringe dir das Essen.« Ich gebe Mike den Behälter mit dem Essen. Er schließt das Tor auf und überreicht ihn dem anderen Wächter, der den Inhalt prüft, bevor er ihn an meinen

Vater weitergibt. Die Übergabe ist erledigt. Ich nicke ihm zu und wende mich zum Gehen.

»Bleib doch ein bisschen«, ruft er. »Es ist so viel. Das Essen reicht auch für zwei.«

»Ich muss wieder in die Schule. Ich habe meine Mittagspause für den Kantinengang aufgebraucht.«

»Hast du dort etwas gegessen?« Ich schüttele den Kopf. »Umso mehr Grund, hierzubleiben.« Er öffnet den Behälter und schiebt eine Scheibe Brot durch den Maschendraht. »Nur ein paar Minuten. Ich muss sowieso hier warten, bis der Wächter mit dem Lunch fertig ist.«

Sein Wächter hat eine Brotdose herausgezogen, isst ein Sandwich und unterhält sich mit Mike. Ich möchte nicht bleiben, aber ich bringe es auch nicht fertig, meinem Vater bewusst nicht zu gehorchen und ihn seinen Lunch allein hinter einem Zaun essen zu lassen.

Aber er ist ja gar nicht hinter dem Zaun. Jetzt jedenfalls nicht.

»Sieh nur, was passiert ist«, sage ich. »Auf welcher Seite des Zauns wir uns befinden. Jetzt bin ich diejenige, die im Gefängnis sitzt. Du bist draußen.«

»Haruko.«

»War nur ein Witz.«

»Lass uns einfach nett miteinander essen.«

»Ja, natürlich, Otousan«, sage ich, aber diese Höflichkeitsform ist gerade unhöflich, denn mein Vater hat von uns nie die formale Anrede verlangt, und so klingt sie aus meinem Mund höhnisch.

Er seufzt. »Haruko, was ist los?«

Ich knete das letzte Stückchen Brot zu einer Kugel zusammen. Warum bin ich so ungezogen? Warum entspreche ich genau dem Nisei-Klischee aus der *Rafu Shimpo?* Wo alte Issei-Männer sich in wütenden Leserbriefen darüber beschweren, dass wir Mädchen der zweiten Generation keinen Respekt vor den Älteren haben.

»Ich weiß, dass du nicht gern hier bist«, sagt er. »Wahrscheinlich gibt es niemanden im Lager, der nicht lieber woanders wäre, aber so, wie du dich mir gegenüber benimmst ...« Er schüttelt den Kopf. »Gibt es etwas, worüber du mit mir sprechen willst?«

Ja. Es gibt Dutzende Dinge, über die ich gern sprechen würde. Warum lässt er zu, dass ich so ruppig zu ihm bin? Warum belehrt er mich nicht über *Shitsuke,* damit ich mich diszipliniere und besser benehme? Mein Vater ist vielleicht nicht so streng wie die Väter meiner Freundinnen, aber in Denver bekam ich oft so eine Belehrung: wenn ich zu spät nach Hause kam, wenn ich mitten im Gottesdienst kicherte.

Lässt er meine Ruppigkeit zu, weil er sich schuldig fühlt, dass ich hier bin? *Weil er denkt, dass ich etwas weiß?*

Ich würde gern über die Dinge sprechen, die ich mich nicht getraut habe, laut auszusprechen, bis ich mit

Margot darüber gesprochen habe. Dinge, die sich irgendwo in meinem Kopf verhakt haben und die mir gar nicht bewusst gewesen sind.

»Haruko?«, fragt er wieder.

»Warum hast du nicht protestiert, als sie dich verhaftet haben?«

Er schließt seine Augen und seufzt. »Wir haben darüber doch schon gesprochen.«

»Sag es mir noch einmal.«

»Was hätte es gebracht? Wenn die Regierung meint, Beweise gegen mich zu haben, kann man nichts machen.«

»Du hättest es wenigstens versuchen können.«

»Hat das bei den anderen Familien etwas genützt, die hier im Lager sind? Wie sehr sie sich auch gewehrt haben, hat es ihnen etwas gebracht? *Shikata ga nai.*« *Da kann man nichts machen.*

Mein Vater weiß nicht, was wir alles durchgemacht haben. Einen Monat lang brachte meine Mutter unsere Besitztümer zu Freunden und Nachbarn. »Zur vorübergehenden Aufbewahrung«, sagte sie, als sie das Teeservice ihrer Großmutter, meine Rollschuhe und unser gutes Geschirr weggab. Am Anfang war es leichter, Sachen unterzubringen. Doch als den Leuten klar wurde, wessen mein Vater beschuldigt wurde, hatten sie Angst, mit uns in Verbindung gebracht zu werden. Sämtliche Japaner, die an der Westküste lebten, waren bereits umgesiedelt worden, waren gewaltsam gezwungen worden, ihr Haus zu verlassen. Es gab nur einen Grund, warum wir in Colorado noch sicher waren: Die Regierung wollte die Binnenstaaten nicht evakuieren. Wenn mein Vater verhaftet worden war, bedeutete es, dass auch die anderen nicht mehr sicher waren.

Mein Vater war nicht mehr da, als an der Tür unseres Friseursalons das Schild KEINE JAPANER auftauchte. Oder als ein Auto an uns vorbeifuhr und der Fahrer das Fenster herunterkurbelte und eine Flasche Limo auf uns schmiss und unsere ganze Kleidung bekleckerte. Es war so demütigend. Ich blieb ganz ruhig. »Schon gut, Mama, war vielleicht nur ein Versehen«, sagte ich. Ich erzählte ihr nicht, dass der englisch sprechende Fahrer *Gelbe Schlampe!* gebrüllt hatte, bevor er weitergefahren war.

»Warum fragst du mich das jetzt?«, möchte mein Vater wissen.

Ich frage jetzt, weil ich die ganze Zeit über schreckliche Dinge grübeln muss. Ich frage, weil an dem Tag, als er verhaftet wurde, etwas geschah. Etwas, das er mir fast erzählt hätte, aber dann doch nicht erzählte.

»Warum sind wir hier, Papa? Warum sind wir wirklich hier?«

Er wirft einen hastigen Blick zu Mike und dem anderen Wächter hinüber, dann zischt er leise: »Du weißt genau, dass sie keinen Grund brauchen, um einen von uns zu verhaften. Hör endlich auf zu fragen, Haruko.«

Und genau das macht mir so Angst. Sie brauchten keinen Grund. Die Regierung brauchte keinen Grund, um so etwas zu machen. Die Menschen wurden abgeholt, weil sie ihre Häuser kunstvoll verziert hatten, weil sie in ihrer Freizeit bestimmte Kampfsportarten ausübten. Menschen wurden wegen der Präsidentenverfügung 9066 abgeholt, die besagt, dass die Regierung militärische Zonen definieren und die Menschen nach Belieben umsiedeln kann. Die Regierung hätte uns auch aus diesem Grund abholen können, dann wären wir wie die Japaner von der Westküste in ein Lager gekommen, das von der Umsiedlungsbehörde verwaltet wurde. Aber das haben sie nicht gemacht. Sie haben gesagt, mein Vater hätte über Hotelgäste Nachrichten weitergeleitet. Deshalb sind wir in ein Lager gekommen, das vom Justizministerium verwaltet wird und das nicht nur für Japaner, sondern speziell für feindliche Ausländer bestimmt ist.

Und das ist eine sehr gezielte Anschuldigung.

»Ich will einfach die Wahrheit wissen«, sage ich verzweifelt und zu laut. Mike schaut zu uns herüber, weil er mich trotz seines schlechten Ohrs gehört hat. Ich senke meine Stimme. »An dem Tag, als sie dich geholt haben, hast du mich angesehen. Ich will wissen …«

»Danke, dass du mir meinen Lunch gebracht hast«, unterbricht mich mein Vater. »Und nun geh wieder in die Schule. Deine Fragen sind zwecklos.«

»Aber würdest du es mir erzählen?«, frage ich. Unweit von uns sieht der Wächter, der meinen Vater gebracht hat, auf seine Uhr. Sie müssen wieder zurück. Gleich wird er herkommen.

»Was erzählen? Es gibt nichts zu erzählen.«

»Aber wenn doch?«, sage ich verzweifelt. Der Wächter hat sein Sandwich aufgegessen und kommt.

Gib mir Sicherheit, möchte ich ihm sagen. Gib mir Sicherheit, damit ich mir keine Sorgen machen muss, damit ich nicht weiter wütend auf dich sein muss.

»Dieses Gespräch ist der Gipfel an Respektlosigkeit«, sagt mein Vater steif, und da haben wir meine wohlverdiente *Shitsuke*-Lektion, denn normalerweise bedränge ich ihn nicht auf diese Art. »Es beschämt mich zutiefst, dass du so schlechte Manieren hast. Aber wenn du wirklich die Antwort auf deine Frage hören willst, sie lautet Nein. Natürlich würde ich dir nichts erzählen. Du bist meine Tochter. Meine Aufgabe ist es, dich zu beschützen. Natürlich würde ich dir nichts erzählen, was dich in Gefahr bringen könnte.«

NEUN

∞

HARUKO

Nach der Schule in den amerikanischen Laden. Ich soll
mit Toshiko in den amerikanischen Laden gehen, um
ihr mit den Wertmarken unserer Eltern ein Paar neue
Schuhe zu kaufen. Hier werde ich nicht daran denken,
was mein Vater mir beim Mittagessen gesagt hat. Denn
er hat es geschafft, mir genau das Richtige und auch genau das Falsche zu sagen.

»Ich komme mit«, bietet Chieko sich an, aber ich
wimmele sie ab, denn ihr kann ich bestimmt nicht vor-
machen, mir ginge es gut.

Toshiko hat ihre Schuhe schnell ausgesucht, es gibt
nur zwei Modelle in ihrer Größe.

»Du kannst auch gleich eure Post mitnehmen«, sagt
die Verkäuferin, eine schwatzhafte Frau im Alter meiner Mutter. »Hier liegen ein paar Sendungen für euch.«

Vor dem Laden zieht Toshiko ihre neuen Schuhe an,
um mit ihnen nach Hause zu gehen. Ich schaue wäh-

renddessen den kleinen Poststapel durch: ein Katalog, ein paar offiziell aussehende Briefe für meine Eltern, ein Brief, der nach dem Absender zu urteilen von einer Lehrerin aus Toshikos ehemaliger Schule ist. Und ein Feldpostbrief. *Ein Feldpostbrief.*

»Ist etwas Schönes dabei?«, fragt Toshiko.

»Du hast einen Brief von Miss Nina bekommen.«

Toshiko quiekt vor Freude und reißt gleich den Brief auf, den Brief von Ken stecke ich in meine Tasche. Ich weiß nicht, warum ich ihr nichts davon erzähle, das ist egoistisch und gemein. Aber sie erwartet bestimmt nicht schon wieder einen Brief von ihm, wir haben erst vor wenigen Tagen einen bekommen. Und ich will seinen Brief nicht wieder vor der ganzen Familie laut vorlesen. Ich will nicht, dass alle wieder so glücklich tun und niemand außer mir merkt, dass etwas nicht stimmt.

»Möchtest du gleich nach Hause oder erst ins Gemeindezentrum?«, fragt Toshiko. »Wir könnten uns Schallplatten anhören.«

Ich will nicht ins Gemeindezentrum. Ich will den Brief von Ken lesen.

Und am liebsten würde ich den Brief mit Margot lesen.

Dieser Gedanke schießt mir durch den Kopf, bevor ich ihn unterdrücken kann. In der Schule haben wir nicht mehr miteinander gesprochen, aber jetzt stehe ich hier mit einem Brief meines Bruders. Mit wem sonst könnte ich ihn lesen? Mit meinem Vater, dem ich nicht traue? Mit Chieko, die es allen weitererzählen würde, wenn ich zu weinen anfinge? *Die arme Haruko, ihr müsst sie schonen, sie macht gerade eine schwere Zeit durch.* Innerhalb weniger Stunden würde meine Familie davon erfahren.

Ich möchte den Brief mit jemandem lesen, den ich kaum kenne, und Margot ist die Einzige, zu der ich aufrichtig war, seitdem alles anders ist.

»Geh ins Gemeindezentrum, wenn du magst«, sage ich zu Toshiko, bevor ich es mir anders überlegen kann. »Ich bin heute so schnell aus der Schule gerannt, dass ich noch mal hingehen muss – ein paar Arbeitsblätter holen. Wir sehen uns dann zum Abendessen.«

Die letzte Schulstunde ist erst seit zwanzig Minuten zu Ende, aber als ich in der Schule ankomme, ist unser Klassenzimmer leer. Anscheinend hat Miss Goodwin Margot die Aufgaben schon erklärt. In den Fluren ist es still und dunkel. Ich versuche, meine Enttäuschung hinunterzuschlucken, und rede mir ein, es sei ein Glück, dass sie schon fort ist. Was habe ich mir bloß gedacht?

Als ich über den Flur gehe, geht die Toilettentür auf.

Margot sieht mich und erstarrt. Dann senkt sie schnell ihren Blick und rafft ihre Bücher zusammen, die sie vor der Toilette liegen gelassen hat.

»Es tut mir leid«, sage ich und denke zu spät daran, dass ich ihr mit den Büchern hätte helfen können.

»Wieso?«

»Wegen heute Morgen. Weil ich dich nicht beachtet habe. Ich wusste nicht, wie ich … mir ging so viel durch den Kopf.«

»Hast du auf mich gewartet?« Sie schaut an mir vorbei, um zu sehen, ob ich allein bin.

»Ich bin wegen dir zurückgekommen.«

Sie schüttelt ihren Kopf und drückt ihre Bücher fest an die Brust. »Ich hätte nicht mit dir reden sollen. Du hast gesagt, es wäre für dich einfacher, wenn wir in der Schule nicht miteinander sprechen. Für mich ist es wahrscheinlich auch einfacher.«

Sie drückt sich mit gesenktem Kopf an mir vorbei. Ich bin mir nicht sicher, ob sie die Wahrheit sagt oder sauer auf mich ist oder ob sie einfach möglichst schnell von mir wegwill. Sie hat mich kaum angesehen.

»Wie geht's deiner Mutter?«, frage ich, bevor sie den Ausgang erreicht hat.

Margot bleibt stehen und dreht sich langsam um. »Gut. Bitte richte deiner Mutter unseren Dank dafür aus, dass sie uns den Tee angeboten hat, auch wenn wir ihn nicht genommen haben.«

Sie bemerkt meine Verwirrung. »Ich dachte, deshalb wüsstest du, dass sie krank war«, erklärt Margot. »Deine Mutter war eine ihrer Ärzte.«

»Miss Goodwin sagte, dass deine Mutter krank sei. Ich wusste nicht, dass sie im Krankenhaus war. Und jetzt ist wieder alles gut?«

»Sie ist schwanger und sie … es ging ihr früher schon nicht gut.« Margot dreht sich wieder zur Tür um. »Ist das alles? Also danke noch mal für deine Entschuldigung. Aber ich muss Hausaufgaben nachholen, deshalb sollte ich jetzt lieber gehen.«

Sie drückt die Türklinke hinunter.

»Warte!«

Margot bleibt stehen.

»Kommst du noch mal mit mir ins Eishaus?«, frage ich.

»Wann?«

»Jetzt gleich, nur ganz kurz.«

»Warum?«, fragt sie misstrauisch.

»Weil …«

»Weil was?« Anscheinend habe ich ihre Neugier geweckt.

Ich suche nach einer Antwort. »Du könntest für die verpassten Stunden meine Hefte ausleihen.«

Ich denke nicht, dass sie mir glaubt.

Sie beißt sich auf die Lippe, scheint irgendetwas abzuwägen, aber in diesem Moment will ich nur, dass sie Ja sagt. Ich habe sonst niemanden, zu dem ich gehen kann. Sie muss Ja sagen.

Weil du beim letzten Mal gesagt hast, dass ich dir Ge-

heimnisse anvertrauen kann, weil du niemanden hast,
dem du sie weitererzählen kannst. Weil auch ich nieman-
den habe, dem ich sie erzählen kann, nur dich. Weil du
recht hattest mit deiner Vermutung. Ich bin einsam.

Ich lasse Margot vorausgehen. Als ich ins Eishaus komme, hat sie schon die Decken ausgebreitet, aber nicht an der Stelle, wo sie beim letzten Mal lagen. Sie sind jetzt weiter vom Eingang entfernt, hinter einem besonders großen Eisblock versteckt, sodass niemand, der die Tür öffnet, uns sehen kann. Auch ich sehe Margot erst, als sie mir zuwinkt. Sie hat eine Thermosflasche mit Wasser dabei und eine Öllampe von der Art, die es in unserem Union Store zu kaufen gibt und wahrscheinlich auch im deutschen Laden.

»Ich bin schon mehrmals hier gewesen«, erklärt Margot, als ich auf die Thermoskanne zeige. »Mir gefällt es hier. Es ist so schön ruhig.«

»Ich stehe möglichst lang unter der Dusche, um meine Ruhe zu haben«, sage ich und bin froh, dass wir gleich ein Gesprächsthema haben. »Normalerweise kann ich ein paar Extraminuten herausschlagen, bevor jemand an der Tür rüttelt und mich anschreit, dass ich mich beeilen soll.«

»Meine Mutter und ich waschen unsere Wäsche immer mitten in der Nacht, um den Leuten aus dem Weg zu gehen«, sagt Margot.

»Aber alle waschen ihre Wäsche doch nachts.«

»Weil meine Mutter und ich damit angefangen haben«, erwidert sie schlicht. »Gibst du mir jetzt deine Hefte?«

Beim Licht der Öllampe nehmen wir die Hausaufgaben durch, und ich versuche, mich ihr gegenüber möglichst normal zu verhalten, sie wie irgendeine Klassenkameradin zu behandeln, um wiedergutzumachen, dass ich sie im Klassenzimmer nicht beachtet habe. Doch sie lacht kaum über meine bemühten Witze, und schon nach wenigen Minuten ist klar, dass sie keine Hilfe bei den Hausaufgaben benötigt. Ich weiß immer noch nicht, warum sie einverstanden war, ins Eishaus zu gehen, oder ob es dumm war, sie zu fragen. Da ich jetzt weiß, dass Margots Mutter im Krankenhaus war und sie vielleicht zu ihr nach Hause möchte, weiß ich nicht, wie ich ihr beibringen soll, dass ich sie um einen Gefallen bitten möchte.

»Also den Milton-Aufsatz hast du im Wesentlichen verstanden?«, frage ich, nachdem sie meine Hefteinträge abgeschrieben hat. Obwohl ich ihn schon zweimal erklärt habe und sie ihn schon beim ersten Mal verstanden hat.

»Haruko.« Sie setzt sich auf ihrer Decke zurecht. »Was gibt es noch für einen Grund, dass ich mitkommen sollte?«

»Was meinst du?« Meine Stimme klingt gekünstelt und schrill.

Margot starrt auf ihren Stapel mit den Arbeitsblättern, sie glättet sie und legt sie Kante auf Kante. »Es ist sehr nett, dass du mir mit den Schulaufgaben hilfst. Aber du musst nicht nett zu mir sein, weil du Angst hast, ich würde jemandem weitersagen, was du mir über deine Familie erzählt hast. Ich sage es niemandem.«

»Das weiß ich«, sage ich, obwohl ich noch vor wenigen Tagen genau das befürchtet habe. »Das macht mir keine Angst.«

»Dann … dann verstehe ich ehrlich gesagt nicht, warum ich hier bin.« Sie sieht mich an. Auf ihrer Iris sind blaue Flecken, die mir zuvor nicht aufgefallen sind, genau um ihre Pupille herum. Margot nimmt nicht oft Blickkontakt auf. Ihre Augen sind tiefgründig und undurchsichtig, und ich weiß immer noch nicht, was sie eigentlich denkt.

Als ich nicht antworte, erhebt sie sich und klopft ihren Rock ab. »Also, dann wahrscheinlich bis morgen.«

»Warte.« Meine Stimme ist lauter und klingt verzweifelter als beabsichtigt. Sie hält inne und ich höre zum ersten Mal Unmut in ihrer Stimme.

»Haruko, was *willst* du? Du musst dich nicht mit mir anfreunden. Wir müssen das nicht.«

Statt einer Antwort stehe ich ebenfalls auf, ziehe Kens Brief aus der Tasche und reiche ihn ihr.

Sie sieht auf den Absender. »Von deinem Bruder?«

»Er ist heute Nachmittag gekommen. Ich habe ihn noch nicht gelesen.«

»Warum nicht?«

»Könntest du ihn lesen? Mir vorlesen?«

Margot wendet den Brief hin und her, öffnet ihn aber nicht. »Warum soll ich ihn dir vorlesen?«

Ich weiß nicht, warum ein Brief von Ken mir solche Angst macht. Ich sehne mich danach, von ihm zu hören. Sehne mich nach einem langen, geschwätzigen, lustigen Brief mit lauter schlechten Witzen, aus dem ich herauslesen könnte, dass alles in Ordnung ist.

»Bitte«, sage ich. »Ich kann ihn nicht allein lesen.«

Schließlich öffnet Margot den Umschlag.

»Es ist nur eine Seite«, sagt sie und zieht ein dünnes weißes Blatt heraus. Es ist mit einer Miniaturversion seiner schludrigen Schreibschrift bedeckt. »Bist du sicher?«, fragt sie noch einmal und wartet, dass ich nicke. Dann liest sie vor.

»*Liebe alle*«, sagt Margot. Es ist seltsam, Kens Worte aus ihrem Mund zu hören.

»*Also Leute, die große Neuigkeit ist, dass meine Wenigkeit offiziell seine Angst vor Schlangen nicht überwunden hat! Heute Morgen bin ich in meine ollen Stiefel geschlüpft und musste feststellen, dass ein fieses kleines Tier mir zuvorgekommen war. Ich habe geschrien, was das Zeug hält, und jetzt schaue ich lieber zweimal oder dreimal nach, bevor ich meine Stiefel morgens anziehe!*

Die andere große Neuigkeit ist, dass letzte Woche ein Typ mit einer Kamera hier war, der einen Film für die Wochenschau über uns drehen wollte. Er hat ungefähr zwanzig Minuten lang gefilmt, wie ich ein Kreuzworträtsel löse, meinte, ich würde so realistisch wirken. Ha! Vielleicht werde ich mal ein Filmstar!«

»Das ist eine Lüge«, unterbreche ich.

Margot sieht hoch. »Was sagst du?«

»Tut mir leid, nur – Ken würde niemals ein Filmstar werden wollen. Ich glaube, er würde so etwas nicht mal aus Spaß sagen. Er hat sich lustig über mich gemacht, wenn ich mein Geld für Filmzeitschriften ausgegeben habe. Aber mach weiter. Lies vor.«

Sie zögert, als wolle sie etwas sagen, aber dann sucht sie die Stelle, wo ich sie unterbrochen habe, und liest weiter. *»Erinnert ihr euch an Mrs Minemoto vom Postamt?«*, liest sie. *»Ihr Sohn ist auch im 442er. Mensch, ist das toll, mal wieder mit meinem alten Freund zu reden!«*

»Lüge«, sage ich wieder. »Er hat Steve Minemoto nicht ausstehen können. Er hat ihn gehasst. Das hat er meinen Eltern nie erzählt, weil Steve ein richtiger Schleimer war, der von allen Eltern gemocht wurde.«

»… Und sich zu erinnern, wie viel Spaß wir miteinander hatten …«

»Lüge.«

»… Vor allem, wie wir die Kinderfeste der Japanischen Liga boykottiert haben.«

»Lüge.«

Niemand mochte diese Kinderfeste. Das Kasperle-
theater war grauenvoll. Jeden Monat schickten unsere
Eltern uns dorthin, und jedes Mal setzte sich eine
Gruppe von uns früher ab, ging spazieren oder fuhr,
als das Benzin noch nicht rationiert war, zu den Red
Rocks hinaus. Steve Minemoto war nie dabei, und auf
den Kinderfesten haben wir ihn nie gesehen, weil wir
immer schon weg waren.

Margot sieht mich an. »Manche Leute drücken sich
ungeschickt aus, besonders in Briefen«, sagt sie.

»Aber nicht Ken. Ken hinterließ hinter der Kasse der
Sodastation, wo wir nach der Schule arbeiteten, immer
Briefchen für mich.«

»Na ja, vielleicht mochte er Steve Minemoto nicht,
als er in Denver war, aber als er wo auch immer hinkam,
war er froh, ein bekanntes Gesicht zu sehen.«

Hätte ich mich gefreut, wenn ich Evelyn Minemoto,
die langweilige kleine Schwester von Steve, hier in Crystal City getroffen hätte? Kann ich mir nicht vorstellen.
Vielleicht doch, aber ich kann es mir beim besten Willen nicht vorstellen.

»Oder«, sagt Margot, »hast du daran gedacht, dass er
sich vielleicht einfach nichts anmerken lassen will, damit deine Familie sich nicht noch mehr Sorgen machen
muss?«

Natürlich habe ich mir das auch schon überlegt. Natürlich denke ich das. Aber Ken muss doch wissen, dass ich lieber eine schreckliche Wahrheit als eine unschuldige Lüge hören würde. Ginge das nicht jedem so?

»Kannst du weiterlesen?«

»*Mama, ein paar von uns sind uneins, wann man den Mochi fürs Neujahrsfest zubereitet. Ich habe gesagt, dass du ihn immer am Abend davor gemacht hast.*«

Das stimmt nicht, das ist alles erfunden. Ich möchte Ken in diesen Sätzen wiedererkennen, aber es gelingt mir nicht. Ich möchte ihn mir beim Schreiben vorstellen, aber ich bilde mir ein, dass er nur unter Zwang so etwas schreiben würde. Ich bilde mir ein, dass er solche Briefe schreibt, weil hinter ihm der Feind steht und ihm befielt: *Schreib einen fröhlichen amerikanischen Brief. Nein, fröhlicher. Nein, amerikanischer.*

Das ist natürlich eine absurde Befürchtung, denn wenn Ken in Gefangenschaft wäre, würden seine Briefe nicht per Feldpost kommen. Wenn Ken in Gefangenschaft wäre, würden wir wahrscheinlich gar keine Briefe von ihm bekommen.

Margot sieht meine Verzweiflung. »Ich kenne deinen Bruder nicht. Ich möchte nur darauf hinweisen, dass es viele Gründe gibt, warum der Brief nicht nach ihm klingt. Und nicht alle müssen bedeuten, dass etwas Schreckliches geschehen ist.«

Margots methodische, rationale Vorgehensweise irritiert mich, aber ihre Fragen treffen genau die Punkte, die auch Ken nüchtern und sachlich hervorheben würde, wenn er hier sitzen und seinen eigenen Brief lesen würde. *Mein Brief klingt vielleicht so albern, weil ich mich nicht den Fragen unserer Eltern aussetzen wollte,* würde er sagen. Das Gespräch mit Margot weckt meine Erinnerungen an ihn. *Zieh mal den Zweig aus deinem Haar, Haruko, denn offiziell kommen wir vom Eisessen und nicht von einer Kletterpartie in den Bergen.*

Margot sieht auf den Brief. »Ich glaube, ich lese lieber nicht weiter«, sagt sie.

»Doch, bitte.«

»Das nimmt dich sehr mit und außerdem geht es mich nichts an.«

»Ich möchte, dass du weiterliest.«

Wieder sieht sie mich an, und diesmal warte ich nicht, bis sie wegsieht. »Bitte, ich unterbreche dich auch nicht mehr«, sage ich.

Margot seufzt, räuspert sich und sucht nach der Stelle, an der sie aufgehört hat zu lesen.

»Es bringt mich um, dir das alles zu sagen.«

»Lies weiter«, sage ich zu ihr. »Ich habe gesagt, dass ich es hören will.«

Margot schüttelt betroffen den Kopf. »Nein, das steht in dem Brief. Das ist der nächste Satz im Brief.« Sie deutet auf das Blatt Papier, dann liest sie den Satz noch einmal.

»Es bringt mich um, dir das alles zu sagen, so zu tun,
als wäre alles in Ordnung, wenn ich dir in Wirklichkeit
sagen möchte, wie leid es mir tut, dass ...« Margot bricht
ab.

»Dass was? Wie leid es ihm tut, dass was? Was
schreibt er weiter?«

Meine Kehle ist wie zugeschnürt. Dies ist der erste
Satz aus all den letzten Briefen meines Bruders, der
klingt, als hätte Ken ihn geschrieben. Er klingt erschreckend – der erste echte Satz und er klingt erschreckend.

Doch Margot liest nicht weiter, sondern reicht mir
den Brief, ihr Gesicht ist aschfahl. »Es tut mir leid«, sagt
sie.

»Lies zu Ende. Lies einfach zu Ende.«

»Ich kann nicht. Es geht nicht.« Sie hält das Blatt näher an die Lampe, dreht es um und mustert die Rück-
seite und die Ränder, als suche sie nach einem fehlenden Absatz. »Mehr steht hier nicht.«

»Wie meinst du das? Er hört hier auf?«

Ich reiße ihr den Brief aus der Hand und fahre mit
dem Finger hektisch nach unten, aber dort sind nur
schwarze Linien. Gerade schwarze Linien und darunter
die Unterschrift meines Bruders.

Alles Liebe
Ken

Er ist zensiert worden. Der Rest des Briefes ist geschwärzt.

Ich halte den Brief hoch, vielleicht scheint Kens Schrift durch die dicke schwarze Farbe hindurch. Ein i-Punkt. Der Unterschwung eines kleinen g. Nichts.

»Es tut mir leid«, sagt Margot mitfühlend. »Es tut mir leid. Ich hätte mir vorher das Ende ansehen und dich warnen sollen, bevor ich zu lesen anfing.«

Ich betrachte immer noch die Handschrift meines Bruders. Was hatte er sagen wollen? War es für mich gedacht? Vielleicht eine geheime Botschaft in Schreibschrift, die nur ich lesen konnte?

Ich frage mich, wann der Brief zensiert worden ist. Wurden seine Sätze vor Wochen irgendwo in Übersee geschwärzt, oder wurden sie 100 Yard entfernt von einem Lagermitarbeiter geschwärzt, der mich jeden Tag sieht und mich beim Appell zählt?

Der Brief fühlt sich feucht an, meine Handflächen sind schweißnass. Nur zwei Zeilen sind geschwärzt, vielleicht ein Satz, dann kommt seine Unterschrift. Wofür wollte er sich in diesem Satz entschuldigen? Was tat ihm leid?

»Möchtest du allein sein?«, fragt Margot.

»Ich möchte meinen Bruder.«

Und jetzt weine ich wieder, anscheinend weine ich immer, wenn Margot da ist. Sie zieht still ein Taschentuch aus ihrer Rocktasche und reicht es mir.

»Können wir von etwas anderem reden?«, frage ich.
»Erzähl mir irgendetwas.«

»Was meinst du?«

»Ich habe dir schon zweimal das Herz ausgeschüttet, aber von dir weiß ich so gut wie nichts.«

Sie schüttelt den Kopf. »Schon gut.«

»Nein«, beharre ich. »Ich bitte dich. Ich möchte, dass du mir etwas von dir erzählst.«

»Es ist spät.«

»Aber du hast mir so gut wie nichts erzählt. Es kommt mir so … ungleich vor.«

»Aber das war deine Entscheidung.« Ihre Stimme klingt jetzt ein wenig schrill. Sie hat die Decke unter sich hervorgezogen. »Und ich habe dir erzählt, warum mein Vater abgeholt wurde. Ich habe dir meine Geschichte schon erzählt.«

»Nicht richtig«, bedränge ich sie. »Du hast Fakten erzählt. Du hast nicht erzählt, was es mit deiner Familie gemacht hat.« Ich sehe, dass ich sie verärgere, weiß aber nicht, warum. Ist das nicht normal unter Freundinnen, auch unter heimlichen Freundinnen? Ich habe ihr Dinge erzählt, die ich keinem anderen erzählt habe. Versteht sie nicht, dass ich ihr dafür dankbar bin, mich aber auch bloßgestellt fühle?

»Ich möchte nicht darüber sprechen, was es mit meiner Familie gemacht hat.«

»Du hast gesagt, dass …«

»Ich möchte *nicht* darüber sprechen, was es mit meiner Familie gemacht hat. Meiner Familie geht es *gut*. Wir sind hier und es geht uns *gut*.«

Hochrot im Gesicht rappelt sie sich auf. Ich verstumme bestürzt. Ich wollte, dass sie mir irgendetwas erzählt, aber ihre Reaktion drückt nicht Verletzlichkeit, sondern Furcht aus.

»Es – es tut mir leid«, stammele ich. »Ich wusste nicht, dass dich das so aufregt. Das war nicht anständig von mir.«

Margot sieht auf das Flämmchen der Öllampe, das flackernd auf den gekrümmten Wänden und den Eisblöcken widerscheint. »Was heißt das für dich, anständig sein?«, fragt sie bitter. »Ich weiß nicht, ob die Regeln im Lager auch draußen gelten. Wir dürfen uns nicht einmal Chemiebücher anschaffen.«

»Manchmal hilft reden.«

Ihre Augen blitzen. »Und manchmal nicht.«

»Ich wollte dich wirklich nicht verärgern.«

Sie atmet wieder ruhiger, beugt sich vor und kontrolliert die Flamme. Wir beobachten beide den Widerschein an der Wand.

»Ich wollte nicht wütend werden«, sagt Margot und fasst sich wieder. »Aber ich würde beinahe alles tun, um meine Familie zu beschützen, selbst Dinge, die unsinnig erscheinen. Und ich bin sicher, dass dein Bruder … ich bin sicher, er ist genauso. Er versucht, euch zu beschützen. Ich bin sicher, dass er nur das Beste beabsichtigt, auch wenn du ihn in diesen Briefen nicht wiedererkennst. Jeder hier tut das, was er für das Beste für den anderen hält.«

Sie sieht zur Tür und dann auf den Boden, wo ihre Hefte und Arbeitsblätter liegen. »Es ist fast Abendessenszeit.«

»Kann ich morgen wiederkommen?«, frage ich zu meiner eigenen Überraschung. »Wir haben ein Kissen übrig. Das könnte ich mitbringen. Es wäre zum Sitzen bequemer.«

Sie nagt an ihrer Unterlippe und überlegt. »Wenn du willst.«

»Das Kissen und vielleicht etwas zu essen«, schlage ich vor. »Und Margot, für Ken wäre es am besten, wenn er ehrlich zu mir wäre. Man kann nicht – man kann nicht einfach entscheiden, was für einen anderen am besten ist. Findest du nicht auch?«

»Ich weiß nicht«, sagt sie und nimmt ihre Sachen. »Ich glaube, letztendlich tun Menschen Dinge aus Gründen, die wir nicht verstehen.«

HARUKO

∾

Ich hätte es merken müssen. Ich hätte bei diesem Gespräch ahnen müssen, dass die Ereignisse, die mein Leben ruinieren würden, bereits eingetreten waren, und ich wusste es nicht einmal, und es waren nicht die, von denen ich glaubte, sie würden es sein. Es ist nie so, wie man denkt.

MARGOT

∞

*Nichts war bereits eingetreten. Manchmal tun Menschen
unerklärliche Dinge, um die Menschen, die sie lieben,
zu schützen. Das war alles, was ich damit sagen wollte.*

ZEHN

∞

MARGOT

21. September 1944

Schwimmbeckendurchmesser: 100 Yard

Erforderliche Wassermenge zur Füllung eines Schwimmbeckens mit einem Durchmesser von 100 Yard:
1 250 000 Gallonen

Modelle von Badeanzügen, die in den zwei Wochen vor
der Eröffnung des Schwimmbads im deutschen und
japanischen Laden angeboten wurden: 5

Modelle von Badeanzügen, die Haruko nicht grässlich
findet: 0

»Ich habe etwas für dich«, sagt Haruko, »aber ich kann
es dir nur geben, wenn du jetzt gleich mitkommst.«

»Ich kann jetzt nicht«, nuschele ich, obwohl ich darauf brenne zu erfahren, was sie meint. »Ich muss in der
Mittagspause etwas für meine Eltern erledigen.«

Wir sind allein im Klassenzimmer. Als Haruko laut

gestöhnt und gesagt hat: »Ich glaube, unsere Reihe ist heute mit Tafelwischen dran,« war mir nicht klar gewesen, dass sie es extra so eingefädelt hat. An diesem Vormittag besteht unsere Reihe nämlich nur aus uns beiden. Chieko und das andere Mädchen sind beide im Cheerleader-Team und durften wegen der Proben für die Eröffnungsfeier schon früher gehen. Eigentlich muss unsere Reihe gar nichts tun, aber die anderen Schüler haben Haruko nicht korrigiert, denn alle wollten so schnell wie möglich nach Hause, um ihre Badesachen zu holen. Wir sind also allein und wischen mit nassen Lappen die Tafel ab.

»Es ist etwas für deine Eltern«, verrät Haruko. »Eigentlich für deine Mutter. Es geht ganz schnell. Aber du musst mitkommen – ich treffe ihn am Tor auf der japanischen Seite. Dort hat er heute Dienst.«

»Haruko, dann kann ich auf keinen Fall mitkommen«, sage ich, erwähne aber nicht, dass ich nicht weiß, wen sie mit *er* meint. »Du weißt, dass ich da nicht hingehe.«

»Daran habe ich auch schon gedacht«, sagt sie triumphierend. »Wir sagen einfach, wir wären wegen unserer Lehrerin unterwegs. Dass wir ein Geschenk für Miss Goodwin abholen sollen. Wenn es mit der Schule zusammenhängt, wird sich niemand wundern, dass du dabei bist. Außerdem habe ich gehört, dass sie nächste Woche tatsächlich Geburtstag hat.«

Ich muss lächeln, natürlich muss ich lächeln, ihr Triumph und ihre Begeisterung sind einfach ansteckend. Aber Haruko spricht von einem öffentlichen Platz, wo ich nichts zu suchen habe. Die Amerikanische Schule ist neutrales Gelände und auch da gehöre ich nicht richtig dazu. Nur 24 Familien sind Herrn Kruses Empfehlung nicht gefolgt und haben ihre Kinder hierhergeschickt und keines ist in meiner Altersgruppe.

»Willst du wirklich, dass wir zusammen durch das Lager gehen?«, frage ich und hole Haruko in die Realität zurück. »Wo niemand weiß, dass wir uns nach der Schule treffen? Wo wir uns normalerweise kaum ansehen?«

»Das musst du für dich entscheiden genauso wie ich für mich«, entgegnet sie leise und wischt lange auf derselben Stelle herum.

Ich schweige, denn sie hat recht und auch wieder nicht recht. Für sie ist es immer noch einfacher, sich in der Schule nicht mit mir abzugeben. Aber auch für mich ist es einfacher, in der Schule nicht mit ihr zu sprechen. Sonst könnten andere Schüler womöglich merken, dass wir befreundet sind, und sie davon überzeugen, sich nicht mit so einem sonderlichen Mädchen abzugeben. Und es ist auch einfacher, wenn sie mich nicht zu Hause besucht, wo mein Vater manchmal auf die Amerikaner schimpft. Wir haben uns also beide so entschieden. Aber sie hat so entschieden, weil ich ihr peinlich bin, und ich habe so entschieden, weil ich mir selbst peinlich bin.

Trotz alledem, ich habe eine Freundin. Ich muss nur vorsichtig sein und darf mich ihr nicht zu sehr öffnen und alles kaputtmachen. Ich habe eine Freundin, die sich während des Sturms vor siebzehn Tagen mit mir im Eishaus versteckt hat und dann immer wieder gekommen ist. Sie hat Trockenpflaumen mitgebracht und ich ein Paar Socken, die als Fäustlinge dienten. Sie hat einen Rock mitgebracht, an dem sie gerade näht. Ich habe ihr einen passenden Knopf dafür mitgebracht. Sie hat während des Nähens gesummt und die Melodie ging mir den ganzen Tag nicht aus dem Kopf.

»Margot?« Sie bespritzt mich mit Wasser aus dem Putzeimer. »Margot?«

»Ich glaube, es ist besser, wenn wir nicht gehen«, sage ich schließlich.

Sie sieht mich enttäuscht an. »Ich wollte nur etwas Gutes für dich tun. Du sprichst nie über dich, du lässt mich die ganze Zeit reden. Du hast mich ins Eishaus mitgenommen. Ich wollte dir etwas zurückgeben.«

»Wie?« Meine Beine sind nass. Beim Zuhören habe ich aus Versehen den Putzlappen an mein Kleid gedrückt.

»Es ist nichts Großartiges«, sagt sie schnell. »Der Wächter, den ich – Mike heißt er –, er ist nett zu mir. Ich habe ihn gefragt, ob er bei seinem nächsten Stadtgang so einen Tee kaufen kann, wie deine Mutter ihn wollte und der besser ist als der Tee in unserem Laden. Er hat eine Weile suchen müssen und hat jetzt zwei Sorten gefunden, aber ich weiß nicht, welche die richtige ist. Und ich kann nicht – ich habe ihm die Dollars gegeben, die ich hatte, und die haben nur für eine Packung gereicht. Mike bringt beide Sorten mit und gibt die falsche dann wieder zurück.«

Es ist ihr offensichtlich peinlich, dass sie nicht genug Geld hat, aber ich habe überhaupt kein Geld. Meine Eltern haben unsere ganzen Dollars in den ersten zwei Monaten ausgegeben, um alles Nötige über Versandkataloge zu bestellen. Jetzt bekommen wir unsere üblichen vier Dollar im Monat in Wertmarken, die wir für Kleinkram ausgeben. Wir gehen sehr sparsam damit um.

Haruko will ihr ganzes Geld für mich ausgeben. Meine Mutter war in den letzten Wochen nicht mehr krank, aber darum geht es nicht. Haruko hat ihrem Wächter von mir erzählt. Sie hat eine Überraschung für mich geplant.

»Du lächelst«, sagt sie.

»Das kommt vor.«

»Du lächelst wirklich, aber sagst mir nicht, dass es bis zum Osttor länger als eine Minute dauern wird, weil du dir die Entfernung genau eingeprägt hast.«

»Nun. Es wird länger als eine Minute dauern. Es wird sechs Minuten dauern.«

»Ist das ein Ja?«

Für Haruko ist das Eishaus ein Ort, wo sie sie selbst sein kann, denke ich. Dort kann sie über Dinge reden, über die sie mit ihren Eltern lieber nicht redet, weil sie Angst hat, sie zu verärgern. Ich brauche es, weil ich froh bin, einen Ort zu haben, wo ich nicht ich selbst sein muss.

Ich weiß nicht, welchen Eindruck wir außerhalb des Eishauses machen, ob das überhaupt einen Zweck hätte. Ich will, dass es funktioniert. Ich wünsche mir so sehr, dass es funktioniert.

»Ja.« Jetzt stimme ich zu. »Ich sage Ja.«

»Sieht das aus wie bei euch?« Sie schaut mich von der Seite an, als wir durch eine Straße im japanischen Viertel gehen. »Sehen die Häuser auch so aus oder anders?«

»Du hast unsere Seite doch gesehen. An dem Tag, als es gestürmt hat.« Es sind nur wenige Menschen vor den Häusern. Ein paar Frauen fegen die Treppen ihrer Hütten aus Dachpappe, aber bis jetzt haben sie nicht besonders neugierig auf meine Anwesenheit reagiert.

»Ich habe die Deutsche Schule gesehen, bevor der Sturm losging, mehr nicht«, sagt sie. »Wie sieht euer Haus aus?«

»Genau wie diese hier.«

»Und sonst? Margot, ich bitte dich doch nur, ein Haus zu beschreiben. Hat es nur ein Zimmer? Wie sieht es von außen aus?«

»Vor dem Haus stehen Blumenkästen, die mein Vater gebaut hat. Er hat auch ein kleines Vordach gebaut, damit meine Mutter draußen sitzen kann. Und er möchte noch eine Wiege bauen. Dann können wir das Baby in den Schlaf wiegen.« Das hat meine Mutter gestern Abend vorgeschlagen, damit er etwas zu tun hat. Mein Vater war einverstanden und der Abend verlief harmonisch.

»Das klingt nett«, sagt Haruko. »Dein Vater scheint sehr nett zu sein. Vielleicht lerne ich ihn auch mal kennen.«

»Er ist nett«, erwidere ich, gehe aber auf den zweiten Satz nicht ein. Ich sehe zwei japanische Jungen, die mit einem Baseball spielen, und eine Mutter, die mit ihrer Tochter Wäsche aufhängt.

»Wie haben deine Eltern sich kennengelernt?«

»Beim Tanzen«, erzähle ich, denn es macht mir nichts aus, über glücklichere Zeiten zu sprechen. »Meine Mutter wollte eigentlich nicht. Sie tanzt nicht gern. Aber die Tanzschuhe, die sie an diesem Abend trug, hat sie erst weggegeben, als wir ins Lager gezogen sind. Sie sagte, sie müsse sie ausrangieren, weil wir hier nicht genug Platz hätten.«

»Ich wette, dass deine Familie eine größere Unterkunft zugewiesen bekommt, wenn das Baby da ist … wir haben zwei Zimmer bekommen, weil wir zu viert sind«, sagt Haruko. »Vielleicht könnt ihr in eine Unterkunft auf der Ostseite ziehen. Ich stelle mir vor, dass man von dort aus auf die Obstwiese sieht. Es wäre schön, wenn man auf Bäume blickt und nicht auf einen Zaun.«

Wir kommen an einem nicht näher gekennzeichneten Gebäude vorbei, in dem Haruko zufolge der japanische Laden befindet. Er sieht genauso aus wie unser Gemischtwarenladen: die gleiche Bauweise wie die Wohnhäuser, aber die Tür ist vergittert, und es hat ein Vordach aus Holz, das größer ist als für die Wohnhäuser erlaubt. Der Wachturm, wo sie Mike treffen will, ist keine fünfzig Yard entfernt.

Vor dem japanischen Laden stehen mehr Menschen als jemals vor unserem Laden. Haruko geht zögernd weiter. Auch hier sind wir ein ungewöhnlicher Anblick und ein paar Leute starren zu uns herüber. Vielleicht bilde ich es mir nur ein, aber ihre neugierigen Blicke kommen mir weniger freundlich vor als die der anderen Menschen, denen wir begegnet sind.

»Keine Sorge«, sagt Haruko entschieden. »Der Milchmann ist Deutscher. Er ist jeden Tag hier. Und da ist auch Mike.« Sie zeigt auf einen blonden, jungen Wächter. Er hebt seine Hand. »Willst du hier warten? Ich bin gleich zurück.«

Ich winke sie fort, bereue es aber fast augenblicklich. Die Menschen vor dem Union Store sind alle im Alter meiner Großeltern. Sie unterhalten sich angeregt, und jetzt bin ich mir sicher, dass einige über mich flüstern. Ich versuche, einen möglichst entschiedenen Eindruck zu machen und zu vermitteln, dass ich auf Haruko warte. Hoffentlich beeilt sie sich. Von Weitem sehe ich, wie Mike eine Tasche öffnet und die beiden sich über den Inhalt unterhalten.

»Haben Sie sich verlaufen, Miss?« Einer von den alten Männern unter dem Vordach sieht mich vielsagend an und die anderen verstummen.

»Es ist – es ist für die Schule«, stammele ich. »Wir müssen etwas für die Schule abholen.« Ich sollte zu Haruko gehen. Das hätte ich gleich machen sollen, anstatt hier allein herumzustehen.

»Das ist vielleicht kein guter Zeitpunkt für Sie, hier zu sein«, sagt der Mann. Er klingt nicht unhöflich, aber sehr bestimmt. Er sieht sich nach einem anderen alten Mann um. Erst jetzt bemerke ich, dass sich alle um diesen Mann gruppiert haben. Er hat ein kleines rechteckiges Stück Papier in der Hand und sein Gesicht ist grau. »Sie sollten lieber gehen«, sagt der erste Mann.

»Ich muss auf meine Freundin warten.«

»Dann soll sie sich beeilen.«

Ich gestikuliere hinüber zum Wachturm und bin erleichtert, dass Haruko schon wieder auf mich zukommt und stolz mit zwei Teedosen winkt. Sie gibt sie mir, als sie bei mir angekommen ist, die angespannte Stimmung nimmt sie nicht wahr. »Dieser ist mit Pfefferminz. Das sei wichtig, hast du gesagt. Aber ich wusste nicht, ob es wichtiger ist als Johanniskraut, das nicht enthalten ist. Hier, die Inhaltsstoffe stehen auf der Seite.«

Ich möchte ihr die Freude am Geschenk nicht vermasseln und versuche, die Männer unter dem Vordach zu ignorieren und mich auf die Zutatenliste zu konzentrieren.

»Das sieht gut aus«, sage ich, nachdem ich mir die erste Dose angesehen habe.

»Aber der andere Tee ist vielleicht besser. Schau ihn dir auch an.«

»Der ist wirklich gut. Gib den anderen zurück«, sage ich ihr und möchte gehen. Ich sehe zum Laden hinüber und flüstere: »Der alte Mann hat gesagt, ich sollte nicht hier sein. Meine Anwesenheit stört sie.«

Jetzt sieht auch sie zu den Männern unter dem Vordach hinüber. »Ich kenne keinen von ihnen«, sagt sie, »aber ich werde ihnen sagen, dass du mit mir hier bist.«

»Lass uns gehen.«

»Nein.« Sie sieht besorgt aus. »Ich sage ihnen lieber, dass wir etwas für die Schule erledigen müssen, sonst tratschen es einige im halben Lager herum.«

Haruko spricht mit den alten Männern auf Japanisch, hält die Augen gesenkt, nickt in meine Richtung und schüttelt den Kopf. Ich beobachte, wie einer der Männer ihr das Papier reicht, das sie zuvor alle angesehen haben, ein Telegramm. Ihre Lippen bewegen sich

beim Lesen, und sie zittern ein wenig, als sie es zurück-
gibt. Sie sagt noch etwas zu ihnen, dann kommt sie wieder zu mir.

»Wir gehen«, sagt sie und wendet sich in die Richtung, aus der wir gekommen sind. Wir haben immer
noch beide Teedosen.

»Was ist passiert?«, frage ich und versuche, mit ihr
Schritt zu halten. »Du musst doch die eine Dose wieder
zurückgeben?«

»Das werde ich in ein paar Minuten machen«, sagt
sie gepresst und geht noch schneller.

»Aber du hast mich doch extra gebeten mitzukommen, damit er die zweite Dose heute zurückbringen
kann. Hast du Ärger bekommen? Was haben die Männer gesagt?«

»Der Enkel von Mr Ito. Sie haben ein Telegramm erhalten. Er ist im Krieg verschollen.«

»Ken.«

Ich weiß, dass sie jetzt an ihn denkt.

Sie schüttelt den Kopf. »Sein Enkel gehörte nicht zum
442er. Er war nur zu einem Viertel Japaner. Er war irgendwo anders. Aber sie haben gesagt …«

»Dass sie keine Deutschen sehen wollen.«

»Nicht genau. Nur ungefähr.«

»Was haben sie dir noch gesagt?«

»Was meinst du?«, fragt sie, aber ihre Stimme klingt
angespannt.

Ich bleibe stehen. Wir haben das japanische Viertel fast hinter uns gelassen. »Der Mann hat noch etwas anderes zu dir gesagt. Nachdem du das Telegramm gelesen hast. Was hat er gesagt?«

Haruko muss wohl oder übel auch stehen bleiben. »Er hat gesagt, ich solle mir genau überlegen, ob ich mit dir befreundet sein will. Die Schule sei eine Sache, aber es sei nicht klug, miteinander befreundet zu sein.«

»Oh«, sage ich und beobachte, wie Haruko an dem Etikett der einen Teedose fingert.

»Ich habe dich gedrängt mitzukommen. Aber du hattest recht. Das war keine gute Idee.«

»Na ja, ab jetzt machen wir so etwas nicht mehr«, sage ich.

Haruko nickt, sieht aber immer noch bekümmert aus.

»Außer«, sage ich und bin sehr unsicher, ob ich weitersprechen soll. »Außer du findest, dass wir uns auch sonst nicht mehr treffen sollen.«

»Nein, nein, das habe ich nicht gemeint.«

Sie sieht nach hinten, der Union Store ist nicht mehr zu sehen. Ihre Stimme bricht. »Margot, und wenn es doch …«

»Es war nicht Ken.«

»Diesmal war es ein anderes Regiment, aber es hätte das 442. sein können.«

»Geh doch einfach zurück«, schlage ich ihr vor. »Frag nach, ob ein Brief von ihm gekommen ist. Dann fühlst du dich besser.«

Sie rennt in ihr Lager zurück, und ich wünschte, ich könnte sie begleiten, aber ich weiß, dass ich das nicht tun werde.

Apfelkuchen. Den sollte ich in meiner Mittagspause besorgen. Jetzt habe ich für meine Mutter Tee, aber am Morgen sagte sie, dass sie einen Heißhunger auf Apfelkuchen habe, einen Apfelkuchen, wie unsere Nachbarin in Fort Dodge ihn immer gebacken hat.

In der Lagerbäckerei kostet er zwei rote Wertmarken. Ich werde ihn trotzdem kaufen, obwohl er zu teuer ist. Jetzt kann ich ihr Tee und Apfelkuchen bringen.

»Margot!«, ruft jemand, als ich auf die Bäckerei zugehe.

»Heidi?«

Sie sitzt auf den Eingangsstufen und malt mit Buntstiften. Augenblicklich sehe ich mich nach Herrn Kruse um.

»Gehst du ins Schwimmbad?«, fragt sie. »Ich male ein Schild. Meine Mama hat gesagt, es gibt ein großes Einweihungsfest, und ich darf ein Stück Kuchen haben. Den gleichen Kuchen, den ich letzten Monat zu meinem siebten Geburtstag bekommen habe. Ich muss nur noch das Schild fertig malen.«

»Ich habe auch Wertmarken für Kuchen. Sobald ich nach meiner Mama gesehen habe, gehe ich auch zum Schwimmbad. Ich werde nach dir Ausschau halten.«

Hinter der Theke stehen zwei Mädchen in meinem Alter, die ich beide kenne. Lena war mit mir im Zug. Sie war nett zu mir, aber dann bekam sie mit, dass meine Familie Englisch spricht und nicht zu den Versammlungen geht. Sie trägt eine Schürze, anscheinend arbeitet sie hier in ihrer Freizeit. Die Mädchen haben eben noch gelacht, als ich die Tür aufmachte, verstummen jedoch, als sie mich sehen.

»Ich möchte bitte ein Stück Kuchen«, sage ich. Schweigend schneidet Lena ein Stück für mich ab.

Es ist noch keine Stunde her, dass ich mich auf der japanischen Lagerseite schrecklich deplatziert fühlte. Jetzt bin ich da, wo ich hingehöre und doch nicht hingehöre. Das andere Mädchen, Adali, fängt eine Unterhaltung mit mir an, die uns beiden unangenehm ist. Sie erzählt, dass Mrs Fischer gerade Pfeffernüsse in den Ofen geschoben hat und ob ich warten will, bis sie fertig sind. Meine Schule habe für die Schwimmbaderöffnung offenbar auch früher Schluss gemacht. Das Läuten der Türglocke bewahrt uns vor der Fortsetzung des Gesprächs.

Aber nicht Heidi kommt herein, sondern mein Vater, der mir zuwinkt, als er mich sieht.

»Ist alles in Ordnung?«, frage ich sofort und gehe zu

ihm. Er sollte eigentlich bei Mutter bleiben, bis ich zum Essen nach Hause komme.

»Die Patientin schläft«, sagt er. »Sie hat einen einzigen Satz vorgelesen und ist gleich eingenickt.«

»Ach so.« Ich drehe mich zur Theke um. Die Mädchen tun, als hätten sie nicht gelauscht. »Soll ich ihnen sagen, dass wir nun doch keinen Kuchen wollen?«

Er schüttelt den Kopf. »Nein. Ich schlage vor, dass wir beide eine Kleinigkeit hier essen und deiner Mutter ein Stündchen Schlaf gönnen. Wir können auch in die Kantine, aber heute gibt es Rinderzunge.«

Wir bestellen noch mehr Apfelkuchen, und als die Pfeffernüsse aus dem Ofen kommen, möchte mein Vater unbedingt welche kaufen. Sie sind zu weich. Sie hätten richtig abkühlen müssen, aber die Mischung aus Gewürzen und Sirup ist genau richtig.

»Mrs Fischer ist eine Zauberin«, sagt er zu Lena, als sie uns die Pfeffernüsse an den Tisch bringt. »Bitte richte ihr unser Kompliment dafür aus.«

»Sie hat gesagt, dass diese vorerst die letzten sind. Die Lager werden nicht mehr mit Sirup beliefert.«

Ich spanne mich innerlich an und warte darauf, dass mein Vater wütend wird, aber er lacht nur und sagt, dann solle sie uns noch eine Extraportion bringen.

»Du bist so fröhlich«, sage ich vorsichtig.

»Ich esse mit meiner Tochter zu Mittag. Freust du dich nicht auch darüber?«

In letzter Zeit habe ich mir immer Sorgen gemacht, dass mein Vater sich über irgendetwas aufregt. Ich kann mich kaum daran erinnern, wann wir, nur wir zwei, das letzte Mal so zusammengesessen und uns unbeschwert unterhalten haben. Das muss Monate zurückliegen. Elf Monate und zwölf Tage, um genau zu sein. Damals reparierten wir ein kaputtes Brett in der Scheune, und er sagte zu mir, er habe das Gefühl, dass es ein Mädchen würde, eine Schwester, aber ich dürfte Mutti nichts sagen. Und am nächsten Tag kam das FBI.

»Der See war in Deutschland«, sagt er, als wir jeder ein zweites Stück Kuchen essen.

»Was?«

»Neulich. Als du erzähltest, die Lammey-Buben hätten dich im See gesehen.«

»Neulich, als Mutti im Krankenhaus war?«, frage ich. Das ist zwei Wochen her. Das Thema Schwimmen geht ihm wohl nicht aus dem Kopf, die Leute reden ja auch von nichts anderem mehr.

»Du sagtest, du hättest Angst gehabt, dass die Lammey-Buben dich sehen könnten, wenn du in deiner Unterwäsche schwimmen übst. Aber die Lammey-Buben waren gar nicht da. Du hast im Fasaneriesee Schwimmen gelernt, nicht weit vom Haus deiner Großeltern. Das war, als wir sie besuchten.«

Daran kann ich mich nicht erinnern. Ich habe kaum Erinnerungen an Deutschland. Eigentlich wollten meine

Eltern keine große Reise mit mir machen, weil ich noch so klein war, aber Vatis Vater erkrankte, und er sollte mich vor seinem Tod noch kennenlernen.

Mein Vater kramt in seiner Hosentasche und zieht ein gefaltetes Taschentuch heraus. Er schiebt es über den Tisch und fordert mich mit einem Nicken auf, es zu öffnen. Es enthält eine filigrane Goldnadel mit einer blauen Blume aus Porzellan: einer Kornblume, der Nationalblume Deutschlands.

»Die Brosche gehörte meiner Mutter. Deine Mutter und ich wollten sie dir zum Geburtstag schenken, haben aber beschlossen, nicht so lange zu warten.«

»Wieso?«

»Steck sie an«, fordert er mich auf und befestigt sie unter meinem Kragen. »Du siehst entzückend aus.«

»Ich sehe genauso aus wie immer. Es ist doch nur eine Anstecknadel.« Ich erröte. »Natürlich nicht irgendeine Anstecknadel, meine ich.«

»Ich bin sehr stolz auf dich, Margot. Ich weiß, dass es hier nicht leicht für dich ist. Aber ich habe dich nie klagen hören.«

»Schon gut«, murmele ich. »Es ist nicht für immer.«

»Ich wollte dir etwas geben, das dich daran erinnert, dass du nicht von hier bist. Hier bist du jetzt. Aber dieser Ort, das bist nicht du.«

Mein Gesicht brennt bei diesem Kompliment. Es tut mir gut nach dem, was beim Union Store geschehen ist, wo die Menschen mich nur als deutsche Lagerinsassin gesehen haben, nicht als Individuum. »Ich weiß, dass es nicht für immer ist«, wiederhole ich. »Und ich weiß, dass alles gut wird, wenn wir wieder zu Hause sind. Mr Lammey wird einsehen, dass er unser Land nicht einfach an jemand anderen verpachten kann. Er wird …«

Mein Vater lässt den Kopf hängen und starrt finster auf die Tischplatte.

»Was ist los?«

Er blickt wieder auf und versucht zu lächeln. »Wir müssen nicht jetzt darüber reden.«

»Er hat dir geantwortet?« Mein Magen krampft sich zusammen. »Er hat das Land bereits weiterverpachtet.«

Mein Vater langt über den kleinen Tisch, der mitten in der Bäckerei steht, und legt seine Hand auf meine.

»Das Haus gibt es nicht mehr, Margot«, sagt er leise.

Hinter der Kasse hantiert Lena mit den Brotblechen. Es gibt ein metallisches Kratzen, wenn sie sie in die Regale schiebt.

»Wie meinst du das, das Haus gibt es nicht mehr? Meinst du, dass jetzt jemand anderes darin wohnt?«

»Mr Lammeys schrieb mir, dass er mitten in der Nacht Geräusche gehört hatte. Jemand hatte Hakenkreuze an die Scheune geschmiert und das Haus niedergebrannt.«

Ich verstehe immer noch nicht richtig, was mein Vater mir da erzählt.

Weg. Alles weg. Die Bücher, die nicht mehr in den Koffer passten. Das Radio, das wir nicht mitnehmen durften. Die Flammen und Rauchwolken müssen riesig gewesen sein. Das letzte Zimmer, das mein Vater vor seiner Verhaftung fertiggestellt hatte, sollte für das Baby sein, das seinem Gefühl nach ein Mädchen werden würde. Ein Teil des Holzes war noch grün gewesen. Auch dieses Zimmer existiert also nicht mehr. Und das Baby existiert nicht mehr.

»Wer war das?«, flüstere ich. »Sind sie geschnappt worden?«

In einer Kleinstadt wie Fort Dodge kennt jeder jeden.

»Margot«, sagt mein Vater. Ich höre aus seinem Tonfall, dass er mich schon mehrmals angesprochen hat. Ich blicke auf. »Ich wollte es dir nicht sagen, wenigstens nicht so. Du hättest es jetzt noch nicht erfahren müssen. Ist alles in Ordnung mit dir? Alles wird gut werden.«

Er beugt sich über den Tisch, über die Kuchenkrümel. Er ist ruhig. Zu ruhig. Ich weiß nicht, wieso er so ruhig ist. Das ist nicht seine Art.

Lena tut, als würde sie nicht zuhören, aber ich weiß, dass das nicht stimmt. Schließlich kommt sie mit wiegenden Schritten an unseren Tisch. Ich möchte böse auf sie sein, weil sie uns belauscht hat, aber sie sieht uns schüchtern an und sagt verlegen: »Es tut mir leid. Wollen Sie noch etwas? Sonst würde ich die Bäckerei jetzt schließen. Ich – also ich arbeite hier nur in meiner Mittagspause, wenn Mrs Fischer beim Essen ist. Aber heute hat sie mir erlaubt, zur Schwimmbaderöffnung zu gehen.«

Ich schiebe meinen Stuhl so kraftvoll zurück, dass der Tisch ins Wanken gerät. Lena hält ihn fest und dann packt mein Vater mich am Arm. Mit dem freien Arm wedele ich durch die Luft, um zu demonstrieren, dass mir nichts fehlt, dass alles in Ordnung ist.

»Denk daran, dass das alles nichts mit dir zu tun hat«, sagt er. »Es ist nicht deine Schuld.«

»Hast du mir deshalb die Brosche geschenkt?«, frage ich. Sollte die Brosche meiner Großmutter ein Ausgleich dafür sein, dass unser Haus weg ist?

Meine Familie braucht dieses Haus, sonst kann sie nirgendwohin zurückkehren. Wir müssen etwas zum Zurückkommen haben, damit wir uns auf etwas freuen können. Wir müssen etwas haben, worauf wir uns freuen können, damit wir nicht verrückt werden und damit wir zusammenbleiben.

»Nein«, sagt Vati. »Weil ich stolz auf dich bin. Und als Entschuldigung, weil ich in letzter Zeit dir und deiner Mutter das Leben so schwer gemacht habe. Ich konnte nicht mehr klar denken, aber ich sorge jetzt für meine Familie, und alles wird gut.«

»Was meinst du mit ›Alles wird gut‹? Wie kannst du das wissen?«

»Als ich davon erfuhr, war ich genauso erschrocken wie du«, sagt Vati. »Aber ich habe nachgedacht und habe jetzt einen Plan. Du musst dir keine Sorgen mehr machen. Du siehst doch, dass auch ich mir keine Sorgen mehr mache. Und nun beeil dich, sonst verpasst du noch die Eröffnungsfeier. Du schwimmst doch so gern.«

Ich liebe Schwimmen. Alles wird gut. Er wickelt den Kuchen und die restlichen Pfeffernüsse ein, damit ich sie schnell zu meiner Mutter bringen kann. Acht Pfeffernüsse. Neun. Alles wird gut. Ich versuche, Crystal City unter dem Deckel zu halten.

ELF

∞

MARGOT

Der Highschool-Cheerleader-Club wird das Anfeuern und Jubeln übernehmen. Auch das Footballteam wird da sein, mitsamt Ausrüstung. Haruko findet es lächerlich, dass die Spieler ihre Ausrüstung tragen, nur um einen Grund zu haben, sie vorzuführen, obwohl sie nie richtig spielen werden. Dies sagt sie mit übertriebenem Pathos, nachdem ich den Tee neben meine schlafende Mutter gelegt habe und dann zur Schule zurückgekommen bin. Sie sagt das zu ein paar anderen Mädchen, aber ich merke, dass sie mich damit zum Lachen bringen will. Nicht wegen des Gespräches mit meinem Vater, davon weiß sie nichts. Aufgrund dessen, was davor war, als wir den Tee holten.

Wir gehen alle gemeinsam. Die ganze Schule, die unteren und die oberen Klassen. Zum ersten Mal werden wir das Schwimmbecken mit Wasser gefüllt sehen.

Viele Erwachsene sind schon da, als die Schulklassen

eintreffen. Fast das ganze Lager hat sich zu diesem Ereignis eingefunden. Manche haben Handtücher dabei, andere haben sich für die offizielle Eröffnung fein gemacht. Zwischen zwei Pfosten am Eingang ist ein Band gespannt, Platten mit Speisen werden aufgetischt, und ein Fotograf nimmt die kleinen Kinder auf, die sich in ihren Badeanzügen der Reihe nach aufgestellt haben. Deutsche und japanische Frauen türmen Teller auf. Eine junge deutsche Mutter bewundert die Becher, die eine alte Japanerin zusammen mit einer großen Glasschüssel voll Bowle mitgebracht hat und jetzt aufstellt. Ich habe noch nie erlebt, dass Komitees beider Gruppen zusammenarbeiten. Es ist das erste gemeinsame Fest hier im Lager.

Das Schwimmbecken ist groß und rund, schwarz wie ein See. In der Mitte sind hölzerne Sprungbretter, ein Seil trennt den niedrigen vom tiefen Teil des Beckens. Es ist von einer breiten Betonplattform umgeben, auf der die Handtücher ausgebreitet werden können.

»Sieh mal«, sagt Haruko zu Chieko und ihrer Schwester Toshiko. Sie zeigt auf einen Aushang auf einem der Zaunpfähle. Im nächsten Monat werden Rettungsschwimmerkurse für die Lagerinsassen angeboten.

»Ich frage mich, wer bis dahin aufpasst«, sagt Toshiko.

»Er wahrscheinlich.« Haruko zeigt auf einen dunkelhaarigen Bademeister. Es ist ein Wächter, aber ohne Gewehr und mit roter Badehose.

Unser Haus ist weg, aber mein Vater sagt, dass alles gut wird.

Mr Mercer sagt, er hätte zwei Mitteilungen zu machen. Erstens: Für die Oberstufenschüler der Amerikanischen Schule gebe es morgen einen Wandertag außerhalb des Lagers. Ein besonderes Freitagsprogramm. Miss Goodwin lächelt. Wahrscheinlich hat sie das organisiert. Und zweitens: Der Zählappell heute Abend fällt aus, damit alle das Fest genießen können. In seiner Rede sagt er, dass die Lagerinsassen, die das Schwimmbad gebaut haben, stolz auf ihre schwere Arbeit sein können und dass es zur Erholung von der Hitze beitrage. Bevor er das Band durchschneidet, gibt er ein Zeichen, woraufhin ein paar Leute mit Instrumenten »When the Saints Go Marching In« anstimmen. Das ist bestimmt das Ergebnis eines Kompromisses. Manche wollten wahrscheinlich die amerikanische Nationalhymne und andere waren dagegen.

Ich höre zu, doch schon nach wenigen Takten dringt eine andere Melodie an mein Ohr. Sie kommt von außerhalb des Schwimmbadbereichs schnell näher und wetteifert mit den Klängen der Posaunen und Trompeten.

»Was um alles in der Welt …?«, setzt Haruko an. Die Umstehenden ignorieren erst höflich das andere Geräusch, dann gehen ein paar an den Rand der Betonplattform, um zu sehen, was los ist.

Ich schirme meine Augen ab. Das Geräusch kommt jedenfalls von der gegenüberliegenden Seite des Schwimmbades, aber ich werde vom im Wasser funkelnden Sonnenlicht geblendet.

Es ist ein kleiner Aufmarsch, Männer, die um den Außenbereich des Schwimmbads marschieren. Einer schwenkt eine Flagge. Sie ist schwarz und weiß auf rotem Hintergrund.

Ich weiß sofort, was geschehen ist. Der Amerikadeutsche Bund hat die seit Wochen andauernden Verhandlungen erfolgreich abgeschlossen. Sie dürfen zur feierlichen Eröffnung des Schwimmbads mit einer Hakenkreuzfahne auftreten. Sie haben auch ein eigenes Lied. Das umherziehende Grüppchen singt das »Deutschlandlied«. Das war es, was ich gehört habe. Aber halt, ich habe mich geirrt. Die Männer haben die erste Strophe der deutschen Nationalhymne gesungen, doch statt der zweiten Strophe, die von Musik und Wein und anderen schönen Dingen handelt, singen sie jetzt ein Lied über das Hakenkreuz.

»Das ist nicht die richtige Hymne«, sage ich.

»Was ist das für ein Lied?«, fragt Chieko. Ihre Neugier siegt über ihre Empörung. »Was bedeutet dieser Text?«

Ich schüttele den Kopf. Ich möchte über den Text nicht nachdenken. Ich möchte mir nicht die Arbeit machen, ihn ins Englische zu übersetzen, und ich möchte nicht, dass meine Klassenkameraden erfahren, wie schrecklich er ist.

Die Lagerkapelle, die »When the Saints Go Marching In« gespielt hat, ist verstummt. Wenige Schritte von mir entfernt steht eine Frau, die ihre mehligen Hände an ihrer Kittelschürze abwischt. Es ist Mrs Fischer, die von der Bäckerei herübergekommen ist, um zu sehen, was die Unruhe verursacht hat. Links von uns geht eine andere Deutsche vor ihrem kleinen Sohn in die Knie und flüstert ihm etwas ins Ohr. Dann sieht sie wütend zu mir hinüber. Sie dreht sich wieder zu dem Aufmarsch um, und ich sehe, wie sie in Richtung der marschierenden Männer auf den staubigen Boden spuckt.

Ich bin froh, dass die Frau ausgespuckt hat. Es heißt, dass ich nicht verrückt bin. Es gibt immer noch Richtig und Falsch. Die meisten deutschen Insassen kennen den Unterschied. Frederick Kruse wurde nur deshalb zum Vertrauensmann gewählt, weil sich die anderen Stimmen auf zu viele Kandidaten verteilt hatten. Er hat keine absolute, sondern nur eine relative Mehrheit erhalten. Es war reiner Zufall. Wenn wir die Wahl wiederholen würden, würde sie anders ausgehen. Die meisten von uns können zwischen Richtig und Falsch unterscheiden.

Plötzlich nimmt jemand meine Hand. Ich weiß, ohne hinzusehen, dass es Haruko ist. Ich habe ihre Hand zuvor nie gespürt, doch inmitten dieser Menschenmenge, vor aller Augen, hat Haruko meine Hand ergriffen und lässt sie nicht mehr los. Sie verschränkt ihre zarten Finger in meine mageren, knochigen Finger und drückt sie fest. Ich sehe sie überrascht an, doch sie blickt starr und ohne mit der Wimper zu zucken, auf den Aufmarsch. Laut erschallt das »Horst-Wessel-Lied«. Und es ist die Berührung ihrer Hand, die mich aufrecht hält, obgleich ich bei diesem Lied am liebsten im Boden versinken möchte.

Wir stehen nebeneinander und unsere verschränkten Hände werden von den Falten ihres rosa Baumwollkleides verborgen.

Der kleine Zug kommt näher und wird lauter. Er beendet die Umrundung des Schwimmbades und biegt auf den Weg ein, der zum Biergarten führt. Jetzt kommen sie nah an uns vorbei und ich erkenne ein paar Gesichter. Der blonde, pockennarbige Mann, der die elektrischen Ventilatoren repariert. Mrs Fischers dickbäuchiger Ehemann, dem sie nicht zuwinkt, als er vorbeimarschiert, sondern mit einem eisigen Blick straft.

Ich dachte, der Mann mit der Flagge sei Herr Kruse, doch als ich ihn an der Spitze des Zuges entdecke, sehe ich, dass nicht er sie schwenkt. Seine Aufgabe ist es, die anderen Marschierer zu dirigieren und ihnen die nächste Zeile des Liedes vorzusingen. Bei der dritten Strophe recken wie erwartet alle ihre Hände zum Hitlergruß.

»Was die Worte bedeuten ...«, sage ich laut zu Chieko, meine aber eigentlich Haruko. »Sie sagen, die Leute sollen Platz für die Braunhemden machen. Sie sollen den Hitlerfahnen zujubeln, die über allen Straßen flattern. Denn die Fahnen symbolisieren ... die Fahnen symbolisieren ...«

»Was symbolisieren sie?«, fragt Haruko.

Als der Zug fast auf unserer Höhe ist, sehe ich, dass es der Mann neben Herrn Kruse ist, der die Hakenkreuzfahne an einer glänzenden Fahnenstange schwenkt. Und ich sehe auch, dass dieser Mann mein Vater ist.

ZWÖLF

∞

MARGOT

Wir haben unsere Badeanzüge mitgenommen. Heute Morgen legte ich meinen zusammen mit unserem ältesten Handtuch zurecht, damit ich ihn in der Mittagspause keinesfalls vergesse. Vati sah mir dabei zu. Als wir uns in der Bäckerei unterhielten, wusste er also, dass ich hierherkommen würde. Und er muss auch gewusst haben, dass er kommen würde.

»Was symbolisieren die Fahnen?«, fragt mich Haruko wieder. Jetzt sieht sie mich an. »Du wolltest gerade sagen, was sie symbolisieren?«

Undeutlich merke ich, dass sie mich bittet, einen Satz zu beenden, den ich vor gefühlt einem Jahrhundert begonnen habe. Ein Satz über den Text des Horst-Wessel-Liedes.

»Das ist mein Vater.«

»Wo?«

Sie lässt ihren Blick über die Menge schweifen. Nicht

über die kleine Gruppe von Nazis, sondern über die normalen Menschen, die zur Eröffnungsfeier gekommen sind. Sie nimmt nicht an, dass mein Vater bei der anderen Gruppe sein könnte.

»Ich muss gehen.« Sie soll meinen Zusammenbruch nicht miterleben. Sie hält immer noch meine Hand. Sie hätte niemals meine Hand genommen, wenn sie wüsste, auf welcher Seite mein Vater steht.

»Sie werden bestimmt gleich gehen. Schau nur, sie ziehen schon ab«, sagt sie und zeigt zu den Nazis hinüber, die das Lied zu Ende gesungen haben und sich nun zerstreuen. Die Lagerkapelle hat noch nicht wieder angefangen. Die Musiker sehen sich unsicher an.

Chieko hat mitbekommen, dass Haruko und ich miteinander sprechen, gleich wird sie wissen wollen, worüber.

»Ich muss gehen«, sage ich zu Haruko. »Es tut mir leid.«

Ich weiß nicht, wie ich nach Hause komme. Ich weiß nicht, ob ich langsam oder schnell renne, ich kann mich an den Weg nicht mehr erinnern. Eben bin ich noch am Schwimmbad gewesen und im nächsten Augenblick stehe ich schwer atmend vor unserem Haus. Ich keuche, das bedeutet wohl, dass ich schnell gerannt bin.

Meine Mutter hat sich hingelegt. Als ich eintrete, richtet sie sich auf und will mich fragen, was geschehen ist. Von unserem Haus aus konnte man die Klänge des Aufmarschs sicher hören. Ich schneide ihr das Wort ab.

»Hast du es gewusst? Hast du gewusst, dass er dabei ist und …?«

»Habe ich was gewusst?« Sie sieht mich streng an, dann wird ihr Blick weich. Meine Mutter kann unausgesprochene Worte sehr schnell richtig deuten. Sie hat es nicht gewusst, das sehe ich in ihrem Gesicht. Aber sie hat es vermutet.

»Wir müssen ihn suchen.« Sie steht auf und wirft sich ihre Hausjacke über. »Wir müssen ihn von diesen Leuten wegholen – vielleicht ist er im Biergarten. Bestimmt sind sie alle dorthin gegangen.«

»Ich werde ihn suchen. Du bleibst hier. Ich werde ihn nach Hause bringen.«

»Margot, ich werde nicht zulassen, dass du allein mit diesen Männern fertigwerden musst.«

Mein Vater wirkte so ruhig auf mich, als er mir von unserem niedergebrannten Haus erzählte. Aber es war keine Ruhe, als er sagte, er werde sich um die Familie kümmern. Es war eine Täuschung. Er wollte die Sache mit unserem niedergebrannten Haus wieder in Ordnung bringen, indem er mit den Nazis marschiert. *Ich habe nicht klar gedacht*, sagte er. *Jetzt habe ich einen Plan.* Warum war mir nicht aufgefallen, wie seltsam das klang? Ich war so erleichtert, ihn in entspannter Stimmung zu erleben, dass ich ihn nicht nach seinem Plan gefragt habe.

Wieder ertönt eine Melodie. Es ist die deutsche Nationalhymne. Mein Vater trällert sie auf dem Weg zu unserem Haus. Als er uns unter der Tür sieht, bleibt er stehen.

»Ah, ihr wartet auf mich«, sagt er.

»Wo warst du, Jakob?«

»Wie konntest du nur?«, flüstere ich, bevor er meiner Mutter antworten kann. Er muss wissen, dass ich ihn am Schwimmbad gesehen habe.

Im Nachbarhaus, das nur durch eine dünne Wand von unserem getrennt ist, bewegt sich ein Vorhang. Ich kenne die Nachbarn kaum, aber ich kenne sie gut genug, um zu wissen, dass sie entsetzt wären, wenn sie wüssten, was mein Vater getan hat. Auch meiner Mutter scheint dies klar zu werden. Sie geht wieder ins Haus zurück und schließt die Tür, nachdem mein Vater ebenfalls hereingekommen ist.

Mein Vater lässt sich Zeit. Er spritzt sich Wasser ins Gesicht. Er zieht sein Oberhemd aus, mustert ein Loch am Ellbogen. Hält uns hin. »Bevor ihr euch groß aufregt, lasst es uns in Ruhe bereden.« Er hängt das Hemd über die Stuhllehne.

»Das ist nichts, was man *bereden* kann«, zischt Mutti.

»Ina, ich konnte nicht länger tatenlos herumsitzen, keine Möglichkeit haben, etwas beizutragen. Das verstehst du doch? Ich konnte nicht länger nutzlos sein. Das bedeutet nicht, dass ich mit allem einverstanden bin, was sie vertreten. Nur mit ein paar Grundwahrheiten.« Er sieht mich an. »Verstehst du, was ich sage, Margot?«

Nein. Nein, das stimmt nicht. Seine Erklärung hätte anders lauten müssen. Er hätte zum Beispiel sagen sollen, dass er sie ausspioniert oder dass es ein wissenschaftliches Experiment sei.

»Du solltest mit gar nichts einverstanden sein«, sage ich. »Ihre ganzen, ihre ganzen …« Ich suche nach dem Wort, das Vati benutzt hat. »Ihre ganzen Grundwahrheiten sind abscheulich.«

»Wann hast du das entschieden?« Meine Mutter steht in ihrer Hausjacke hinter mir. »Heute Morgen, als du einen Spaziergang machen wolltest? Heute Nachmittag, als du sagtest, du wolltest dir nun doch das neue Schwimmbad ansehen? Du musst gewusst haben, was wir darüber denken, sonst hättest du es nicht geheim gehalten.«

Mein Vater hebt seine Hand. »Ich muss nicht mit jedem ihrer Punkte einverstanden sein, um einige ihrer Ansichten für plausibel zu halten. Du kannst nicht bestreiten, dass wir hier diskriminiert werden. Sich als Gruppe zu organisieren ist eine kluge Strategie.«

»Hast du es nur wegen einer Arbeit gemacht?« Ich versuche zu verstehen, was er meint. »Damit Herr Kruse dich für den nächsten Arbeitstrupp einteilt?«

»Nein, nicht deshalb!« Erregt über meine Frage, zeigt er auf mich. »Bitte. Ich werde es erklären. Wir dachten doch, Amerika sei so großartig?« Er lacht und weist auf unser kleines Zimmer. »Das Amerika, das uns *hierhergebracht* hat? Du siehst doch, dass dieses Land nur für seine eigenen Bürger sorgt. Was ist an Deutschland falsch, wenn es ebenfalls seine eigenen Bürger an erste Stelle setzt? Was ist falsch daran, sich einer Organisation anzuschließen, die sich um mich und meine Familie kümmern will? Für diese Einsicht muss ich kein Nazi sein. Deine Mutter und ich sind hierhergekommen und haben diesem Land alles gegeben …«

»Ziehe mich da nicht mit hinein«, unterbricht ihn meine Mutter. »Wage es nicht.«

»Doch, das haben wir«, sagt er unbeirrt. »Wir wollten hier leben, lernten, wie viele alte Kolonien es gab und wer die Unabhängigkeitserklärung verfasste. Und wofür das alles? Damit sie entscheiden, dass wir niemals amerikanisch genug für sie sein werden und sie uns hier ins Lager stecken können?«

Ich versuche, meine Gedanken zu ordnen. Ich wünsche mir eine Diskussion, in der jeder seine Argumente auflistet und er einsieht, dass ich recht habe, weil ich in meiner Spalte mehr Pluspunkte habe. Aber ich weiß jetzt schon, dass mein Vater in einem Punkt recht hat. Es gibt keine logische Rechtfertigung dafür, warum wir hier sind.

Das habe ich immer gewusst. Egal wie viele Neuzugänge ich auflíste, wie viel Volumen ich für das Schwimmbad errechne, am Ende meiner Berechnungen bleibt immer eine Antwort offen.

Mein Vater wäre nie Nazi geworden, wenn er bei seiner Familie hätte bleiben können.

Oder doch? Ging er wirklich nur zu dieser Versammlung, um dem anderen einen Gefallen zu tun? Ich kann mir kaum noch vorstellen, wer mein Vater vorher gewesen ist. Aber damit kann er sich nicht herausreden. Mit einer Hakenkreuzfahne marschieren ist nicht wie Algebra, wo es eine falsche Antwort geben kann, die manchmal auch richtig ist. Das hier ist alles falsch.

»Ich verstehe es nicht«, sage ich wieder. »Ich verstehe nicht, warum du die Fahne tragen musstest.«

»Weil er schwach ist«, faucht meine Mutter. So hat sie noch nie gesprochen. Mein Vater fährt herum.

»Das verbitte ich mir.« Er senkt seine Stimme und sagt dann fast flüsternd: »Wage nicht, mich jemals wieder so zu nennen.«

»Ich sage, was wahr ist. Du bist ein schwacher Mann geworden. Dir ist Schlimmes widerfahren? Auch mir ist Schlimmes widerfahren. Der ganzen Familie ist Schlimmes widerfahren. Tausenden Menschen. Du hast deine Arbeit verloren? Tausende haben ihre Arbeit verloren. Du bist hier im Lager. Auch Margot ist hier. *Und ich ebenfalls.* Ist das gerecht? Nein, ist es nicht. Und wenn der Krieg vorbei ist und wir hier rauskommen, werde ich nicht ruhen, bis die Vereinigten Staaten dieses Unrecht einsehen.«

»Ich sage nicht, dass es für euch nicht auch furchtbar ist«, sagt Vati. »Ich tue das für euch. Ich tue das für uns. Ich habe mich entschieden, die Familie an erste Stelle zu setzen.«

»Du hast dich dafür entschieden, Adolf Hitler zu unterstützen«, sagt Mutti. »Einen Mann, der durch Manipulation, Lügen und Hass an die Macht gekommen ist. Das ist abscheulich.«

»Sei still, Ina«, sagt mein Vater leise. »Sei sofort still. Adolf Hitler hat damit überhaupt nichts zu tun.«

Meine Mutter stößt ein bitteres Lachen aus. »Ja! Hier gibt es keinen Hitler! Und weißt du, warum das deine mickrigen Bemühungen so lächerlich erscheinen lässt? Sie sind deshalb so lächerlich, weil es bedeutet, dass nichts von dem, was du tust, *real* ist. Wenn du mit deiner hässlichen kleinen Fahne in Deutschland herummarschieren und dort deine hässliche kleine Hymne singen würdest, würdest du das wahrscheinlich tun, weil du in den Krieg ziehst. Du stündest zwar auf der falschen Seite, auf der Seite des Bösen, aber wenigstens würdest du dein Leben für diese Idiotie, an die du glaubst, riskieren. Aber du bist nicht in Deutschland. Du wirst nicht bombardiert. Du lebst in einem Lager, wo du von der Regierung, die du zu hassen vorgibst, mit Essen, Kleidung und Bier versorgt wirst.«

»Halt den Mund.«

»Du und Frederick Kruse, ihr marschiert also durch das kleine Lager? So wollt ihr euch für etwas starkmachen? Zwei hoffnungslose kleine Buben, die ein Stück Stoff schwenken und sich tapfer dabei vorkommen, obwohl sie einfach nur erbärmlich sind.«

»Halt den Mund!«, sagt mein Vater wieder. Er ist jetzt laut geworden. Er stößt seinen Stuhl mit solcher Wucht nach hinten, dass dieser umfällt und mit einem lauten Krachen auf dem Boden landet. Er erhebt seine Hand.

So, wie er ihre Hand im Krankenhaus weggestoßen hat. So, wie er wütend wurde, weil er dachte, wir würden ihn nicht als Familienoberhaupt respektieren. So, wie wir seit Monaten auf Zehenspitzen um ihn herumgeschlichen sind.

»Nein!«, schreie ich und werfe mich auf ihn.

Ich habe Angst, dass er es tun wird. Zum ersten Mal habe ich wirklich Angst vor meinem Vater. Ich fasse nach seiner Hand, doch er weicht mir aus, ich verliere das Gleichgewicht und stürze zu Boden. Meine Mutter eilt zu mir, übersieht dabei jedoch den umgefallenen Stuhl. Ihr Fuß bleibt in einer Strebe hängen, aber sie streckt nicht ihre Hände aus, um sich abzustützen, wie ich es tun würde, sondern hält sie schützend um ihre Körpermitte.

»Mutti«, schreie ich, bin aber nicht rechtzeitig bei ihr und sehe schreckensstarr, wie sie mit dem Gesicht seitlich auf ein Stuhlbein fällt und ihre Lippe aufspringt. Ich strecke die Arme aus, und im selben Augenblick ruft mein Vater: »Ina!«, und meine Mutter liegt ausgestreckt am Boden.

»Oh Gott, Ina, ist alles in Ordnung?«, sagt er. »Es war ein Unfall, ich wollte nicht …«

»Rühr mich nicht an.« Sie wehrt ihn mit ausgestrecktem Arm ab. »Bleib um Gottes willen weg, Jakob.«

»Ich verspreche …«, sagt er flehend.

»Ich gebe nichts auf deine Versprechen!« Ihre Zähne und ihre Lippen sind blutig.

Sie liegt schwer atmend auf dem Boden, während ich ihr den Rücken massiere. Nach ungefähr einer Minute fasst sie tastend an ihre Lippe und zuckt zusammen. Sie bedeutet mir, ihr auf die Knie zu helfen. Ihr Rock ist hochgerutscht, ihre blonden Haare haben sich aus ihrem Haarknoten gelöst. Sie schaut meinen Vater an. »Sieht so deine Tapferkeit aus? Deine schwangere Frau zu schlagen?«

»Ina …«, fängt mein Vater wieder an, aber seine Worte ersticken in Schluchzern. Er geht auf die Knie. »Ina, Ina«, sagt er, und dann kauert unsere ganze Familie auf dem rauen Holzfußboden unserer Unterkunft, dabei ist heute der Tag, an dem ich schwimmen gehen sollte.

Meiner Familie geht es nicht gut. Schon seit Längerem. Haruko verbringt ihre Zeit damit, herauszufinden, was ihr Vater möglicherweise vor ihr verbirgt. Ich habe meine Zeit damit verbracht, zu ignorieren, was vor meinen Augen geschieht. Zum ersten Mal sehe ich deutlich, wie kaputt wir sind. Als würde es jemand anderem passieren.

»Bleib ganz still, Mutti, beweg dich nicht. Ich werde eine Nachbarin nach dem Arzt schicken«, sage ich.

»Ich möchte jetzt keinen Arzt«, sagt meine Mutter und sieht auf meinen gebrochenen, schluchzenden Vater. »Lass mich mit deinem Vater eine Weile allein, Margot.«

»Ich möchte aber nicht ...«

»Geh ein Stündchen raus. Hol etwas Eis für mein Gesicht. Dein Vater und ich müssen reden.«

Benommen taste ich nach dem Türgriff und taumle ins Freie. Ohne richtig zu überlegen, was ich tue, gehe ich mit schnellen Schritten an den kleinen, staubigen Vorgärten mit den Häuschen aus Dachpappe vorbei. Acht Dachpappehäuser. Zwei mit Vorhängen. Ich wollte Crystal City unter dem Deckel halten. Vorbei an den Wäscheleinen, an denen Hemden und verblichene Kleider in der Sonne trocknen.

DREIZEHN

❧

HARUKO

Als ich nach der Einweihung des Schwimmbades ins Eishaus komme, ist Margot bereits da. Sie hat ihre Arme um die Knie geschlungen. Anscheinend merkt sie gar nicht, dass sie zittert, sie sieht nur starr auf die Wand.

Sie nimmt auch keine Notiz von mir, als ich über die Eisblöcke zu unserem Platz klettere. »Ich war mir nicht sicher, ob du da sein würdest«, sage ich, da sie offensichtlich nicht als Erste reden möchte.

Ich habe gewartet, ob sie zurückkommt, habe gesehen, wie sich der Zug mit den Nazis zerstreute und die übrigen Anwesenden verwirrt und beunruhigt dreinblickten und Mr Mercer schließlich die Fortsetzung des Festes verkündete und Chieko mit ihrem Cheerleader-Team auftrat.

Ich wollte schwimmen, aber nachdem mir klar geworden war, was geschehen war, konnte ich mich nicht mehr richtig darauf konzentrieren. Der Mann mit der Fahne hatte Margot nachgeblickt, als sie fortgerannt war, und da verstand ich. Margot hatte ihren Vater nicht in der Zuschauermenge am Schwimmbad entdeckt.

Sie sagt immer noch nichts. Ihre Zähne klappern.

»Zum Schwimmen war es viel zu voll«, sage ich.

Nichts.

»Meine Schwester ist vom Sprungbrett gesprungen und hat dabei fast ihren Badeanzug verloren.«

Nichts.

»Dein Vater, meinst du, er hasst mich?« Ich kann nicht verhindern, dass dieser Satz sehr bissig herauskommt. »Wie war das gleich? Sind Japaner eine minderwertige Rasse, oder sind wir – wie bezeichnete Hitler uns in seinem Pakt – ehrenwerte Arier?«

»Frag mich nicht so etwas«, flüstert sie und schließt ihre Augen.

»Aber das währt bestimmt nicht sehr lang. Sobald wir euch genug geholfen haben, die Amerikaner abzulenken, wird er sich gegen uns wenden.«

»Was meinst du damit, wenn *wir euch* genug geholfen haben? Wir leben nicht dort drüben. Wir kämpfen nicht gegeneinander.«

»Genau das habe ich heute Mittag den alten Männern beim Union Store gesagt, aber dein Vater ist offensichtlich anderer Meinung. Dein Vater denkt wahrscheinlich, dass ihr deutscher als deutsch seid. Deshalb hast du mir wohl nichts von deiner Familie erzählt. Wolltest du deshalb nie auf meine Fragen antworten?«

»Ich habe dir doch gesagt, dass er nicht …«, sagt sie. »Ich weiß nicht, was mit meinem Vater los ist.« Endlich macht sie die Augen auf, sie sind stumpf und blutunterlaufen. »Ich wünschte, du hättest ihn gekannt, bevor wir hierhergekommen sind. Heute hat er mir erzählt, dass es unser Haus in Iowa nicht mehr gibt, und selbst wenn, würde unser Verpächter uns nicht mehr dort wohnen lassen. Für meinen Vater ist es, als wäre unsere Familie über Nacht zum Feind geworden.«

Margots Ausflüchte machen mich wütend, sie redet, als gäbe es keine andere Wahl, als wäre das, was ihr Vater getan hat, unumgänglich. Das ist es aber nicht. Sie können nicht einfach Feinde aus uns machen.

»Es tut mir so leid, dass dein Vater aufgewacht ist und festgestellt hat, dass ihr über Nacht zu Feinden geworden seid«, fauche ich. »Aber wenigstens musstet ihr beim Aufwachen nicht feststellen, dass Amerika euch schon immer als Feinde betrachtet hat.«

»Ich verstehe nicht, was du meinst.«

Ich meine, dass die Gründe für die Internierung deshalb so hart für Margots Vater sind, weil er nicht gewusst hatte, wie ungerecht dieses Land ist. Sie müssen sich – ich denke an einen Begriff, den der Mann vom FBI benutzt hatte und für den ich kein japanisches Wort fand, als ich ihn meiner Mutter übersetzen sollte – *assi-*

milieren. Wir befürchten, dass Ihr Vater sich nicht voll in die Vereinigten Staaten assimiliert hat. Sagen Sie das Ihrer Mutter. Haben Sie ihr das gesagt? Fragen Sie sie, ob sie es verstanden hat.

Die Japaner von der Westküste hatten schon ihre Kurzwellenradios abgegeben und der Ausgangssperre zugestimmt, von acht Uhr abends bis sechs Uhr früh, aber das war nicht genug, es war nie genug. Die Regierung konnte solche Anordnungen jederzeit herausgeben. Man kann nicht schlagartig jemanden hassen. Es erfordert Übung. Es braucht Zeit.

»Ich habe dir schon einmal erzählt, dass sich alle Japaner von der Westküste für die Sammellager melden mussten. Die Regierung zog eine Linie, und wenn man auf der falschen Seite der Linie wohnte, wurde man zusammengetrieben und in Sammellager gesteckt, die auf alten Pferderennbahnen und Rummelplätzen eingerichtet worden waren. Man schlief in den Ställen, die eigentlich für Pferde gedacht waren, bis die endgültigen Umsiedlungslager fertig waren. Und dann mussten diese Menschen hin, wohin immer die Regierung bestimmte. Nach Wyoming oder Idaho oder …«

Oder Colorado. In Colorado befand sich auch ein Umsiedlungslager. Für die Isseis von der Westküste, nur wenige Stunden von zu Hause entfernt. Das Lager Amache. Wir erfuhren in der Kirche davon. Wir packten Päckchen für die Menschen, die ins Lager mussten,

Zahnbürsten und Taschentücher und Zeitschriften, die wir ihnen an einem Samstagmorgen am Bahnhof überreichten. Ich gab einer alten Frau ein Päckchen. Sie erzählte, dass die Ställe in »Apartments« umgebaut worden seien, aber trotzdem nach Heu und Mist rochen. Sie befürchtete, selbst noch nach Heu und Mist zu stinken. Sie tat mir so leid. All das habe ich Margot schon einmal erzählt. Ich habe es ihr bei einem Treffen im Eishaus erzählt, aber sie hat daraufhin nichts von sich preisgegeben. Wie immer.

Am liebsten würde ich sie an der Schulter packen und schütteln. Ich weiß nicht, ob ich wütender darüber bin, dass ihr Vater so ist oder weil sie es vor mir geheim gehalten hat. Ich habe ihr meine Geheimnisse anvertraut.

»Es tut mir leid«, sagt Margot.

»Was tut dir leid? Dass du mich hast glauben lassen, dein Vater sei anders? Weil du nicht erst in ein Transitlager gekommen bist und in Pferdeställen schlafen musstest?«

Sie beißt die Zähne zusammen. »Wir mussten auch in ein Transitlager.«

»Was? Davon hast du mir nie etwas erzählt.«

»Doch, Haruko. Vier Monate. Auf Ellis Island.«

Es klingt so abwegig, dass ich meine, mich verhört zu haben. »Margot, was redest du da? Ellis Island? Das mit der Freiheitsstatue?«

»Vielleicht weißt du nicht, dass es kein Nationalpark mehr ist wie früher. Die Leute glauben, Nationalparks seien immer wild und grün wie der Yellowstone. Aber das Lincoln Memorial mitten in Washington gehört auch zur Nationalparkverwaltung. Und Ellis Island ist kein Park mehr.«

»Es ist …«

»Es ist ein Lager«, sagt sie.

Ich mache einen Schritt auf sie zu, mein Zorn weicht ein Stück weit der Verwirrung. »Es ist ein Lager?«

»Ich war früher schon einmal dort. Als ich klein war. Mein Opa war krank und wir reisten nach Deutschland. Auf der Rückreise legte das Schiff in New York an. Verkäufer boten geschabtes Eis an. Komisch, ich kann mich kaum an Deutschland erinnern, aber an die Freiheitsstatue und das geschabte Wassereis. Als Mutti und ich diesmal dort waren, um auf die Papiere für Crystal City zu warten, kamen wir nicht auf den Teil, wo die Statue steht. Wir kamen in ein riesiges Lagerhaus mit langen Reihen von Pritschen. Es gab keine Privatsphäre, keine Trennwände oder so etwas wie Pferdeboxen. Am Anfang versucht man, das Nachthemd anzubehalten, wenn man in den Rock schlüpft. Nach ein paar Wochen ist es einem egal. Es hat einfach keinen Sinn.«

Margot sieht mich an und versucht zu lächeln. Ihr Gesicht – ihre grauen Augen und ihre schiefe Nase –, ihr Gesicht ist so offen, so zerbrechlich. Ich spüre zum ersten Mal, dass sich eine Tür zu ihrem Inneren geöffnet hat. Ich trete noch einen Schritt näher und gehe vor ihr in die Hocke.

»Die meisten Häftlinge stammten nicht aus Iowa wie Mutti und ich«, fährt Margot fort. »Sie waren aus New York. Ein Mädchen hatte in einem der hohen Gebäude am Wasser gewohnt. Sie sagte, sie könne die Fenster ihrer Wohnung vom Lager aus sehen. Ich wollte es ihr nicht glauben, denn das Gebäude war kaum zu erkennen, doch sie sagte, sie sehe es. Nachts, wenn die Lichter ausgeschaltet wurden, weinte sie. Nach einem Monat begann sie, sich die Haare auszureißen. Ihre Kopfhaut blutete.

Ich redete mir irgendwie ein, dass das mit dem Blut zu tun hatte, das eines Morgens auf der Pritsche meiner Mutter war«, sagt Margot. »Dass das Mädchen aus New York aufgewacht, zu meiner Mutter gegangen war und ihr Betttuch vollgeblutet habe. Obwohl das keinen Sinn ergab. Obwohl es viel zu viel Blut war. Meine Mutter wachte auf und ihre Matratze war voller Blut. Sie weckte mich und wir riefen nach einem Arzt. Der Wächter kam, er beeilte sich wirklich und brachte auch eine Krankenschwester mit. Meine Mutter wurde auf die Krankenstation gebracht. Ich dachte, der Wächter würde sich kümmern, aber als ich mitgehen wollte, schickte er mich zurück ins Bett. Er half ihr nicht, sondern bewachte sie. Damit sie nicht fliehen konnte. Um sicherzugehen, dass es kein Täuschungsmanöver war.«

Tränen steigen ihr in die Augen und laufen ihr über die Wangen und sie spricht immer noch, sieht mich immer noch an, stößt die Worte hicksend hervor. Und wie sie so tapfer versucht weiterzusprechen, gerät in mir etwas in Bewegung, es ist zart, zart und ungewohnt, und ich will nicht, dass sie das meinetwegen tut, und ich will auch nicht, dass sie aufhört.

»Du musst das nicht«, sage ich zu ihr. »Wir können ein anderes Mal darüber sprechen.«

»Nein, ich muss das zu Ende erzählen«, sagt sie. »Ich muss es beenden, weil es passiert ist. Weil wir uns nur wegen des Babys entschieden haben, zu meinem Vater ins Lager zu gehen.« Sie schluckt. »Früher dachte ich, meine Mutter sei krank.«

»Wann dachtest du das?«

»So etwas ist schon drei Mal davor passiert, aber ich war zu klein. Ich dachte damals, sie sei krank und müsste das Bett hüten. So weit wie diesmal war sie vorher nicht gekommen. Dieses Baby sollte das Wunder werden. Deshalb wollten meine Mutter und ich hierherkommen. Damit die Familie zusammen ist, wenn auch hinter Stacheldraht. Wir stimmten ab und waren einstimmig dafür, dass meine Mutter und ich kommen sollten. Ich entschied allein aus diesem Grund dafür. Nur stellte sich dann heraus, dass es kein guter Grund war, denn als meine Mutter von der Krankenstation wiederkam, war sie nicht mehr schwanger. Sie war müde, sie redete nicht mehr, und sie war nicht mehr schwanger.«

»Und dann seid ihr hergekommen«, flüstere ich.

»Uns blieb nichts anderes übrig. Zum Umkehren war es zu spät. Und dann war meine Mutter … verschwunden. Das ging monatelang so. Ich weiß nicht, wie ich das erklären soll. Sie war da und war doch nicht da. Aber als wir nach Crystal City kamen, wurde sie wieder schwanger. Und jetzt soll dieses Baby unser Wunder werden. Und meine Familie ist zusammen. So wie es schon immer geplant war. Wir waren zusammen, und wir sagten, allein darauf käme es an.«

Schließlich endet sie mit ihrer langen, schrecklichen Geschichte und sieht mich an, als suche sie etwas.

»Es war ein Fehler«, sagt sie schließlich. »Jetzt sehe ich, dass es ein Fehler war herzukommen.«

Sie hat sich die ganze Zeit nicht gerührt, sitzt immer noch mit umschlungenen Knien auf dem Eisblock und zittert.

»Du brauchst eine Decke«, sage ich. In der Ecke liegt eine zusammengefaltete Decke, die ich ausschüttele und Margot um die Schultern lege. Ich rubbele ihren Rücken, wie meine Mutter es immer getan hat, als Ken, Toshiko und ich klein waren und wir nass und frierend aus der Badewanne kamen.

Rubbeln, rubbeln und vor sich hin summen.

»Jetzt ist mir wieder warm«, sagt Margot.

»Deine Lippen sind noch ganz blau.«

»Aber mir ist wieder warm.«

»Also gut.« Ich höre auf zu rubbeln, aber jetzt hängen meine Hände untätig an mir herab, und ich weiß nicht, was ich mit ihnen anfangen soll, als merkte ich zum ersten Mal, dass ich Hände habe und sie nicht funktionieren.

Mein Herz schlägt so laut, dass Margot es eigentlich hören müsste. Ich kann – es rauscht in meinen Ohren –, ich denke daran, was sie alles verheimlicht hat und wie viel Kraft es sie gekostet haben muss, es zu verheimlichen.

»Ich muss gehen«, sagt sie. »Meine Mutter. Ich soll ihr das Eis bringen.«

»Möchtest du gehen?«

»Ich muss.«

Aber sie geht nicht und auch ich bleibe. Zum ersten Mal sehe ich sie an und sehe, wer sie wirklich ist.

»Haruko. Ich habe dir das vorher nicht erzählt, weil ...«

»Das macht nichts.«

»Doch«, sagt sie. »Ich habe dir nichts erzählt, weil ich Angst hatte, damit nicht umgehen zu können, wenn ich es ausspreche. Und du auch nicht.«

»Aber ich konnte es.«

»Sind meine Lippen wirklich blau?«

»Ein bisschen.«

»Sie fühlen sich nicht mehr kalt an.«

»Im Vergleich zu meinen sind sie noch kalt. Siehst du?«

Ich presse meinen Zeige- und Mittelfinger auf meine Lippen, die sich plötzlich heiß und geschwollen anfühlen. Und nach einer Minute lege ich diese Finger auf Margots Mund. Ihre Lippen sind rissig. Sie schließt ihre Augen. Ich spüre ihren Atem, und dann spüre ich, wie sie die Luft anhält. Ich spüre meinen Puls in meinen Fingerspitzen auf Margots Lippen. Er ist ganz schwach und wird immer langsamer, sodass jeder Schlag in meinen Ohren dröhnt.

Ich spüre …

»Hallo?«

Die Tür zum Eishaus ist aufgegangen. Das ist nicht das erste Mal, seitdem wir uns hier treffen, aber es ist das erste Mal, dass wir es nicht rechtzeitig gemerkt, die Lampe gelöscht und uns versteckt haben. Es ist ein Lagerinsasse, ein vergnügt aussehender älterer Mann. Er hat einen Eimer dabei, in den das abgehackte Eis kommt.

»Na, Mädels, veranstaltet ihr hier ein Picknick?«, sagt er, da er unsere Decken bemerkt, als er sich an die Arbeit macht. »Clevere Art, der Hitze zu entkommen. Warum bin ich noch nicht auf die Idee gekommen?«

Als die Tür aufging, habe ich sofort meine Finger von Margots Lippen zurückgezogen. Ich habe ihr dabei über das Gesicht gestrichen, als wollte ich einen Fleck wegwischen oder eine Mücke töten, irgendetwas Harmloses und Unverfängliches.

»Wart ihr auch bei der Schwimmbaderöffnung, Mädels?«, fragt der Mann, während er Eis abhackt. »War das ein Rummel.«

Margot sieht verstört aus.

»Ich war gerade am Gehen«, ruft sie so laut, dass der Mann es hören muss. Er werkelt immer noch hinter uns herum. »Ich muss nach Hause.«

»Ich auch«, sage ich übertrieben betont. »Hausaufgaben.« Ich zittere noch von dem eben Geschehenen, was immer es auch war. *Was eben geschehen ist?*

»Geh du vor. Ich räume hier noch auf.«

Als sie gegangen ist, lege ich mit schlotternden Händen die Decken zusammen. Ich lösche die Öllampen und stelle sie in die Ecke, während ich mit dem Mann höflich Konversation mache. Er erzählt mir, dass er eine Enkelin in meinem Alter hat.

Als auch er gegangen ist, setze ich mich auf den Stapel mit den zusammengelegten Decken und versuche, mich zu beruhigen und meine Gedanken zu sammeln. Mir kommt es plötzlich so vor, als wäre ich noch nie im Eishaus gewesen.

Ich habe keine Ahnung, was gerade geschehen ist.

Etwas Spitzes bohrt sich in meinen Oberschenkel, etwas in meiner Rocktasche. Es ist ein Briefumschlag. Den habe ich vergessen. Ich habe ihn beinahe vergessen.

Deshalb bin ich heute Mittag zurückgegangen, nachdem wir den Tee geholt und ich Margot bis an die Grenze des japanischen Viertels begleitet hatte. Ich wollte nach Post fragen, wollte sicher sein, dass kein Telegramm da war, in dem stand, dass Ken im Krieg verschollen sei. Ein Telegramm war nicht da, aber ein Brief.

Allein im Eishaus hole ich den Umschlag hervor und ziehe den Brief heraus. Ein Blatt. Eine Seite auf einem Blatt. Welche Lügen Ken diesmal auch schreiben mag, wenigstens fasst er sich kurz. Ich bin sogar erleichtert, das jetzt zu lesen, denn es bringt mich auf andere Gedanken.

Liebe Familie, schreibt Ken.

Und dann nichts. Oder alles. Ich kann nämlich nicht lesen, was Ken geschrieben hat, weil alles zensiert worden ist, alles, mit dicken Strichen geschwärzt. Zeile für Zeile, Absatz für Absatz.

Ich hatte Angst gehabt, dass Ken mir in seinem Brief schreckliche Dinge erzählen würde. Dass er jemanden hatte erschießen müssen. Dass er keinen Arm mehr hat. Oder kein Ohr. Ich dachte, es gäbe nichts Schlimmeres, als Lügen darüber zu hören, was er alles durchmachte, aber ich habe mich geirrt. Viel schlimmer ist, sich vorzustellen, was dein Bruder durchmacht, und zu wissen, dass die Wahrheit vielleicht schlimmer ist als deine Vorstellung.

HARUKO

Ich bereue es nicht, diesen Nachmittag im Eishaus. Das klingt vielleicht seltsam, aber von allen Dingen, die ich bereuen könnte und sollte und auch tatsächlich bereue – dieser Nachmittag gehört nicht dazu.

VIERZEHN

MARGOT

Es ist dunkel, als ich nach Hause komme.

Ich weiß nicht, wie lange ich fort war. Es kann eine Stunde, es können drei Stunden gewesen sein. Ich denke daran, wie Haruko mir ihre Finger auf die Lippen gepresst hat. Es beschämt mich, dass ich daran denke, anstatt mir Sorgen um meine Mutter zu machen. Um meine auseinanderbrechende Familie. Aber mir war es für den Bruchteil einer Sekunde vorgekommen, als wäre dies alles nicht mehr da, weil sämtliches Blut in meinem Körper dorthin geflossen war, wo das Lavendelmädchen meine Lippen berührt hatte.

Im Dunkel der Nacht erkenne ich die kleinen Blumenkästen, in denen keine Blumen wachsen.

Meine Mutter und mein Vater sitzen am Tisch. Meine Mutter hält ein feuchtes Tuch an ihre linke Gesichtshälfte. Die blonden Haare kleben ihr an der Stirn. Sie haben gewartet.

»Ich habe dir Eis mitgebracht.« Ich reiche Mutti das mit Eis gefüllte Taschentuch und nehme ihr das gebrauchte ab, das sie sich ans Gesicht gedrückt hat. Sie lässt mich gewähren, dreht aber ihr Gesicht zur Seite, damit ich nicht sehe, wie schlimm sie aussieht.

»Margot, wir sind froh, dass du wieder da bist«, sagt mein Vater. Seine Stimme klingt belegt. Wie lange er wohl noch geweint hat, nachdem ich gegangen bin? Wie lange haben sie beide geweint? Er zeigt auf den leeren Stuhl auf der anderen Seite des Tisches. Eine Querstrebe ist abgebrochen. Es ist der Stuhl, den er umgeschmissen hat. »Wir müssen etwas mit dir besprechen.«

Was ich jetzt empfinde, ist Hass, auch wenn die Empfindung nicht leicht einzuordnen ist, da sie sich gegen jemanden richtet, den ich liebe. Wie kann er mir einfach einen Stuhl anbieten, als führe er eine Geschäftsbesprechung? Ich sehe meine Mutter an, aber sie weicht meinem Blick aus. Ich möchte ihr sagen, dass wir gehen können. Das wir einfach fortgehen könnten.

»Margot«, sagt mein Vater noch einmal.

»Margot, setz dich«, sagt meine Mutter.

Ich wünschte, es gäbe eine Möglichkeit, vor meinem Vater zu fliehen und ihn trotzdem mitzunehmen. Uns alle von hier fortzubringen. Schließlich ziehe ich mir den Stuhl heran.

»Danke«, sagt er. »Ich möchte dir sagen, dass das, was zwischen deiner Mutter und mir geschehen ist, kompliziert ist. Wir stehen beide sehr unter Druck. Wie alle hier.«

»Du wolltest sie schlagen«, sage ich. *»Er wollte dich schlagen«*, sage ich zu meiner Mutter.

»Ich habe mich bei deiner Mutter entschuldigt«, sagt mein Vater. »Es war ein schreckliches Unglück, so etwas wird nie mehr vorkommen. Und ich meine, was ich sage.« Er räuspert sich. »Und wir haben ein paar Entscheidungen getroffen, die es für die ganze Familie einfacher machen werden.«

Können sich Verheiratete in Crystal City trennen? Werden sie meiner Mutter und mir eine andere Hütte zuweisen? *37 Hütten.* Es gibt 37 leere Hütten. Das weiß ich genau, weil ich die Neuzugänge immer genau notiere.

»Was für Entscheidungen?«

»Wir haben beschlossen«, sagt mein Vater, »dass du nicht mehr in die Amerikanische Schule gehst.«

»Wie meinst du das? Mutti, was meint er?«, frage ich, aber sie weicht immer noch meinem Blick aus. »Mir gefällt es auf der Amerikanischen Schule.«

»Wir sind der Meinung, dass die Deutsche Schule, die für die anderen deutschen Kinder im Lager gut genug ist, auch für dich gut genug ist.«

Nein, nein, nein. Ich schüttele heftig den Kopf. Er spricht die ganze Zeit von *wir*. Meine Mutter soll wieder dazwischengehen wie beim letzten Mal, als er von ihnen beiden als Einheit gesprochen hat. *Ziehe mich da nicht mit hinein,* hat sie gesagt.

Doch diesmal schiebt sie lediglich die Kühlpackung an ihrem Gesicht zurecht. Ein paar Eissplitter fallen zu Boden. Mein Vater sieht es, greift sofort nach dem Tuch und faltet es sorgfältig wieder zusammen. Er ist immer fürsorglich gewesen. Wenn ich als Kind Bauchweh hatte und mich übergeben musste, wollte ich immer, dass er und nicht meine Mutter mir die Haare zurückhält.

»Die Deutsche Schule bietet keine Fortgeschrittenen- kurse an«, protestiere ich. »Der Mathelehrer ist eigent- lich Klempner.«

Das weiß mein Vater alles. Genau diese Argumente hat er angeführt, als wir überlegten, auf welche Schule ich gehen soll. »Und sie ist nicht staatlich zugelassen. Wenn ich in die Deutsche Schule gehe, muss ich zu Hause womöglich eine Klasse wiederholen. Ich benö- tige ein staatlich anerkanntes Abschlusszeugnis, wenn ich auf die Universität gehen will.«

Meine Mutter beißt sich auf die Lippe. Endlich schaut sie auf, aber nicht zu mir. Sie und mein Vater tauschen Blicke aus. Ich weiß nicht, was jetzt kommt, aber mit Sicherheit nichts Gutes. Er legt seine Hand auf ihre. Diese Geste heißt, dass er die Sache in die Hand neh- men will.

Meine Mutter macht den Mund auf, als wollte sie doch noch etwas sagen. Zuerst jedoch kommt ein trockenes Husten aus ihrem Mund, der mich irgendwie an ein verletztes Vögelchen erinnert.

»Du musst verstehen, Margot«, beginnt sie. Mein Vater streckt einen Finger nach oben und räuspert sich, womit er ihr bedeutet, nicht weiterzusprechen. Auch diese Sache will er in der Hand behalten.

»Es geht noch um etwas anderes«, sagt mein Vater. »Wir haben entschieden, dass die Amerikanische Schule nicht mehr für dich passt, weil wir nicht nach Iowa zurückkehren werden.«

»Wohin gehen wir dann?«, frage ich, kenne jedoch bereits die Antwort. Das Blut rauscht in meinen Ohren. »Wir werden in unser richtiges Zuhause zurückkehren. Wir beantragen die Rückkehr in die Heimat mit dem nächsten Schiff, das nach Deutschland fährt.«

FÜNFZEHN

∞

MARGOT

22. September 1944
Anzahl der Flaschen mit Traubenlimo, die für einen
  Ausflug außerhalb des Lagers benötigt werden: 36
Hart gekochte Eier: 72
Gefängniswärter: 2

Heute Wandertag. So steht es an der Tafel und jemand
hat einen Blumenkranz darum gemalt: *Heute Wandertag.* Heute werden wir gemeinsam das Lager verlassen.
Damit unser Kameradschaftsgeist und die Identifika-
tion mit der Schule gefördert werden.

Es ist mein letzter Tag an der Amerikanischen Schule.
Mein Vater hat mir die Teilnahme am Wandertag eigentlich nur erlaubt, weil ich meinen Tisch noch auf-
räumen muss.

»Sag ihm, dass du die Matheeinheit noch fertig machen musst«, sagt Haruko, als ich ihr vom gestrigen

Abend erzähle. Alle anderen schauen gerade zwei Jungen zu, die einen mitgebrachten Baseball werfen. »Sag ihm, dass du den nächsten Test noch mitmachen musst.«

»Würdest du das deiner Familie sagen?«, frage ich. »Würdest du das wirklich meiner Familie sagen, nach allem, was geschehen ist?«

Sie schweigt, denn sie weiß, dass sie auf beide Fragen mit Nein antworten müsste.

»Ich kann jetzt nicht daran denken«, sage ich, denn wenn ich daran denke, fangen meine Augen an zu brennen, und jeder würde es sehen. »Es kann vielleicht noch Monate dauern, bis wir eine Schiffspassage bekommen, vielleicht ist es auch gar nicht möglich. Ich kann nicht …«

»Pass auf!«

Ich habe kaum Zeit, mich zu ducken, da saust der Baseball auch schon über meinen Kopf. Haruko wischt sich verstohlen die Augen. »Pass du lieber auf«, ruft sie dem Jungen zu, und dann leise zu mir: »Okay. Wir wollen jetzt nicht daran denken. Es bleibt noch viel Zeit, in der gar nichts passieren wird.«

Ich habe schon so oft erlebt, dass sie von Gefühlen übermannt wird, aber nicht so, nicht meinetwegen. Aber darauf kann ich sie nicht ansprechen. Selbst wenn wir nicht von der ganzen Klasse umringt wären, würde ich nicht die richtigen Worte finden.

Bevor es losgeht, stellen wir uns für einen letzten Zählappell am Fahnenmast auf. Manche Mädchen haben Hosen an und ein Tuch um den Kopf gebunden. Ein paar Jungen haben Bälle und Baseballhandschuhe dabei, einer eine Gitarre. Außerdem werden wir den ganzen Tag lang von zwei Wächtern begleitet. Sie sind froh über diese Abwechslung, haben aber trotzdem ihre Gewehre dabei.

Ein So-tun-als-ob-Spaßtag. So sollten wir den Tag betrachten, meint Haruko, als wir das Schulgelände verlassen. So-tun-als-ob-Spaß. Ein Tag, an dem eigentlich nichts besser ist, und das wissen wir auch. Aber ein Tag, an dem wir so tun, als wäre es besser. Als müsste ich nicht auf eine andere Schule. Als würde Harukos Bruder keine zensierten Briefe schicken, die sie nicht lesen kann. Als würde mein Vater nicht versuchen, mit uns nach Deutschland zurückzukehren. Als würde Harukos Vater ihr auf ihre Fragen keine beunruhigenden Antworten geben. Als wäre die Lippe meiner Mutter nicht geschwollen.

Wir werden ungefähr eine halbe Meile gehen, hat Miss Goodwin gesagt. Dann käme ein netter Picknickplatz.

Als das Tor aufgeht und ich den Zaun hinter mir lasse, passiert etwas völlig Unerwartetes: Ich lache.

Weil ich den Horizont sehe, der nicht von Zäunen gesäumt ist. Weil wir in einer langen, geraden Reihe gehen, ohne auf einen Wachturm zu stoßen. Haruko sieht mich neugierig an.

Außerhalb des Lagers fließt ein Bach. Vom Lager aus ist er nicht zu sehen. Er ist nicht schön, aber es ist etwas, was ich zuvor noch nie gesehen habe. Ich habe mich so danach gesehnt, etwas Neues zu sehen. Ich sehe auch neue Bäume. Eine neue Straße mit neuem Belag.

»Kein Unterschied«, sagt Chieko zu Haruko. Sie klingt enttäuscht. »Als wir mit dem Bus ankamen, war es Nacht. Ich habe nie gesehen, wie es draußen aussieht. Aber es gibt absolut keinen Unterschied.«

»Es gibt einen Unterschied«, widerspricht Haruko. »Hier ist kein Zaun.«

Beide haben recht. Die Landschaft außerhalb des Zauns gleicht der Landschaft innerhalb des Zauns. Nur dass hier draußen der Himmel weit und nicht unterbrochen ist. Ich sehe Haruko an und lächle, bin ganz schwindlig vor Freude, weil sie versteht, was die wirklichen Unterschiede sind.

Wir wandern durch die kleine, staubige Innenstadt von Crystal City. Vor dem Postamt steht eine Frau mit zwei Kindern an der Hand. Verdutzt sieht sie die Schülerschar vorbeiziehen, ein unerwarteter Anblick in ihrer kleinen Stadt, und als sie begreift, wer wir sind, hält sie ihre Kinder noch fester.

»Denkt sie, wir wollen ihre Kinder entführen?«, flüstert Chieko.

»Oder dass unsere antiamerikanische Feindeshaltung ansteckend ist«, meint Linda.

»Guten *Morgen*«, sagt Chieko übertrieben höflich zu der Frau.

Selbst dies, die schiefen Blicke der Bewohner von Crystal City, macht mir nicht besonders viel aus, denn es ändert nichts an der Tatsache, dass wir einen Tag nicht im Lager sind.

Wir machen an einer dicht von Prosopisbäumen bewachsenen Stelle halt, wo das Ufer so niedrig ist, dass man leicht ins Wasser steigen kann. Die Kantinenmitarbeiter haben für uns kaltes Brathähnchen und hart gekochte Eier in Wachspapier eingepackt. Die Jungen, die die Bälle mitgebracht haben, organisieren ein Spiel. »Wir brauchen noch Outfielder. Gibt's bei euch eine, die gut werfen kann?«, fragt einer zu unserer Mädchengruppe herüber. Chieko, Linda und ein paar andere Mädchen melden sich. Haruko sieht mich fragend an, aber ich schüttele den Kopf.

»Ich bin zu hungrig zum Spielen«, sagt sie »Ich komme zum Anfeuern, wenn ich gegessen habe.«

Nachdem alle anderen ein Stück weiter am Ufer hinaufgegangen sind, wo es eben genug zum Spielen ist, warte ich, bis Haruko zwischen den Bäumen Richtung Wasser verschwunden ist, und folge ihr nach wenigen Minuten. Sie sitzt auf einem flachen Stein und hat Schuhe und Socken ausgezogen.

»Du musst hier sitzen.« Sie zeigt auf einen anderen Stein, und mir wird klar, was sie meint: Wären wir im Eishaus, wäre das die Stelle, wo mein Heuballen läge. Hier, wo wir von den anderen unbeobachtet sind, höre ich eine Scheu in ihrer Stimme, die mir neu ist, aber vielleicht bilde ich mir das auch bloß ein. Bestimmt bilde ich mir das bloß ein. Sie schält ein Ei für mich, indem sie es zwischen ihren Handflächen rollt, bis die Schale in winzige Stückchen zerspringt. Der Himmel ist von einem so hellen Blau, dass er beinahe weiß aussieht.

»Ob die Schüler in der Deutschen Schule auch Ausflüge unternehmen?«, sage ich.

»Am liebsten würde ich gar nicht mehr zurück ins Lager«, sagt Haruko heftig. »Am liebsten würde ich mit dir einfach in die andere Richtung wandern, bis nach – wie heißt die große Stadt hier in der Nähe? San Antonio?«

»Stimmt. Aber nach San Antonio müssten wir in dieser Richtung weitergehen. Wir sind schon ein Stück nach Osten gewandert.«

»Werden wir nach dem Krieg dorthin gehen? Nach San Antonio?«

»Nach dem Krieg?«, wiederhole ich. »Ich glaube, nach dem Krieg dürfen die Menschen gehen, wohin sie wollen, sehr wahrscheinlich jedenfalls. Ich glaube nicht, dass wir alle in dieselbe Stadt wollen.«

»Ich meine nicht alle Leute. Ich meine du und ich. Wohin werden wir gehen, wenn dies alles vorbei ist? Ich könnte an einer Sodastation arbeiten«, fährt Haruko fort. »Das kann ich gut. Ich wette, du hast noch nie eine so leckere Limettenlimo getrunken wie die von mir.«

»Ich habe überhaupt noch nie eine Limettenlimo getrunken.«

Mein Gesicht brennt. Sie hat von *danach* gesprochen. Sie hat von *wir* gesprochen. Ich hätte mir nie erlaubt, von einer Welt zu träumen, die so groß ist. Von einer Welt, in der Frederick Kruse und das, was in unserer Victory-Hütte passiert ist, weit weg sind. Es wird ein Danach geben. Der Krieg wird nicht ewig dauern. Es wird eine Zeit geben, in der unser Leben ganz anders sein wird.

»Dann mache ich eine für dich. Man braucht Limetten, Zucker und Sodawasser – sie schmeckt besser, als ich es beschreiben kann –, und das wird meine Arbeit sein. Zuerst werde ich der Star der Sodastation, dann Geschäftsführerin und dann vielleicht die Besitzerin. Was wirst du machen?«

»Ich weiß noch nicht«, sage ich langsam. Ich habe es mir zur Regel gemacht, die Menschen beim Wort zu nehmen. Aber ich weiß nicht, wie ich reagieren soll, wenn die Wörter eher nach einem Traum als nach Wirklichkeit klingen. »Ich möchte aufs College gehen. Aber ich könnte mir auch vorstellen, die Buchhaltung für deine Sodastation zu machen. Ich könnte auch gut auf einer Farm arbeiten. Ich kann die wichtigsten Geräte reparieren, wenn sie kaputt sind.«

»Nein, du machst die Buchhaltung. Du bekommst hinten ein kleines Büro, und wenn die Bar schließt, nehmen wir uns ein paar Kuchenstücke von der Auslage mit nach Hause. Die essen wir dann und hören Radio und trinken Cocktails.«

»Wirst du nicht – möchtest du nicht nach Colorado zurückgehen, wenn das alles vorbei ist?«

Sie sieht mich an. »Willst du denn dorthin zurück, wo du hergekommen bist?«

Ich habe immer geglaubt, dass ich nach Iowa zurückwill. Aber im Moment möchte ich an nichts anderes denken, als dass wir uns beide außerhalb des Zauns befinden. »Erzähl mir von deiner Wohnung.«

»Sie wird eine Tür mit Fliegengitter haben, wegen der Insekten. Und es wird richtige Betten geben, keine Pritschen. Ach, und was sollte sie sonst noch haben?«

»Eine Dusche«, sage ich automatisch. »Eine eigene Dusche mit eigener Toilette.«

»Und heißes Wasser und keine Warteschlangen. Und einen richtigen Kühlschrank.«

»Und es wird keinen Zählappell geben«, sage ich und lasse mich von ihrer Fantasiereise anstecken.

»Genau. Keinen Zählappell. Wenn ich nach Hause komme, und du bist schon da, dann sage ich *eins, zwei.*

Und damit habe ich schon sämtliche Bewohner gezählt.«

»Eins, zwei«, wiederhole ich.

»Wir könnten das gleich tun. Wir könnten weglaufen. Und zuerst …« Haruko kichert. »Zuerst würden wir den Proviant stehlen. Während die anderen Baseball spielen, schnappe ich mir die Körbe und renne davon.« Sie wartet darauf, dass ich ihre Geschichte weiterspinne.

»Wir würden … wir würden an den Schienen entlanglaufen, damit wir in die richtige Richtung gehen.«

»Und wenn uns jemand fragt, würden wir sagen, dass wir Studentinnen seien und eine Autopanne hätten. Vielleicht würde uns dann jemand mitnehmen.«

»Würde man uns denn abnehmen, dass wir Studentinnen sind?«, frage ich.

»Betty Asamo darf Crystal City verlassen, wenn sie im nächsten Monat achtzehn wird, weil sie dann auf eine Sekretärinnenschule geht. Wusstest du, dass das erlaubt ist? Weil sie amerikanische Staatsbürgerin ist und die Einwilligung ihrer Eltern hat. Sie wird von einer Kirchenmission aus Austin finanziell unterstützt.«

»Ich werde erst in über einem Jahr achtzehn. Ich bin erst sechzehn, das weißt du doch.«

»Schsch«, sagt Haruko. »Ich werde per Anhalter nach San Antonio fahren. Zur Not gehe ich auch zu Fuß.«

Das wäre natürlich unmöglich. Nach San Antonio

sind es über 100 Meilen. Aber wir sind jung und fit. Würden wir zwanzig Meilen am Tag schaffen? Eher fünfzehn. Das Hühnchen und die Eier würden in der Hitze verderben, aber die Äpfel nicht und auch nicht die Traubenlimo in der Kühltasche. Wenn die Sonne scheint, ist es immer noch schrecklich heiß, aber wir könnten tagsüber schlafen und nachts wandern …

»Margot?«, unterbricht Haruko meinen Gedankengang. Sie blickt auf ihren Schoß und faltet das Wachspapier, in dem das Hühnchen verpackt war, fein säuberlich zusammen. »Als der Mann gestern ins Eishaus kam.«

Ich erstarre. »Ja?«

»Gerade bevor er kam. Direkt davor. Weißt du, wovon ich rede?«

Mein Herz hämmert. Ich hätte das niemals angesprochen. Gestern ist so viel geschehen, dass ich mich heute früh gefragt habe, ob ich mir manches nur einbilde. Ob Kummer und Wut dazu geführt haben, dass ich mich falsch an Dinge erinnere oder sie falsch verstanden habe.

Natürlich erinnere ich mich daran, als der Mann gestern ins Eishaus kam. Natürlich erinnere ich mich und auch an das, was direkt davor war. Jede Einzelheit weiß ich noch. Mein Mund ist trocken, und ich weiß nicht, ob das, was ich empfinde, Sehnsucht oder Furcht ist.

»Margot?«

»Ich erinnere mich«, sage ich leise.

»Ich habe gedacht, ob …«

»Haruko?«

Im ersten Moment denke ich, ich sei es, die ihren Namen ausgesprochen hat. Aber nicht ich bin es gewesen, sondern Miss Goodwin, die nun auch meinen Namen ruft. »Hat jemand Haruko Tanaka gesehen?«, ruft Miss Goodwin. »Sie ist vielleicht mit Margot Krukow zusammen, Margot sehe ich auch nicht.«

Mein Magen krampft sich zusammen. Jemand hat uns beide zusammen gesehen. Jemand hat ihr verraten, dass wir unsere Flucht planen. *Jemand hat ihr vom Eishaus erzählt.*

Als sie uns wieder ruft, wird mir klar, sie kann gar nicht wissen, dass wir ausreißen wollen oder dass wir überhaupt zusammen sind. Sie sieht uns einfach nicht, und sie will sich vergewissern, dass wir uns nicht verlaufen haben.

Die dichten Zweige am Ufer bewegen sich und dann tritt Miss Goodwin zwischen ihnen hervor. Sie ist außer sich.

Haruko steht langsam auf und klopft sich Gras von ihrem Rock. »Wir sind hier«, sagt sie unsicher. »Wir sind beide hier.«

Miss Goodwins Gesicht entspannt sich, aber nur ein bisschen. Und erst dann sehe ich die zwei Wächter, die ihr folgen. Nicht die, die uns begleitet haben. Die Wäch-

ter, die mit uns gekommen sind, hatten ihre Uniform-
ärmel hochgekrempelt und die Punkte beim Baseball-
spiel gezählt. Es sind andere Wächter. Mit zugeknöpften
Jacken, Schweiß auf der Stirn und schwer atmend, als
wären sie den ganzen Weg vom Lager hergerannt.

Haruko und ich gehen auf sie zu. Sie kommen wegen
meiner Mutter. Warum sonst sollten sie hier sein? Warum sonst sollten zwei Wächter freigestellt werden und
ein Schulpicknick stören? Doch als wir bei Miss Goodwin ankommen, wendet sie sich nicht an mich, sondern
an Haruko.

»Such deine Sachen zusammen. Diese Männer werden dich ins Lager zurückbegleiten«, sagt sie. »Nur Miss
Tanaka. Miss Krukow wird hier bei den anderen bleiben.«

Haruko sieht sie panisch an. »Was wollen sie …?«

»Ich weiß es nicht.«

»Werde ich …«

»Ich weiß es wirklich nicht, Schätzchen«, sagt Miss
Goodwin. »Aber du musst dich beeilen.«

SECHZEHN

∞

HARUKO

Die Wächter wissen nichts. Die Wächter sind zu nichts
nutze. Als ich sie frage, sagen sie, sie wüssten nicht, warum sie mich holen sollen, nur dass sie sich beeilen
sollen. Jetzt auf dem Rückweg gehen sie langsam, und
ich kann es selbst nicht glauben, dass ich mir wünsche,
sie würden sich mehr beeilen und mich so schnell wie
möglich zum Zaun zurückbringen. Meine Kehle ist wie
zugeschnürt und ich kann kaum atmen. *Meiner Mutter
ist etwas zugestoßen. Toshiko ist etwas zugestoßen.*

Doch als wir zum Verwaltungsgebäude kommen,
sehe ich meine Familie vor der Tür warten. Ein Fitzel-
chen meiner Anspannung lässt nach, denn dass meine
Familie hier ist, bedeutet zumindest, dass drei schreckliche Dinge nicht passiert sein können.

Bei ihnen steht auch Mr Mercer, der Lagerleiter, doch
die angsterfüllten Blicke meiner Mutter sagen mir, dass
er ihnen ebenfalls nichts gesagt hat. Sie hat noch ihren

weißen Arztkittel an. Normalerweise zieht sie ihn aus, bevor sie nach Hause kommt. Sie haben sie also direkt von der Arbeit geholt. »Haben sie dir irgendetwas gesagt?«, flüstert sie, als ich zu ihnen trete. »Uns auch nicht«, sagt sie, als ich verneinend den Kopf schüttele. Mein Vater ist aschfahl, als ob ihm übel wäre. Toshiko nimmt meine Hand und dann führt uns Mr Mercer hinein.

»Kommen Sie, kommen Sie.« Er hält meiner Mutter die Tür auf und wir anderen folgen ihr der Reihe nach. Man hört nur das Scharren unserer Füße. Wir sind in einem Zimmer, das so normal aussieht, dass mein Herz einen Moment aussetzt. Zwei Sessel mit geblümten Bezügen vor einem entsprechenden Sofa, dazwischen ein Couchtisch, auf dem eine Vase mit Blumen steht. *Ein Sofa.* Ich hatte beinahe vergessen, dass solche Möbelstücke existieren. Mein erster Gedanke ist, dass es hier schnell staubig wird, dass Crystal City kein Ort für weiche Plüschsofas ist.

Dies ist bestimmt das Zimmer für schlechte Nachrichten. Warum sonst bieten sie uns Wasser und Kaffee an und sagen, es dauere nur eine Minute? Warum dieser ganze Aufwand, wenn nicht, um eine behagliche Atmosphäre zu schaffen, bevor sie uns das Herz herausreißen?

Es dauert nur eine Minute, übersetze ich automatisch meiner Mutter.

Der Krieg ist vorbei und Amerika hat verloren, ist mein erster Gedanke. Aber das ergibt keinen Sinn, denn warum sollten sie es jeder Familie einzeln in einem Zimmer mitteilen? Wir werden getrennt und jeder von uns kommt in ein anderes Lager. Der Vater meines Vaters in Japan, den ich nie kennengelernt habe, hat einen Schlaganfall gehabt und ist gestorben.

Warum ich mir all diese absurden Erklärungen ausdenke? Das hat einen offensichtlichen Grund: Sie sind alle besser als der wahrscheinlichste Grund, warum meine Familie hierhergebracht worden ist. Weil mein Bruder tot ist. Weil mein Bruder in den Krieg gezogen ist und jemand ihn erschossen hat und weil die Regierung der Vereinigten Staaten es uns gemütlich machen möchte, bevor sie uns die Nachricht überbringen.

Meine Eltern denken dasselbe. Mein Vater knirscht mit den Zähnen – ich höre es von der anderen Seite des Tisches –, und meine Mutter tupft ständig ihre Augen mit einem Taschentuch. Toshiko und ich halten uns noch fester an der Hand.

Ken ist tot. Ken ist tot. Ken ist tot.

Genau das sind meine Gedanken, als die Tür aufgeht und Ken im Türrahmen steht.

Zwick dich. Ich habe einmal gehört, man soll sich zwicken, wenn man meint zu träumen, denn wenn man schläft, spürt man den Schmerz nicht. Ich zwicke mich und es tut weh.

Toshiko kreischt, mein Vater bricht in Tränen aus, und meine Mutter stürzt auf Ken zu, doch statt ihn zu umarmen, fängt sie an, seine Haare zurückzustreichen und seinen Kragen zu richten, was beides nicht nötig wäre. Ken war ein verträumter Teenager, dessen Hemd immer halb aus der Hose hing und dessen Knöpfe immer halb abgerissen waren, doch jetzt ist er ein amerikanischer Soldat, an dem alles geschniegelt und gebügelt ist.

Mit ihm ist noch ein anderer Soldat hereingekommen, ein weißer Mann, wahrscheinlich sein Offizier. Ich habe keine Ahnung vom Militär, aber der Mann ist älter, und seine Uniform sieht ein wenig offizieller aus.

Ich möchte meinen Bruder umarmen, aber als ich seine rechte Schulter berühre, zuckt er zurück. »Vorsicht.«

»Bist du verletzt?«, fragt meine Mutter. Ihre mütterliche Hätschelei geht in medizinische Sachlichkeit über. Sie überprüft seine Glieder und schwenkt seine Arme auf und nieder. »Tut das weh?«

»Nur ein Kratzer«, sagt er. »Echt Glück gehabt. Mein rechter Oberkörper war eine Woche lang taub. Ich habe nichts gespürt. Erst vermuteten sie einen dauerhaften Nervenschaden und setzten mich ins Flugzeug. Und als ich ausstieg, fing meine Schulter an zu schmerzen. Was aus medizinischer Sicht sogar gut ist. Sie sagen, wenn es wehtut, heilt die Wunde.«

»Die Ärzte dort drüben haben vielleicht keine Ahnung«, sagt meine Mutter, und Toshiko sagt: »Ich wette, dem anderen geht es schlechter als dir.«

»Ich wette, du hast es nicht darauf angelegt, das herauszufinden«, sagt mein Vater zu Ken, und dann lachen wir und lachen, als wäre das der beste Witz aller Zeiten.

Ken lebt. Ken steht leibhaftig vor uns mit sämtlichen Armen und Beinen.

»Du siehst kleiner aus«, sagt Toshiko.

»Weil du größer geworden bist.« Sie strahlt.

Wir umarmen uns und freuen uns und diskutieren, ob Ken oder Toshiko sich mehr verändert haben, und hören beinahe nicht, wie die Tür aufgeht und der Wächter sich räuspert und in unsere kleine Familienrunde tritt.

»Die Sekretärin bringt Kaffee und Kekse«, sagt er zu meinen Eltern. »Sie dürfen dieses Zimmer zwei Stunden nutzen, dann müssen Ken und Sergeant Oakes wieder in ihr Hotel.«

»Was meinen Sie mit zwei Stunden?«, frage ich.

»Sein *Hotel?*«, fragt meine Mutter, nachdem Toshiko für sie übersetzt hat. Sie kann ihr Entsetzen kaum verbergen und tauscht einen Blick mit meinem Vater.

»Soviel ich weiß, ist es eine Einheimische, die ein paar Zimmer vermietet«, sagt Ken nach einer kurzen Pause. »Aber das ist für mich in Ordnung. Mir wurde gesagt, dass ich euch morgen wieder besuchen kann.«

»Bestimmt ist das Hotel sehr hübsch«, sagt meine Mutter unbeholfen, als der Wächter in einer Ecke Platz nimmt.

Aber natürlich dachte meine ganze Familie bis zur Erwähnung des Hotels, dass Ken mit uns kommen würde. Offenbar will der Lagerleiter das Wiedersehen gänzlich öffentlich stattfinden lassen, mit einem Wächter an der Tür.

Wir stehen wie versteinert da, sind uns plötzlich bewusst, dass wir beobachtet werden. Ich mache den Mund auf und will dagegen protestieren, dass Ken in einem Hotel wohnen soll, doch dann mache ich den Mund wieder zu, weil ich nicht weiß, wie ich anfangen soll. Meine Mutter streicht steif ihren Rock glatt, als sie sich aufs Sofa setzt, und fordert uns mit einer Geste auf, ebenfalls Platz zu nehmen.

»Das ist gemein …«, beginnt Toshiko, doch meine Mutter bringt sie mit einem Blick zum Schweigen. Toshiko verzieht wütend ihr Gesicht.

»Danke sehr«, sagt meine Mutter in ihrem besten Englisch, als die Sekretärin das Tablett mit dem Kaffee bringt. Meine Mutter bedeutet ihr, es auf das Tischchen zu stellen. In diesem Augenblick bin ich stolz auf sie, weil sie es versteht, als Gastgeberin aufzutreten, als hätte sie zum Tee geladen und die Sekretärin und der Soldat gehörten lediglich zum Personal.

»Ken«, sagt sie und reicht meinem Bruder eine Tasse

Kaffee, die er mit der linken Hand entgegennimmt. »Bitte erzähle uns, wie es dir geht.«

»Ach, eigentlich bombig«, sagt Ken. »Wäre wahrscheinlich gar nicht nötig gewesen, mich heimzuschicken, aber ich habe nichts gegen eine Mitfahrgelegenheit, wenn ich euch dadurch wiedersehen kann.«

»Wir sind sehr glücklich«, sagt mein Vater und nimmt seine Kaffeetasse entgegen. »Wir sind sehr glücklich, dich zu sehen.«

Wir benehmen uns völlig unnatürlich. Als wären wir Schauspieler in einem Stück über den aus dem Krieg heimgekehrten Sohn, als hätten wir vergessen, wie wir miteinander umgehen. Toshiko trinkt ihren Kaffee und spreizt dabei ihren rosa lackierten Finger ab, was ich bei ihr noch nie gesehen habe. Ich habe auch noch nie gehört, dass Ken *bombig* sagt. Wie die *Typen* in seinem Brief. Der Bruder, den ich kenne, würde darüber die Augen verdrehen.

Er ist dünn. Er hat müde Linien um den Mund. Er setzt seine Tasse ab. Sie klirrt laut, was ich normalerweise nicht hören würde, wäre unsere Unterhaltung nicht so gestelzt und stockend.

Plötzlich bin ich froh, dass der Wächter da ist, denn dann kann ich unser unbeholfenes Verhalten ihm in die Schuhe schieben. Weil ich in Wirklichkeit Angst habe, dass es sich genauso falsch anfühlen würde, wenn der Wächter nicht dabei wäre.

»Sobald dein Fall bearbeitet ist, musst du nicht mehr im Hotel schlafen«, sagt meine Mutter. »Fünfköpfigen Familien werden größere Häuser zugewiesen. Wir werden ein Haus mit einem zusätzlichen Zimmer bekommen, in dem du allein schlafen kannst. Wahrscheinlich müssen nur noch Formalitäten bearbeitet werden.«

»Diese Mühe werden sie sich bestimmt nicht machen«, sagt Ken, »denn in ein paar Tagen muss ich wieder zurück.«

Er sagt das so beiläufig, dass es eine Weile dauert, bis wir es begriffen haben. Die Hand meiner Mutter zittert, als sie sie ausstreckt, um meinem Vater nachzuschenken, meine Tasse kratzt auf der Untertasse.

»Was meinst du damit, du musst wieder zurück?«, fragt mein Vater tonlos.

»Es sieht so aus, als wäre meine Schulter wieder besser«, sagt Ken. »Sie können einen einsatzfähigen Mann nicht hierlassen, wenn er drüben benötigt wird. Ich bekomme ein paar Tage Heimaturlaub, dann geht's wieder in den Flieger.«

Meine Mutter sieht meinen Vater an und dann, kaum wahrnehmbar, den Wächter, der so übertrieben eifrig das Band seiner Armbanduhr untersucht, dass ich mir sicher bin, er belauscht uns. Ich habe keine Ahnung, ob er Japanisch spricht. Wahrscheinlich schon, dann versteht er alles, was wir sagen.

Diesmal protestiert selbst Toshiko nicht. Nicht in

Anwesenheit eines Wächters. Uns bleibt nichts anderes, als vorzugeben, wir fänden es herrlich, dass mein Bruder wieder in den Krieg zieht. Als wollten wir jetzt, wo er endlich wieder bei uns ist und wir ihn umarmen und anfassen können, unbedingt, dass er wieder ins Flugzeug nach Gott weiß wohin steigt, wo er vielleicht getötet wird. Wir müssen so tun, als ob. Uns kann nichts erschüttern. Wir sind gute Amerikaner. Wir sitzen hinter Stacheldraht, sind aber so gute Amerikaner.

»Also gut«, setzt meine Mutter an, aber ihre Stimme bricht, und sie fängt noch einmal an. »Also gut. Dann müssen wir aus der Zeit, die uns bleibt, das Beste machen.«

Wir sprechen über Filme. Dass wir sie vor dem Gemeindehaus ansehen. Dass mein Bruder, wo immer er auch stationiert sein mag, auch ein paar Filme gesehen hat. Wir sprechen über das Essen: dass er besseres Essen bekommt als der Durchschnittsamerikaner, weil das Land seine Zuckervorräte für die Jungs in Uniform aufspart, die sogar Hershey-Schokoriegel bekommen. Dass auch wir anständiges Essen bekommen, aber aus einem anderen Grund: weil die amerikanische Regierung uns gut versorgen muss für den Fall, dass Japan es beobachtet. Sie behandeln uns so gut, wie sie es für die Amerikaner in japanischer Kriegsgefangenschaft erhoffen.

Wir passen auf, wir passen gut auf, nicht über Dinge zu sprechen, die wirklich wichtig sind. Ken nicht zu fragen, wo er gewesen ist oder wie es seiner Einheit geht oder sonst irgendetwas, das den Eindruck erwecken könnte, wir wollten herausfinden, ob Japan doch noch den Krieg gewinnen kann.

Die Tür zum Zimmer geht auf. Es ist der Sergeant, der mit Ken gekommen ist und dessen Namen ich schon wieder vergessen habe. Er räuspert sich leise. Wir tun, als hörten wir es nicht, weil wir wissen, was es bedeutet. Doch schließlich unterbricht er unser Gespräch. »Gefreiter Tanaka«, sagt er, »es ist Zeit.«

Nun taucht auch Mr Mercer in der Türöffnung auf, er schaut uns freudig an. Genauso hat er ausgesehen, als er uns in das Zimmer geführt hat. Plötzlich wird mir klar, dass er uns deshalb nichts gesagt hat, weil er dachte, uns einen Gefallen zu tun. Weil ihm gar nicht in den Sinn kam zu sagen: *Keine Sorgen, es warten gute Nachrichten auf Sie.* Er wollte uns überraschen und ahnte nicht, dass allein der Gedanke an eine Überraschung für uns in dieser Situation grauenvoll war.

»Nun, hatten Sie ein schönes Wiedersehen?«, fragt er. Und an Toshiko und mich gewandt: »Ihr seid bestimmt mächtig stolz auf euren großen Bruder.«

Toshiko und ich nicken stumm. Aber dann erhebt unser Vater seine Stimme.

»Mr Mercer. Wir haben den Besuch sehr genossen, aber Sie verstehen sicher, dass zwei Stunden nicht ausreichen, wenn man den Sohn seit Monaten nicht gesehen hat. Ich bitte darum, dass Ken während seines Aufenthalts in Crystal City bei uns wohnen darf. Meine Frau und ich haben ihn sehr vermisst, seine Schwestern ebenso.«

Mr Mercers Gesicht färbt sich rot, trotzdem behält er seine fröhliche Miene bei. »Das ... ähm, das ist gegen die Vorschrift.«

»Wir könnten für ihn zusammenrücken«, drängt mein Vater, die anderen Familienmitglieder im Rücken. Toshiko drückt die Daumen, was ich dumm finde, aber dann drücke ich meine ebenfalls. »Wir brauchen auch keine zusätzlichen Lebensmittel. Er kann meine Rationen bekommen. Aber es wäre sehr wichtig. Für unsere Moral. Ich denke, es wäre für die Moral des ganzen Lagers von Bedeutung, wenn einer unserer Söhne in Uniform zurückkehrt.«

Dies sagt er natürlich alles auf Englisch, aber meine Mutter scheint das Wesentliche mitzubekommen. Sie hat meine Schulter gepackt und hält sie so fest, dass ich ihre Fingernägel durch den Stoff meines Kleides spüre.

Mr Mercers Lächeln vergeht. »Sie wissen, dass ich das gern erlauben würde«, sagt er behutsam. »Wenn es nach mir ginge, könnten Sie sich privat treffen, und Ken könnte so lange bleiben, wie er wollte. Doch unglücklicherweise mache nicht ich die Regeln.«

Natürlich machen Sie die Regeln!, möchte ich schreien. Er muss nicht so betreten tun. Er muss nicht so tun, als hätte er keine Macht. Er hat doch das Sagen hier? Mein Vater bittet ihn doch nur darum, dass Ken im selben Haus wie seine Familie schlafen darf – einer Familie, die auseinandergerissen wurde. Und während mein Bruder jeden Tag sein Leben riskiert, ist es Mr Mercers Job, auf einen Haufen Frauen und Kinder in Texas aufzupassen.

»Bitte«, sagt meine Mutter. Sie spricht die englischen Wörter sehr sorgfältig aus. »Bitte. Ken wohnt bei uns.«

»Wissen Sie was«, sagt Mr Mercer schließlich. »Ken ist der erste Soldat, der nach Crystal City kommt, und wir haben noch nicht in Erfahrung gebracht, welche Vorschriften in diesem Fall gelten. Aber wir wissen seinen Dienst an unserem Land absolut zu schätzen. Eigentlich steht es mir nicht zu, aber was halten Sie davon: Wenn Sie mir versprechen, dass Ken um« – er sieht auf seine Uhr – »um acht Uhr zurück ist, dann kann er den Nachmittag mit Ihnen verbringen. Um acht Uhr möchte ich heute Abend das Lager verlassen, dann fahre ich ihn auf dem Nachhauseweg am Hotel vorbei.«

Er sieht kurz zum Sergeant hinüber, der mit einem kaum merklichen Nicken zustimmt, dann breitet er wohlwollend seine Hände aus.

»Danke, vielen Dank«, sagen wir immer und immer wieder unterwürfig, als hätte er uns einen beispiellosen humanitären Dienst erwiesen, dabei handelt es sich doch nur um einen grundlegenden Akt menschlichen Anstands. »Danke, Sie sind so großzügig.«

SIEBZEHN

∞

HARUKO

Die Menschen blicken uns neugierig an, als wir mit Ken durch das Lager gehen, meine Mutter an seiner einen, Toshiko an seiner anderen Seite, mein Vater und ich dahinter. »Mein Bruder, auf Besuch vom Krieg«, ruft Toshiko, als wir Ken erst den japanischen Laden und dann das Krankenhaus zeigen. Ärzte und Schwestern eilen heraus. Sie gratulieren uns und erzählen Ken, dass sie schon viel über ihn gehört haben.

»Das tut mir leid. Sie müssen sich schrecklich gelangweilt haben«, sagt er zu allen. Und dann lachen die Frauen und tätscheln ihm die Schulter.

Wir müssen ihn nur mit wenigen Leuten bekannt machen, der Lagerklatsch erledigt dann das Übrige. Leute, die ich zuvor noch nie gesehen habe, fragen Ken, ob er ihren Neffen oder Nachbarn aus dem 442. kennt, und als wir schließlich unsere Hütte erreichen, reihen sich auf den Eingangsstufen Töpfe mit Reis und Gemüse, die Nachbarn uns gespendet haben. Von Familien zubereitet, die in einem Haus mit eigener Küche wohnen, damit wir zum Essen nicht in die Kantine gehen müssen.

Es ist kurz nach drei Uhr, eine ungewöhnliche Zeit zum Essen, aber wir wollen die Speisen nicht kalt werden lassen. Wir ziehen einen Schrankkoffer für meine Schwester und mich an den Tisch, den wir als Bank benutzen.

Kaum hat meine Mutter das Essen auf die Teller verteilt, als es an der Tür klopft und ein Nachbar zum Gratulieren kommt. Dies geschieht noch zwei weitere Male und beim vierten Mal schickt mein Vater mich zur Tür. »Haruko, bitte sag den Nachbarn, dass wir später mit Ken zu ihnen hinauskommen. Und bitte den Besucher doch, dies auch den anderen mitzuteilen, damit wir in Ruhe essen können.«

Doch diesmal ist es kein Nachbar. Margot hat noch die Kleidung vom Wandertag an, der Saum ihres Rocks ist noch schmutzig von unserem Platz am Bachufer. Sie sieht unglücklich und verzweifelt aus, aber als sie mich sieht, macht sich Erleichterung auf ihrem Gesicht breit.

»Tut mir leid, dass ich einfach so hereinplatze«, sagt sie sogleich. »Ich wusste nicht, was … du bist nicht zurückgekommen und ich … eine Hilfsschwester vom Krankenhaus hat mir gesagt, wo ihr wohnt.«

Ich kann nicht fassen, dass sie gekommen ist, nach

allem, was passiert ist, als sie das letzte Mal auf unserer Lagerseite war – die unangenehmen Blicke und die Aufforderungen zu verschwinden. Aber sie ist trotzdem gekommen, meinetwegen. »Es gibt gute Neuigkeiten ...«, setze ich an, aber dann höre ich Schritte hinter mir und spüre eine Hand auf meiner Schulter.

»Margot, das ist mein Bruder. Das ist Ken.«

Ihr Gesichtsausdruck wechselt von Besorgnis zu Freude. Sie ergreift Kens ausgestreckte Hand und schüttelt sie.

»Ich freue mich sehr, dich kennenzulernen«, sagt sie. »Deine Briefe, alles, was Haruko mir von dir erzählt hat. Du bist mir richtig vertraut.«

»Meine Schwester hat dir meine Briefe gezeigt?«

»Ich habe euch nicht vorgestellt«, werfe ich ein. »Das ist Margot. Sie ist meine Freundin.«

Mutter taucht neben Ken auf. Sie möchte nachsehen, wo wir so lange bleiben. Sie blickt an mir vorbei auf die Straße und erst da begreife ich. Einige unserer Nachbarn haben sich hinter ihren Vorhängen versteckt und beobachten uns, andere lungern wie zufällig vor ihren Häusern herum. Viele von ihnen wollen wahrscheinlich nur einen Blick auf Ken werfen, aber manche sind auch befremdet, dass ein blondes Mädchen durch die Straße gerannt ist und an unsere Tür geklopft hat.

»Mama, das ist Margot. Wir sind in einer Klasse«, erkläre ich auf Japanisch. »Beziehungsweise wir waren

236

bis heute in einer Klasse. Wir haben zusammen an einem Projekt gearbeitet. Sie ist gekommen, weil sie mir noch ein paar Sachen erklären muss.«

»Margot.« Meine Mutter sieht aus, als überlege sie, woher sie Margot kennt. »Ich hoffe, deiner Mutter geht es gut. Hat ihre Morgenübelkeit nachgelassen? Und ist sonst alles in Ordnung?«

Margot wartet, bis ich übersetzt habe. »Ich glaube, ihre Morgenübelkeit ist besser geworden. Haruko hat geholfen – also meine Mutter hat einen Tee, der wohl helfen wird.«

»Sehr gut«, sagt meine Mutter auf Englisch und sieht zwischen uns beiden hin und her. Dann wendet sie sich wieder an mich. »Die Leute haben uns netterweise Essen gebracht. Wir wollen es nicht kalt werden lassen und dein Bruder hat bestimmt Hunger.«

»Wir sehen uns später«, sage ich zu Margot, obwohl ich sie am liebsten ins Haus bitten würde. »Um über die Hausaufgaben zu sprechen.«

Nach dem Essen spült Mutter die Schüsseln ab, in denen die Speisen gebracht worden waren. »Wir könnten Karten spielen«, schlägt sie vor. »Oder bist du müde, Kenichi? Du könntest dich auf einem der Mädchenbetten eine Weile ausruhen. Wir haben auch ein paar Bücher, die ich dir zum Lesen geben kann. Oder Haruko hat eine Freundin, deren Vater einen Filmprojektor besitzt. Oder wir könnten …«

»Ken und ich könnten doch die Schüsseln zurückbringen«, sage ich spontan. »Papa war seit heute Morgen bei der Arbeit. Wahrscheinlich seid ihr alle müde.
Wir bringen die Sachen zurück und ihr ruht euch ein
wenig aus.«

»Nein, nein, das kann warten.« Es ist eine quälende
Vorstellung für meine Mutter, dass wir das Haus verlassen und die Familie nicht zusammen ist. »Die Nachbarn
werden Verständnis dafür haben, dass wir die Schüssel
nicht heute zurückbringen.«

Ich habe schon Kens Hand ergriffen. »Aber ich will es
so. Außerdem konnte ich Ken noch gar nicht die Schule
zeigen. Du wolltest sie doch sehen, Ken?«

Ken zögert ganz kurz, dann nickt er. Es ist wie früher.
*Mama. Ken und ich bleiben heute länger in der Schule,
weil wir uns für die Kleidersammlung gemeldet haben.
Stimmt doch, Ken? Es wird wahrscheinlich später.* »Wir
sind bald wieder da. Dann bleibt uns immer noch viel
Zeit zusammen.«

Toshiko sperrt ihren Mund auf, als wollte sie etwas
sagen, aber dann schweigt sie. Wenn wir in Colorado
auf eigene Faust loszogen, nahmen wir sie auch nie mit,
sie war noch zu klein. Meine Mutter steht an der Tür
und verfolgt Ken mit den Augen, bis wir um die nächste
Straßenecke verschwinden.

Die Schüsseln haben wir schon nach zehn Minuten
zurückgegeben. »Lass uns noch ein bisschen herum-

schlendern«, sage ich. »Ich habe keine Lust, jetzt schon zurückzugehen, und du? Ich kann dir die Schule zeigen, wie ich Mama gesagt habe.«

Ken zuckt die Achseln. »Wie du willst.«

»Aber wenn du lieber nicht zur Schule gehen willst, können wir uns auch ein ruhiges Plätzchen zum Sprechen suchen.«

»Wie du willst, Haruko.«

Jetzt, wo wir weg von unseren Eltern sind, ist Ken plötzlich wie verwandelt. Zuerst meine ich, das ist bloß Einbildung, aber es stimmt. Obwohl wir uns ständig unterhalten, ist Ken nicht richtig bei der Sache. Er beantwortet meine Fragen, und er lacht, wenn ich lache. Aber es ist immer einen Tick zu spät, als warte er darauf, dass ich ihm sage, wann ich einen Witz mache, oder als wüsste er nicht genau, was ein Witz ist. Seine Schultern hängen herab, seine Mundwinkel ebenfalls. *Er ist müde*, sage ich mir. *Er ist einfach müde, weil er so weit gereist ist. Aber er ist hier, und es geht ihm gut, wie man sieht.*

Wir gehen weiter und kommen an dem Wachturm vorbei, wo Mike gerade Dienst hat. Ich rufe zu ihm hinauf: »Das ist mein Bruder. Er ist vom 442. auf Heimaturlaub. Ich zeige ihm das Lager.«

Mike nickt und salutiert fröhlich. »Ein Kumpel in Uniform. Nett, dich zu sehen.«

Ken reagiert nicht. Er sieht Mike an, dessen Fingerspitzen immer noch an der Schläfe liegen. Es kommt mir wie eine Ewigkeit vor. Mike sieht mich fragend an, ob er etwas falsch gemacht hat.

Ich starre meinen Bruder an. Schließlich hebt er seinen Arm – den verletzten Arm, der ihm so wehtat, als ich ihn umarmen wollte – und erwidert den Gruß.

»Und, wo ist mein Kaugummi?«, frage ich Mike nach der peinlichen Pause und möchte, dass Ken mitmacht, damit es ein heiterer Nachmittag wird.

»Ich hatte keine Ahnung, dass du kommst. Sie sind mir ausgegangen.«

Als wir weitergehen, schiele ich zu Ken hinüber, will wissen, was er denkt.

»Interessante Freunde hast du.«

»Mike ist auch aus Colorado. Er schenkt mir Kaugummis. Er hat immer welche für uns dabei. Für mich und Toshiko.«

Ken bleibt stehen. »Ich habe eigentlich nicht von Mike gesprochen. Wer ist Margot?«

»Hab ich dir doch gesagt. Eine Freundin aus der Schule.«

»Sie hat alle meine Briefe gelesen. Haben andere hier auch deutsche Freunde?«

»Manche schon.« Ich werde rot und plappere weiter. »Weißt du, woran Margot mich erinnert? An das Mädchen, das immer in die Limobar kam und den ganzen Nachmittag mit ihrer Nase in einem Buch an der Theke saß. Am Anfang dachten wir, etwas stimmt nicht mit ihr, weil sie so …«

Ken schüttelt die ganze Zeit seinen Kopf.

»Können wir einfach …?«, sagt er ruhig.

»Können wir was einfach?«

»Könntest du aufhören zu versuchen, mich zum Reden und Lachen zu bringen?«

»Das habe ich doch gar nicht. Ich wollte dir nur das Lager zeigen und …«

»Ich kann das in Gegenwart von Mama und Papa, aber wenn sie nicht dabei sind, kannst du mir dann nicht einfach … meine Ruhe lassen?«

»Sicher. Natürlich«, stammele ich. »Du musst nicht reden. Ich wollte dir nur eine Verschnaufpause von der Familie geben.«

Es stellt sich jedoch heraus, dass es schwierig ist, nichts zu sagen. Vor allem bei jemandem, dem man früher alles sagen konnte. Ken und ich haben uns immer etwas zu sagen gehabt, und wenn wir schwiegen, war es eine angenehme Stille. Doch diese Stille fühlt sich nicht angenehm an, sie fühlt sich an wie ein luftleerer Raum.

Wir haben die Schule schon lang hinter uns gelassen. Wir sind einmal rund ums Lager gegangen und kommen jetzt zu dem großen, kreisförmigen Schwimmbecken, von wo uns das Lachen der Kinder entgegenschallt.

»Möchtest du schwimmen?«, frage ich ihn. »Ich habe Mama gesagt, wir wären ungefähr eine Stunde unterwegs, wir haben noch Zeit.«

»Eigentlich nicht«, sagt er.

»Ach komm, es ist gestern erst eröffnet worden.«

Ich bin beschämt, weil ich mir eingestehen muss, dass ich mit meinem Bruder nicht allein sein will. Was bin ich nur für eine Schwester? Monatelang war ich wütend auf ihn, weil er in seinen Briefen etwas verbarg. Und jetzt ist er hier, und ich mache genau das, was ich an ihm kritisiert habe. Ich bin so fröhlich, dass mir schlecht davon wird.

»Im japanischen Laden gibt es Badehosen. Ich habe Wertmarken und kann dir eine kaufen.«

Ich schleppe ihn in den Laden und suche mit einem Riesen-Tamtam eine Badehose für ihn aus, als wäre es mir wichtig, ob er die blaue oder die schwarze nimmt. Und dann suche ich mit einem Riesentamtam ein schattiges Plätzchen auf der Betonplattform des Schwimmbads, damit wir nicht mitten im Trubel sitzen müssen. Es sind hauptsächlich kleine Kinder hier, japanische und deutsche. Und die japanischen und deutschen Mütter unterhalten sich, während ihre Kinder im Wasser planschen. Es wirkt völlig normal.

Ich könnte vielleicht mit Margot hierherkommen. Hier muss sich niemand verstecken, alle kommen hierher.

»Haruko?«, fragt Ken. Ich habe reglos auf das Wasser gestarrt.

»Schon gut.«

Ich baumele mit den Beinen im Wasser und spritze Ken an, doch er steht auf der Plattform und hat immer noch das Hemd an, das er sich von Papa geliehen hat, damit seine Uniform nicht zerknittert.

»Genierst du dich plötzlich?«, frage ich ihn, als ich zu ihm gehe und meinen Rocksaum auswringe. »Wie willst du schwimmen, wenn du dein Hemd anlässt?«

»Ich möchte nicht schwimmen, Haruko.«

»Du musst auch nicht schwimmen, du kannst dich einfach ein bisschen sonnen.«

Ich zupfe am Saum seines Hemdes, bis er nachgibt und sich mit schmerzverzogenem Gesicht das Hemd über den Kopf zieht und es zusammenknüllt.

Ich hatte ihn mir muskulöser, kräftiger, gebräunter vorgestellt, wie die GIs aus den Zeitschriften. Er aber ist dünn, viel dünner, als ich ihn in Erinnerung habe. Ich kann fast seine Rippen zählen. Sein Oberkörper und seine Arme sind mit Blutergüssen übersät. Und seine verletzte Schulter ist von einem großen Stück weißer Gaze bedeckt.

»Zufrieden?«, fragt er.

Oh Ken. »Tut es noch weh?«

»Was? Meine Schulter?« Was sollte ich sonst meinen?

»Das ist nichts Ernstes«, sagt er.

»Es sieht ernst aus.«

»Wirklich nicht.«

»Woher willst du das wissen. Du bist doch kein Doktor.«

Ken seufzt. »Wenn es nur die Schulter wäre, hätte ich wahrscheinlich keinen Heimaturlaub bekommen.«

»Was meinst du – hast du noch eine Verletzung?«

Er lächelt das traurigste, gespenstigste Lächeln, das ich je gesehen habe. »Mein Kopf«, sagt er und berührt mit dem Zeigefinger seine Schläfe. »Kriegsmüdigkeit. Kriegsneurose. Sie sagen, ich sei im Kopf krank.«

»Das stimmt nicht!«, entgegne ich unwillkürlich.

»Meinst du, ich tu nur so?«

»Du musst dich ausruhen, damit deine Schulter heilen kann. Mehr nicht.«

»Haruko. Wegen einer kleinen Fleischwunde schickt die Regierung niemanden nach Hause. Dort drüben werden ständig Menschen angeschossen. Sie kommen in ein Lazarett, bis es ihnen wieder besser geht. Leute werden nur heimgeschickt, wenn noch mehr kaputtgegangen ist. Wie bei mir. Wenn mehr kaputtgegangen ist als bei anderen.«

»Was meinst du damit? Was ist passiert?«, frage ich.

»Es geht nicht um einen einzelnen Vorfall.«

»Was ist es dann?«

»Ich möchte nicht darüber sprechen«, sagt er schroff. »Sie haben mich zum Irrenarzt geschickt. Zu einem

Psychiater. Er hat mich untersucht. Es wird wieder gut, hat er gesagt.«

»Hat er gesagt, dass man es behandeln kann?«

»Ich behandle es selbst. Heimaturlaub. Sie sagten, ich bräuchte ein paar Tage Abstand von der Front, dann würde es mir wieder besser gehen, alles würde wieder normal werden. Sie sagten, ich soll ins Kino gehen. Mit einem hübschen Mädchen tanzen.«

Der Wind streift seine dünnen Arme. Er bekommt eine Gänsehaut und die Härchen auf seinen Unterarmen richten sich auf.

Ein kleiner Knirps rennt an uns vorbei, viel zu schnell und viel zu nah am Becken. Seine Mutter gibt ihm einen Klaps.

»Wohin musst du dann, Ken? Du hast gesagt, nach ein paar Tagen würden sie dich wieder zurückschicken? Wo ist das?«

Er sieht mich an und schüttelt den Kopf. »Du weißt, dass das nicht geht.«

»Warum nicht?«

»Ich darf dir nichts sagen.«

»Ach, was macht das schon?«, beknie ich ihn. »Sag mir, wo du stationiert bist.«

»*Reden ist Silber, Schweigen ist Gold*«, sagt er und plappert den Spruch eines Plakats nach, das überall in Colorado aushing: das Bild eines Marinefrachters, der im Ozean versinkt, weil ein nichts ahnender Amerikaner aus Versehen etwas ausgeplaudert hat und dabei von einem Spion belauscht wurde.

»*Feind hört mit*«, füge ich automatisch den Text eines anderen Plakats hinzu. Auf diesem Plakat war ein großes schwarz-weißes Ohr abgebildet. Es hing direkt auf der anderen Straßenseite des Hotels. Und darunter der Spruch: *Feind hört mit. Kein Geplauder mit einem Unbekannten.* Wir fanden das dumm und nahmen es nicht ernst. Ken und ich machten uns darüber lustig: *Feind in Sicht. Feind von Sinnen, wir gewinnen.*

Wir hörten erst damit auf, als unser Vater sagte, das gehöre sich nicht. Nisei-Kinder dürften keine Witze über diese schlimme Zeit machen, die Leute würden vielleicht nicht verstehen, dass es nur Witze sind. Kurz danach meldete sich Ken zum 442. Infanterieregiment, er war gerade achtzehn geworden, und ich wette, niemand glaubte, er mache nur einen Witz.

»Wär der Feind ein Bienenfresser, wäre alles viel, viel besser«, sagt Ken.

Ich pruste los. »Das ergibt doch keinen Sinn.«

Auch Ken lacht. Es ist sein altes Ken-Lachen, das mein Herz zum Hüpfen bringt. Es ist wieder wie früher. Mit meinem richtigen Bruder, nicht dem, der übertrieben fröhliche Briefe schickt oder sagt, er sei nicht richtig im Kopf.

»Ich weiß, dass das keinen Sinn ergibt, aber ich habe es mir vor einer Weile ausgedacht, als ich Wache schieben musste. Die Nacht war lang, und ich machte alles Mögliche, um mein Hirn am Laufen zu halten. Ich wollte es dir schreiben, war aber ziemlich sicher, dass sie es als Geheimbotschaft ansehen und zensieren würden. Du hättest mich sehen sollen, ein großer, japanisch aussehender Kerl in einer amerikanischen GI-Uniform, der allein auf weiter Flur wie ein Irrer über Bienenfresser lacht und auf der kleinen Kopfsteinstraße auf und ab geht.«

»Dann warst du also in einem Ort mit einer Kopfsteinstraße!«, sage ich.

Ich weiß nicht, warum ich unbedingt wissen möchte, wo mein Bruder stationiert war. Es fühlt sich für mich irgendwie sicherer an, wenn ich mir einen konkreten Ort vorstellen kann, an dem er seine Briefe schreibt, und nicht nur eine leere Stelle in meiner Vorstellung existiert.

»Netter Versuch. Dort sind überall Kopfsteinstraßen«, sagt er ironisch. »Sie sind Hunderte von Jahren alt.«

»Also nicht Italien«, sage ich. »Denn wärst du in Italien stationiert, würdest du nicht über Kopfsteinstraßen gehen, sondern wärst auf einer Gondel stationiert.«

Wieder lacht er. Aber diesmal braucht er länger und er meidet meinen Blick. »Lass uns über etwas anderes reden«, sagt er.

»Es ist Italien! Italien. Das weiß ich, weil du mich nicht anguckst.«

»Das habe ich nicht gesagt«, sagt er schnell. »Ich habe nichts gesagt.«

»Ich weiß. Ich habe es einfach erraten. Weil ich deine Schwester und ein Genie bin.«

Eigentlich müsste er darüber lachen und mich vielleicht am Arm stupsen oder ins Schwimmbecken stoßen.

Aber er lacht nicht. Er vergräbt seinen Kopf in den Händen und fährt mit den Fingern durch seine Haare. »Ich bin so dumm. So dumm. Ich weiß nicht, warum ich das gesagt habe. Ich weiß nicht, warum mir das rausgerutscht ist.« Sein Gesicht ist verzerrt und er atmet schwer.

»Es ist doch nur ein *Land,* Ken«, beschwichtige ich. »Du hast mir doch nur den Namen eines Landes gesagt – und genau genommen hast du ihn nicht genannt. Wen interessiert das schon? Alle wissen doch, dass die Nisei-Soldaten nicht im Pazifikkrieg eingesetzt werden, also bleibt nur Europa, und Europa ist klein. Stimmt doch? Ich bin nur deshalb auf Italien gekommen, weil ich in Erdkunde immer so schlecht war und Italien und Frankreich die einzigen Länder sind, die ich kenne. Außer Deutschland. Jetzt kenne ich auch Deutschland. Aber nur wegen – wie heißt er gleich – Hitler natürlich.«

»Das ist kein Witz, Haruko«, entgegnet er erregt. »Alles kann unbeabsichtigte Folgen haben. Selbst dummes Gerede. Es könnte sein, dass es gar kein dummes

Gerede mehr gibt. Ich hätte dir das nicht sagen sollen. Ich hätte zu niemandem irgendetwas sagen sollen.«

Das Plätschern im Hintergrund lenkt mich ab. Am liebsten möchte ich die anderen anschreien, dass sie still sein sollen. Ich strecke meine Hand nach Kens guter Schulter aus, aber er wehrt sie ab, kaum dass ich ihn berührt habe. Er schüttelt seinen Kopf, als wollte er mich warnen. Es ist ein warnender Blick, den ich früher schon einmal gesehen habe.

»Ken«, sage ich.

»Was?«

»Ich muss dich etwas fragen. Und ich möchte, dass du es ernst nimmst.«

»Was, Haruko?«

»Ken, glaubst du, dass Papa etwas getan hat, was unbeabsichtigte Folgen hatte?«

»Was redest du da?«

Ich habe Angst gehabt, diese Frage zu stellen. Ich wollte meinem Vater diese Frage stellen, als ich ihm das Essen zum Zaun brachte.

»Als sie ihn verhafteten, hast du dich nicht gefragt, ob es einen Grund dafür gab?«

»Einen Grund?«

»Etwas, das er getan hat. Dass er tatsächlich Nachrichten über Gäste hinausgeschleust hat.«

Das ist eine sehr konkrete Anschuldigung. Eine sehr spezifische, sehr eindeutige Anschuldigung.

»Überleg doch. Vielleicht hat er nicht einmal gewusst, was er tat. Vielleicht kam jemand an die Rezeption und sagte: *Ich habe hier einen Umschlag für meinen Kollegen.* Und Papa reichte ihn weiter, so wie er es immer gemacht hat.«

Ken schreckt kaum merklich zusammen. »Mein Gott, Haruko, was redest du da? Was hat unser Vater in seinem ganzen Leben je getan, dass du so etwas fragen kannst?«

»Ken, an dem Tag, als sie ihn abholten, wollte er mir noch etwas sagen. Du warst schon fort, du hast es nicht gesehen. Aber es war irgendwie seltsam. Das FBI war in unserem Haus, und er wollte mir etwas sagen, sagte es dann aber doch nicht.«

»Du weißt nicht, wovon du redest.«

»Ich kann es nicht erklären, aber ich weiß, was ich gesehen habe.«

»Und wenn du etwas gesehen hättest?«, explodiert Ken. »Was würde das ändern? Du bist jetzt hier und solche Fragen könnten unsere Familie in Gefahr bringen. Warum stellst du überhaupt solche Fragen?«

»Weil ich verstehen will, was passiert ist«, sage ich nun ebenfalls aufgebracht. »Und im Moment verstehe ich gar nichts mehr. Du hast uns diese Briefe geschickt, die überhaupt nicht nach dir klangen, und die, die nach dir hätten klingen können, waren zensiert. Sie kamen mit geschwärzten Zeilen an. Und jetzt weiß ich nicht, ob die Zensurbehörde deinen dämlichen Humor nicht verstanden hat oder ob du krank bist, aber kannst du dir vorstellen, wie schrecklich das für mich war? Ich mache mir *Sorgen* um dich. Die ganze Zeit mache ich mir Sorgen. Deshalb sprich mit mir, Ken. Erzähle mir alles. Erzähle mir, wie es dort drüben ist. Ich werde es niemandem sagen, das verspreche ich. Ist es schlimm?« Er antwortet nicht und deshalb pikse ich ihn. Eigentlich möchte ich nur meine Hand auf seinen Arm legen, aber dann werde ich wieder die kleine Schwester und mache, was ich immer getan habe, wenn ich seine Aufmerksamkeit wollte, und was Toshiko tut, wenn sie meine Aufmerksamkeit will, ich stupse seinen Arm mit meinem Zeigefinger an. »Ist es schlimm?«, frage ich noch einmal, leiser diesmal.

Er fängt meinen Finger ab. »Dort drüben – es ist das Schlimmste, was ich je erlebt habe«, sagt er langsam. »Ich habe die schlimmsten Dinge gesehen, die man sich vorstellen kann. Verstehst du?«

Ich nicke, obwohl das, was er sagt, zu wenig ist, um es zu begreifen.

»Aber ich gebe mein Bestes, ein guter Soldat zu sein«, sagt er. »Damit ich wieder nach Hause kommen kann und ihr hier rauskommen könnt.«

»Uns geht es hier ganz gut. Du musst dir keine Sorgen um uns machen.«

»Es geht euch nicht gut«, sagt Ken heftiger, als ich

erwartet habe. »Rede dir nur nicht ein, dass es dir gut ginge. Rede dir nur nicht ein, dass das hier normal ist. Das ist es nicht.«

»Ich sage ja nicht, dass es *normal* ist. Das ganze Land ist nicht normal. Wir befinden uns im Krieg.«

»Nein. Ich bin im Krieg. *Ich* befinde mich in dem Krieg. Ihr seid in einem Gefängnis. Das ist nicht normal.«

Er wendet sich ab und beobachtet die kleinen Kinder, die mit dem Popo voran vom Sprungbrett ins Wasser hüpfen. Jedes Mal wenn ein Kind auf dem Wasser aufschlägt, lässt ihn das Geräusch zusammenzucken. »Hast du schon einmal von Manzanar gehört?«, fragt er mich nach einer Weile.

»Das ist auch ein Lager, oder? In Kalifornien?«

Bevor ich von Crystal City erfuhr, hörte ich von Manzanar. Vielleicht aus einer Zeitung, vielleicht über die Japanische Liga. Der Name hörte sich märchenhaft an, noch märchenhafter als Crystal City. Ein sagenumwobener, aus der Zeit gefallener Ort. Xanadu. Camelot. Manzanar.

»Weißt du, was dort geschehen ist?«, fragt Ken. »Hast du vom Aufstand von Manzanar gehört?«

»Nein.«

»Der Aufstand von Manzanar, so werden die Vorfälle in einigen Zeitungen genannt. Ein paar Häftlinge verdächtigten die weißen Mitarbeiter in der Kantine, Waren auf die Seite zu schaffen und auf dem Schwarzmarkt zu verkaufen. Es gab einen Aufruhr, der damit endete, dass die Wächter in die Menge schossen ...«

»Ich will das nicht hören.«

»Mit einem Maschinengewehr ...«

»Ich will nichts davon hören«, sage ich lauter.

»Die Wächter feuerten mit einem Maschinengewehr in die Menge«, sagt Ken mich übertönend. »Zwei Menschen starben. *Zwei Menschen starben.*«

»Das würde hier nicht passieren«, sage ich. »Ich glaube nicht, dass die Wächter hier so etwas machen würden.«

»Warum nicht?«, fragt Ken. »Manzanar war ein Lager wie dieses.«

»Das stimmt nicht. Das hier ist ein Familienlager. Das haben sie gesagt. Ein Familienlager mit Schule und Läden – und einem Footballteam.«

»Glaubst du denn, in den anderen Lagern gäbe es keine Familien?«, sagt Ken. »Glaubst du denn, sämtliche japanischen Kinder der USA sind hier in Crystal City? Vielleicht behandeln sie euch hier besser, weil ihr *feindliche Ausländer* seid und Japan vielleicht ein Auge darauf hat, aber bilde dir nur nicht ein, dass ihr etwas Besonderes seid.«

Ich sehe meinen Bruder an. »Warum reden wir über so etwas? Warum willst du, dass wir darüber sprechen? Du hast gerade gesagt, dass du zurück in den Krieg musst und ich hierbleibe. Warum erzählst du mir so etwas, wenn ich doch hierbleiben muss?«

Das Zusammensein mit meinem Bruder ist völlig anders, als ich mir ausgemalt habe. Wie oft habe ich mir ausgemalt, er würde zurückkommen. Wir sind nicht glücklich. Wir sind nicht unbeschwert. Ken ist krank, und ich habe Angst, und wir sprechen über Dinge, die das Kranksein und Angsthaben gerechtfertigt erscheinen lassen.

»Weil ich möchte, dass du nie vergisst, wer du bist«, sagt Ken. »Du bist hier eine Gefangene. Es ist mir egal, ob du eine neue Freundin hast oder ob es eine Schülerzeitung gibt, ob es Bücher in der Bücherei oder gemeinsame Feste gibt. Oder ob es eine Footballmannschaft gibt, der alle zujubeln. Letzten Endes bist du eine Gefangene, eine Gefangene in der einzig relevanten Bedeutung. Würde unsere Familie das Lager verlassen wollen, würden sie euch nicht gehen lassen.«

ACHTZEHN

∾

MARGOT

Vati und ein Mann, den ich nur vom Sehen kenne, sitzen bei uns am Tisch, als ich von Haruko zurückkomme. Der Mann ist Mr Müller, der mit dem pockennarbigen Gesicht, der, der immer die Geräte repariert. Ich habe ihn bisher nur mit Herrn Kruse gesehen. Doch jetzt ist er alleine da. Er und mein Vater haben sich zum Schutz vor der Hitze feuchte Handtücher in den Nacken gelegt und trinken Eiswasser.

»… habe ihnen erzählt, wir wollten Marmelade kochen, und sie haben es geglaubt«, sagt Mr Müller gerade. Er lacht laut, fast keuchend. »*Scheiße,* ein Glück, dass alles so kaputt war. Die Teile waren so zerfetzt, dass man nichts mehr erkannt hat.«

Er schlägt mit der Hand auf den Tisch und wischt sich die Lachtränen aus den Augen.

Auch mein Vater lacht, doch sein Lachen klingt etwas steif. Frederick Kruse ist kein guter Mann, aber das verbirgt er ausgezeichnet. Er ist höflich und zuvorkommend, wie die meisten von Vatis Freunden zu Hause in Iowa. Mr Müller ist vulgär, er flucht auf Deutsch und hat sein Hemd vorne aufgeknöpft. Ich erinnere mich nicht, dass mein Vater sich jemals mit so jemandem abgegeben hat.

»Aus technischer Sicht unterscheiden sich der Bau einer Schnapsbrennerei und einer Bombe gar nicht so wesentlich«, sagt Vati mit Nachdruck. »Sie können von Glück reden, dass sie dachten, Sie wollten Marmelade kochen, als sie explodierte. Sie hätten Ihnen auch unterstellen können, dass Sie eine Bombe bauen wollten.«

»Im Ernst?« Mr Müller leert sein Glas. »Wollten niemanden umbringen, nur betrunken machen.«

Die Schnapsbrennereien. Sie sprechen über die illegalen Schnapsbrennereien, die es überall im Lager gibt. Anscheinend ist eine explodiert.

Ich drücke mich am Tisch vorbei und verziehe mich in meine Zimmerhälfte. Ich möchte nichts darüber hören. Ich werde mit ein paar Büchern ins Eishaus gehen. Nur wird Haruko nicht da sein. Sie ist jetzt mit ihrem Bruder zusammen. Ich könnte auch zur Schule gehen. Aber da fällt mir ein, dass es nicht mehr meine Schule ist. Heute war mein letzter Tag.

»Wie geht es dir, Margot?«, fragt Mr Müller, als ich in meinem Koffer nach meinen Schulheften krame. »Dein Vater hat mir erzählt, dass du ab Montag in die Deutsche Schule gehen wirst. Ich muss dich meinen Söhnen vorstellen. Barret wird dir gefallen. Er ist sehr schlau. Nicht so ein Esel wie sein Vater.«

»Du hast dir doch Sorgen gemacht, dass du in der neuen Schule keine Freunde finden würdest«, sagt mein Vater. »Barrett möchte nach München auf die Universität gehen, wenn die Müllers zurückgehen.«

»Wo ist Mutti?«

Er zeigt mit dem Kopf auf die Tür zur Gemeinschaftsküche. Ich wette, sie ist dort, seit Mr Müller gekommen ist. Die aufgesprungene Lippe von gestern Abend hat sich über Nacht in einen blauen Fleck verwandelt. Als sie heute Morgen aufwachte, war ihr halbes Gesicht lilagrau verfärbt. Vati machte ein Riesentamtam und sagte, sie solle sich hinlegen, er wolle bei ihr bleiben und das Kochen und Saubermachen übernehmen.

Mr Müller wartet nicht ab, dass ich etwas über seine Söhne sage, sondern wendet sich wieder meinem Vater zu. Mein Heft ist nicht im Koffer. Ich gehe in die Hocke und suche unter dem Bett.

»Also, weshalb ich eigentlich gekommen bin«, sagt Mr Müller. »Frederick wäre es natürlich lieber, unsere Destillen würden nicht in die Luft gehen. Das war schon das zweite Mal. Zum Glück haben diese Dummköpfe von Wächtern es beim ersten Mal gar nicht mitgekriegt. Haben Sie eine Idee, was man da tun kann?«

»Eigentlich trinke ich nicht.«

»Nun, es geht eher um ein technisches und weniger um ein alkoholisches Problem.«

»Ich bin auch kein Mechaniker. Ich glaube nicht, dass ich wirklich helfen kann.«

»Ach, versuchen Sie es doch einfach. Vielleicht haben Sie eine Idee.« Mr Müllers Glas ist schon seit ein paar Minuten leer und Vater hat ihm nicht mehr nachgeschenkt. Ich hoffe im Stillen, dass Vati ihn zum Gehen nötigen will.

Doch anstatt den Vorschlag abzulehnen oder sich zu erheben, um die Unterredung zu beenden, massiert Vati seine Schläfen. Das macht er immer, wenn er nachdenkt. Ich habe diese Geste schon Hunderte Male bei ihm gesehen. »Also. Wahrscheinlich gibt es irgendwo eine undichte Stelle und die Dämpfe fangen Feuer«, sagt er. »Aber wie gesagt, ich kenne mich nicht aus.«

»Aber Sie sind Ingenieur. Frederick hat erzählt, dass Sie in Berlin einen Ingenieursabschluss gemacht haben. Er dachte, Sie wären wenigstens bereit, einen Blick darauf zu werfen.«

Jetzt sehe ich, wie im Kopf meines Vaters die Rädchen anfangen zu schnurren. Genauso sieht er aus, wenn er ein neues Projekt hat, wenn er sich nützlich machen kann. Früher liebte ich es, wenn sein Gesicht so aufleuchtete. Es ist nicht fair, dass er sich wie früher verhält und wie früher aussieht, obwohl er ganz anders geworden ist.

»Haben Sie noch Ersatzteile?«, fragt Vati Mr Müller. »Die notwendigen Teile für dieses Projekt werden Sie wohl kaum im Lagerladen einkaufen.«

»Sie würden staunen, wie erfinderisch wir sind. Für das Zeug, das wir nicht selbst auftreiben können, haben wir einen Mann, Wilhelm Böhner, guter Mann, ich mache Sie mit ihm bekannt. Er hat eine Arbeitsstelle außerhalb des Lagers. Ein Kontaktmann schafft die Teile in einen kleinen Vorratsschuppen, in dem die Arbeiter ihre Geräte lagern.«

»Und die Wächter gehen da nicht hinein?«

»Nie. Wilhelm bringt die Sachen nach und nach ins Lager. Sie haben noch nie Verdacht geschöpft.«

Mein Vater seufzt. »Ich werde es versuchen. Ich habe zurzeit sowieso keine andere Arbeit. Schnapsbrennereien zu bauen ist nicht gerade mein Hauptinteresse.«

»Wir bezahlen Sie in Naturalien«, sagt Mr Müller zwinkernd. »Sie trinken keinen Alkohol, andere schon.«

Genau wie meine Mutter gesagt hat. Kleinkriminelle, die sich als tapfere Spione aufführen mit ihren *Kontaktleuten* und ihren geschmuggelten Gerätschaften. In Wirklichkeit langweilen sie sich und versuchen, illegal Alkohol herzustellen, um sich zu betrinken.

Noch vor wenigen Monaten hat allein die Erwähnung von Frederick Kruse meinen Vater in Rage gebracht. Jetzt ist er einer von seinen Lakaien geworden.

»Kommen Sie mit in die Bierhalle?«, fragt Mr Müller. Er deutet mit dem Kopf auf sein leeres Glas. »Ich könnte jetzt durchaus etwas Stärkeres vertragen.«

Noch ein Grund, warum die Schnapsbrennereien idiotisch sind. Bier bekommt man mittlerweile auf Bezugscheine.

»Ich kann Sie ein Stück begleiten«, sagt Vati.

Ich gehe durch die Tür in die Küche. Meine Mutter steht am geöffneten Eisschrank und lässt die kalte Luft an ihr Gesicht. Als ich eintrete, wendet sie sich erschrocken um, sieht dann aber, dass ich es bin.

»Ich weiß, das darf man eigentlich nicht«, sagt sie und zeigt mit dem Kopf auf den offenen Eisschrank. »Ich weiß, dass die Sachen dann auftauen.«

»Wir können immer Nachschub holen. Lass sie offen, wenn es dir dadurch besser geht«, sage ich. »Vati ist jetzt fort. Sie sind gegangen.«

Meine Mutter nickt. Obwohl der Eisschrank offen steht, ist es heiß in der Küche, einige Grad wärmer als in unserem Wohnbereich. Das Kleid meiner Mutter klebt ihr am Körper. In den letzten Wochen ist ihr Bauch wirklich sichtbar geworden. Eine weiche, runde Wölbung zeichnet sich unter dem lockeren Baumwollkleid ab.

»Ist der Mann jetzt Vatis Freund?«, frage ich. »Wird er jetzt öfter hier sein?«

»Ich weiß es nicht, Margot.«

»Kommt er heute zum Abendessen?«

»Ich *weiß* es nicht, Margot. Ich weiß nicht, wer jetzt seine Freunde sind.« Sie wirft mit einem Knall den Eisschrank zu.

»Wie geht es dir?«

»Du solltest zu Hause jetzt lieber Deutsch sprechen«, entgegnet sie auf Deutsch, anstatt meine Frage zu beantworten. »Dein Deutsch ist gut, aber vielleicht sollten wir uns noch spezielles Schulvokabular ansehen. Wenn ich mich noch daran erinnern kann. Es ist eine Weile her, seit ich einen Mathekurs für Fortgeschrittene auf Deutsch hatte.«

»Ein Klempner unterrichtet Mathematik«, erwidere ich auf Englisch. »Ich weiß nicht, wie weit sie in Mathe sind.«

Muttis Mund wird zu einem schmalen Strich, hinter dem sich Erschöpfung verbirgt. »Kluge Menschen machen auch unter wenig wünschenswerten Umständen ihren Weg.«

»Bauen sie auch Schnapsbrennereien?«

»Seien wir froh, dass sie nur über den Bau von Schnapsbrennereien sprechen. Es ist dumm, sich damit zu beschäftigen. Aber du und ich, wir wollen hoffen, dass sie sich nicht irgendwann mit schwerwiegenderen Dingen befassen.«

Sie legt ihre Hand auf die Eisschranktür, öffnet sie nach kurzem Zögern und lehnt ihr Gesicht wieder in die Kälte.

»Du könntest für eine Weile ausziehen«, sage ich. »Du könntest eine andere Wohnung beantragen.«

»Und danach?« Sie sieht mich fragend an. »Wie ginge es mit uns beiden dann weiter?«

»Wir könnten arbeiten.« Ich versuche, mir mich und meine Mutter in einem eigenen Haus vorzustellen. Aber wenn ich an einen anderen Wohnort denke, drängt sich automatisch das Bild der Wohnung in San Antonio in den Vordergrund. Die, die Haruko mir beschrieben hat, die eine Tür mit Fliegengitter und ein eigenes Badezimmer hat. Die Wohnung, über die wir am Ufer gesprochen haben, bevor wir unterbrochen wurden und bevor ich herausfinden konnte, wie viel von dem, was wir sagten, ernst gemeint war.

Sie macht den Eisschrank zu. »Margot, seitdem ich in dieses Land gekommen bin, hat meine einzige Arbeit darin bestanden, die Frau deines Vaters zu sein. Ich bin keine amerikanische Staatsbürgerin. Wer sollte mich nach dem Krieg überhaupt einstellen? Wenn die vielen amerikanischen Soldaten nach dem Krieg wieder nach Hause kommen, schaut sich doch niemand meine Bewerbung an und sagt: Ich stelle nicht diesen zweiundzwanzigjährigen Mann ein, der im Krieg für sein Land gekämpft hat, sondern diese einundvierzig Jahre alte, schwangere Deutsche, die keine Berufserfahrung hat und den Krieg in einem Lager für feindliche Ausländer verbracht hat.«

Meine Mutter legt behutsam ihre Hand auf den Bauch. »Ich brauche deinen Vater. Ich will dieses Kind.«

»Dann müssen wir ihn davon überzeugen, dass er uns nach Hause gehen lässt«, bettele ich. »Dass er unsere Namen von der Rückführungsliste nimmt. Wir haben Freunde in Iowa. Menschen, die ihm bei einem Neuanfang helfen. Willst du wirklich zurück nach Deutschland? Du doch nicht?«

Meine Eltern waren jung, als sie nach dem Ersten Weltkrieg nach Amerika auswanderten, weil in Deutschland Hunger und Armut herrschten. Die Eltern meiner Mutter sind noch dort, aber sie sind alt. Und seitdem die Eltern meines Vaters gestorben sind, haben meine Eltern nie mehr irgendwelche Familienmitglieder oder Freunde erwähnt. Wir bekommen kaum noch Briefe aus Deutschland. Sie haben das Leben dort hinter sich gelassen.

Meine Mutter sieht mich an. »Wir können nicht mehr nach Hause«, sagt sie. »Sieh dir doch deinen Vater an. Glaubst du, dass er sich dort noch einfügen könnte? Glaubst du, wir könnten dort eine glückliche Familie sein?«

Ich versuche, mir Vati in Iowa vorzustellen. Beim Futtermittellager. Im Laden. Wie er mit Mr Lammey Witze macht. Bei einer Einladung bei Nachbarn, wo über Kommunalpolitik oder gute und schlechte Ernten gesprochen wird.

Die meisten Freunde von Vati mussten nicht ins Lager. Haruko hatte recht, als ich ihr das erste Mal davon erzählte. Es war nicht wie bei den Japanern, wo ganze Gemeinden interniert wurden. Bei uns war es zielgerichtet: hier ein Deutscher, dort ein Deutscher, während die übrigen Deutschen und die anderen Bewohner weiter ihren Geschäften nachgingen.

Unsere Freunde in Iowa sind nach Europa gegangen, um für Amerika zu kämpfen. Oder sie sammeln Metallschrott oder legen Siegesgärten für die Versorgung der Gemeinschaft an. Ich glaube, diese Dinge werden außerhalb des Lagerzauns immer noch gemacht. Steppdecken nähen. Kriegsanleihen kaufen. Die Kriegsanstrengungen unterstützen in einer Welt, die wie unsere und doch völlig anders ist.

Ich versuche mir vorzustellen, wie es wäre, wenn Vati in diese Welt zurückkehren würde. Doch dafür ist er zu wütend. Er hat Ansichten über Amerika, die er dort nicht äußern dürfte. Es ist nur so, dass er diese Ansichten hat, weil er hier festsitzt.

»Er würde sich ändern«, sage ich verbissen. »Wenn er nur hier rauskäme.«

Mutti schüttelt den Kopf. »Du kannst ihn dir dort nicht vorstellen. Ich kann ihn mir dort nicht vorstellen. Manche Menschen sind zu gebrochen, um neu anzufangen.« Sie schluckt. »Hör mir gut zu, Margot. Auch ich möchte das nicht. Aber ich sehe keine andere Möglichkeit. Die Deutschen bei uns in Iowa haben ihre Männer und Söhne in den Krieg geschickt, wo sie ihr Leben riskieren. Kannst du dir vorstellen, dass dein Vater nach Iowa zurückgeht und ein Loblied auf Deutschland singt? Sie würden ihn umbringen.«

Bevor ich etwas erwidern kann, schneidet sie mir das Wort ab. »Doch, das würden sie. Wenn wir hier rauskommen, werden wir irgendwie wieder neu anfangen. Du schaffst das. Ich war nicht viel älter als du, als ich nach Amerika kam. Es war hart, aber ich kam zurecht. Aber wenn wir nach Fort Dodge zurückgingen und dein Vater Dinge sagen würde wie nach der Eröffnung des Schwimmbads, würden alle, die wir kennen, ihn umbringen wollen. Und ich würde mich zu Tode schämen.«

NEUNZEHN

MARGOT

23. September 1944

Wie viele Male ich an einem Vormittag ins Eishaus

gegangen bin, um nachzusehen, ob Haruko da ist: 3

Wie viele Male sie da war: 0

Früh am nächsten Morgen höre ich Vati auf der anderen Seite des Zimmers aufwachen, doch bevor ich mich dazu durchringe, ihm Guten Morgen zu sagen, ist er schon fort. Mutti hat einen Arzttermin im Krankenhaus. Reine Routine, um nach dem Baby zu sehen, sagt sie. Ich begleite sie, doch diesmal wird sie nicht von Harukos Mutter, sondern von dem blonden Arzt untersucht.

Wahrscheinlich ist Ken noch da und die Familie verbringt Zeit mit ihm. Oder Haruko will mich nicht sehen.

Nach dem Besuch ihres Bruders kommt sie sich vielleicht albern vor wegen der Unterhaltung, die wir gestern über die Sanitäreinrichtung unserer Fantasiewohnung in San Antonio geführt haben. Die Decken im Eishaus sind ordentlich zusammengefaltet, und die Öllämpchen stehen genau dort, wo wir sie beim letzten Besuch hingestellt haben.

Am Montag fange ich in der Deutschen Schule an. Sie ist anders. Sie ist kleiner, in meiner Klasse sind nur acht Schüler. Es geht sehr förmlich zu. Wenn wir morgens ins Klassenzimmer kommen, müssen wir neben unserem Pult stehen bleiben, bis der Lehrer uns die Erlaubnis erteilt, Platz zu nehmen. Wir haben Botanik. Wir haben Geografie, aber deutsche Geografie. Und wir haben Geschichte, aber deutsche Geschichte. Der Lehrplan ist für mich sinnlos. Was ich hier lerne, wird mich nicht auf die Zukunft vorbereiten, die ich mir wünsche.

Die anderen Schüler sind aus Familien, die die Rückführung beantragt haben. Sie reden über nichts anderes und wiederholen, was ihre Eltern ihnen über Deutschland erzählt haben. In der Mittagspause sprechen mich ein paar Schüler unter vier Augen an und fragen mich über die Amerikanische Schule aus. Sie wollen wissen, ob wir dort Pep Rallys veranstalten. Sie erzählen, dass es in ihrer alten Schule in Massachusetts Pep Rallys gegeben habe.

Nach der Schule gehe ich am Haupttor vorbei Richtung Eishaus, als jemand meinen Namen ruft.

»Du bist doch Margot!«

Ich schirme meine Augen ab. »Ken?«

Harukos Bruder trägt Uniform. Als ich ihn an der Haustür gesehen habe, hat er ein zerknittertes Hemd angehabt. In der Uniform wirkt er älter und förmlicher. Ich schaue mich um, kann Haruko aber nicht sehen. Ken steht allein vor dem Haupttor. »Reist du ab?«, frage ich.

»Wenn das Auto endlich kommt. Mein Begleiter da drüben versucht gerade herauszufinden, wo es steckt.« Er nickt zu einem anderen Mann in Uniform, der in ein Funksprechgerät spricht.

»Ist …«

»Sie und Toshiko sind in der Schule. Ich wollte nicht, dass sie warten. Ich habe der Familie gesagt, dass es so für alle leichter ist.«

Ich möchte ihn fragen, wie sein Besuch gewesen ist. Und wie es Haruko geht. Ich möchte ihn bitten, die Frau des Gouverneurs nachzuahmen. Aber das würde er vielleicht seltsam finden. Wahrscheinlich weiß er gar nicht, dass ich es weiß. »Bestimmt waren sie sehr glücklich, dass du gekommen bist. Bestimmt möchte Haruko, dass du länger bleibst.«

Er zuckt die Achseln. »Ich glaube, sie möchte es und möchte es nicht. Ich weiß nicht, ob sie am Ende wirklich glücklich über meinen Besuch gewesen ist.«

»Manchmal ist es schwierig, hier drin die Person zu sein, die wir draußen gewesen sind.«

Der Satz kommt über meine Lippen, ohne dass ich darüber nachgedacht habe. Meine ich Haruko und mich, wenn ich *wir* sage? Oder meine ich mit *wir* alle Lagerinsassen?

»Um zu überleben«, erkläre ich. »Um zu überleben, muss man manchmal so tun, als hätte man schon immer hier gelebt.«

Er sieht mich an. »Du bist ganz anders als die anderen Freundinnen meiner Schwester.«

»Oh.«

»Das sollte nicht unhöflich klingen.«

»Schon gut«, sage ich. »Haruko hat mir einmal erzählt, dass auch du anders bist als ihre Freunde.«

»Wie bin ich denn ihrer Meinung nach?«

»Sie meinte es auch nicht unhöflich.«

»Sie vertraut dir«, sagt er. »Zu Hause war Haruko sehr beliebt, aber ich weiß nicht, ob sie wirklich jemanden hatte, der – sie ist … bei dir irgendwie anders.«

»Wie meinst du das?« Ich mache einen Schritt auf ihn zu.

Ken blickt durch den Zaun. In der Ferne sehe ich einen Jeep, der über die Staubstraße schnauft, vielleicht das Auto, das sie abholen soll. Der andere Mann in Uniform lässt sein Funksprechgerät sinken, geht zum Tor und winkt dem Auto zu.

»Margot. Kannst du mir einen Gefallen tun?«

Ken wartet nicht auf meine Antwort. Er blickt zwischen dem Auto und mir hin und her, und dann, als sein Begleiter gerade nicht hinguckt, greift er in seine Brusttasche. »Ich habe hier einen Brief für meine Schwester.«

»Den du nicht zur Post gegeben hast?«

Er zögert. »Es ist die Sorte Brief, die man nicht zur Post geben kann.«

»Warum hast du ihr nicht einfach gesagt, was in dem Brief steht?«

Der Jeep kommt näher. Ken spricht schnell weiter. »Es geht um etwas, das ich ihr nicht sagen möchte. Noch nicht. Ich bin noch nicht bereit dafür. Ich wollte ihn eigentlich unter ihr Kopfkissen legen, wusste aber, dass sie ihn gleich öffnen würde. Deshalb wollte ich es ganz sein lassen, aber – der Brief ist nur für den Fall, dass ich später keine Gelegenheit mehr dazu habe.« Er sieht mich fest an. »Verstehst du, was ich dir sage? Für den Fall, dass ich keine Gelegenheit mehr habe.«

»Ich verstehe.«

Er reicht mir den Brief. Er ist zugeklebt, weil er nicht durch die Zensur gegangen ist wie die anderen Briefe, die wir im Lager bekommen. Es steht auch kein Absender darauf, aus dem hervorgeht, dass er über die Feldpost gegangen ist. Einzig *Haruko* steht mitten auf dem Umschlag.

»Gib ihn ihr nur, wenn es unbedingt nötig ist. Okay?«, sagt er.

»Versprochen.«

Die großen Torflügel von Crystal City schwingen quietschend zur Seite, und der Begleiter bedeutet Ken, zu kommen. Ken strafft sich und verwandelt sich vor meinen Augen in einen Soldaten. Als er fast schon beim Auto ist, dreht er sich noch einmal um. »Organisiere an ihrem Geburtstag eine Schnitzeljagd. Sie behauptet, sie hasst das, aber das stimmt nicht.«

Er steigt ein und ich blicke dem über die Staubstraße verschwindenden Auto nach.

Als ich zur Amerikanischen Schule komme, wohin Haruko laut Ken gegangen ist, steht sie bereits vor dem Gebäude, jenseits der Fahnenstange. Sie ist allein. Sicherheitshalber schaue ich mich um. Wir befinden uns auf einem öffentlichen Platz, deshalb zögere ich, zu ihr hinüberzugehen. Aber da rennt sie schon auf mich zu.

»Ich war im Eishaus«, sagt sie, kaum dass sie mich erreicht hat. »Zweimal. Ich hätte beinahe eine Nachricht hinterlassen, aber ich wollte nicht, dass ein anderer sie findet.«

»Ich war auch dort. Ich wäre fast noch mal zu dir nach Hause gegangen, aber ich war mir nicht sicher, ob ich schon wieder dort auftauchen konnte.«

»Ich habe mir auch überlegt, euer Haus zu suchen, doch …« Sie verstummt. Aber sie muss gar nicht zu Ende sprechen. Wieso sollte sie zu uns nach Hause kommen wollen, nach allem, was sie über meinen Vater weiß?

»Ken reist heute wieder ab«, sagt sie. »Er wollte nicht, dass jemand von uns mit ihm wartet, aber ich hätte ihn nicht allein lassen sollen – ich wollte gerade zum Tor hinüber.«

»Er ist schon fort.«

»Woher weißt du das?«

Soll ich Haruko erzählen, dass ich ihn getroffen habe? Irgendwann lesen Haruko und ich seinen Brief vielleicht gemeinsam im Eishaus. Aber nur im allerschlimmsten Fall. Ist es überhaupt vernünftig, ihr von dem Brief zu erzählen? Oder ihr zu sagen, dass ich mit ihrem Bruder gesprochen habe?

»Als ich am Tor vorbeikam, fuhr gerade ein Jeep weg. Sonst war niemand zu sehen.«

Sie senkt ihren Kopf. »Ich hätte ihn nicht allein lassen sollen«, wiederholt sie. »Warum habe ich ihn einfach abreisen lassen?«

Es ist drei Tage her, seit wir uns das letzte Mal gesehen haben, aber es kommt mir wie eine Ewigkeit vor. Ich frage mich ständig, was Ken von uns denken würde, und bin unbeholfen wie beim ersten Mal, als wir miteinander sprachen. »Möchtest du jetzt hingehen? Ins Eishaus?«

Wir drehen uns um und gehen zusammen in die Richtung, aus der ich gerade gekommen bin.

»War es schön, das Wiedersehen mit deinem Bruder?«, frage ich, als sie zur gleichen Zeit sagt: »Wie ist die neue Schule?«

»Mein Vater macht jetzt in Schwarzbrand«, platze ich heraus, weil ich hoffe, sie damit zum Lachen zu bringen. »Sie betreiben illegale Brennereien.«

»Schwarzbrand?«, wiederholt sie. »Wie bei Al Capone in den 1920er-Jahren?«

»Eine Destille ist ihnen explodiert. Anscheinend braucht man fürs Schnapsbrennen die gleichen Zutaten wie fürs Bombenbauen.«

Wir sind an der Ecke des Schulgebäudes angekommen, die das U bildet. Haruko bleibt gedankenverloren stehen.

»Es war anders, als ich erwartet hatte«, sagt sie.

»Was meinst du?«

»Der Besuch. Mein Bruder war nicht wie erwartet und unsere Gespräche waren nicht wie erwartet.«

Er weiß, dass es nicht so lief, wie du wolltest, möchte ich sagen. Er hat deswegen ein schlechtes Gewissen. »Inwiefern? Hat er dir seine Briefe erklärt?«

»Mehr oder weniger. Er sagt, er sei krank.« Ich möchte sie fragen, was sie mit krank meint, aber sie kaut auf der Innenseite ihrer Wange, als wollte sie noch etwas sagen. »Glaubst du – glaubst du, dass die Regierung davon überzeugt ist, das Richtige zu tun?«

»Muss sie doch! Wenigstens ein paar von ihnen. Warum fragst du?«

»Ich muss ständig an etwas denken, das Ken gesagt hat. Er sagte – jetzt kann ich mich nicht einmal mehr richtig erinnern. Ken sprach darüber, dass es gefährlich sei, wenn ich hier glücklich bin, weil es nicht die Wirklichkeit sei. Er gab mir das Gefühl, dass Crystal City jeden Moment explodieren könnte.«

»Könnte es auch. Denk an die heimlichen Schnapsbrennereien.«

Sie lächelt. »Ich habe mich nicht richtig ausgedrückt. Natürlich habe ich die ganze Zeit gewusst, wo wir sind. Aber bis zu meinem Gespräch mit Ken habe ich mir nicht klargemacht, was es bedeutet, dass wir alle hier an diesem Ort sind.« Sie schüttelt den Kopf. »Ich weiß auch nicht, wie ich das erklären soll.«

»Ich weiß«, flüstere ich. »Ich weiß genau, was du meinst.«

Wir stehen an der Seitenmauer der Schule, und obwohl bis jetzt niemand an uns vorübergegangen ist, könnte das jederzeit der Fall sein. Unsere Worte erscheinen viel ungeschützter hier draußen, wo die Sonne so hoch steht, dass wir kaum Schatten werfen.

Sie denkt an Ken und ich denke an Kens Brief in meiner Tasche. Und daran, dass es nur wenige Monate gedauert hat, bis aus meiner Familie das Gegenteil von dem geworden ist, was sie einmal war. Ich habe nicht gewusst, dass ich diese Zahl in mein Heft hätte schreiben sollen. Die einzige Zahl, auf die es ankam. Die Anzahl der Tage, die es brauchte, dass mein Vater sich selbst verlor.

»Es kommt mir vor, als ob es für uns alle unmöglich wäre, hier heil herauszukommen«, sage ich.

»Nicht heil«, sagt Haruko. »Eher vollständig. Es kommt mir vor, als ob es für uns alle immer unwahrscheinlicher wird, hier herauszukommen und dabei vollständig wir selbst zu bleiben.«

Sie schüttelt sich, als wollte sie ihre Gedanken neu sortieren. »Ich habe mir überlegt, dass wir in unserer Wohnung in San Antonio eine Chaiselongue haben sollten.«

»Eine Chaiselongue?«, frage ich und versuche, den Themensprung nachzuvollziehen.

»Das ist eine Kombination aus Sofa und Bett. Sehr bequem. Wenn ich hier rauskomme, will ich richtig bequeme Möbel haben.«

Sie lehnt sich an die Ziegelsteinmauer und kräuselt ihre Nase. Ich verspüre einen plötzlichen Drang, ihre Nase zu berühren, ihr Haar, mit ihr ins Eishaus zu gehen, wo es dunkel ist und wir unter uns sind. Tief unten in meinem Bauch regt sich ein Pochen.

»In San Antonio ist doch auch das Alamo, oder?«, fragt sie.

»Das ist heute ein Museum.«

»Gut. Lass uns eine Liste anlegen, was wir alles unternehmen wollen. Als Erstes gehen wir ins Alamo. Dann suchen wir Arbeit. Dann die Wohnung. Dann die Chaiselongue.«

Sie legt den Kopf schräg. Ich denke, sie will noch etwas sagen, doch sie legt die Hand ans Ohr.

»Was ist das für ein Geräusch?«

»Ich höre nichts«, sage ich, aber dann höre ich es doch. Ein entferntes, schwaches Geräusch, das ich nicht einordnen kann.

Haruko geht ein paar Schritte vor und späht um die Hausecke.

»Es kommt aus Richtung Schwimmbad«, sagt sie. »Ein paar Kinder, die herumtoben.«

Ich folge ihr auf den Platz hinaus. Von hier aus höre ich das Geräusch auch besser. Sie hat recht. Es kommt vom Schwimmbad. Aber es sind keine tobenden Kinder. Es ist jemand, der schreit.

MARGOT

∞

*Ich weiß, dass Sie Geschichten aus dem Krieg sammeln.
Wie haben Sie sie genannt? Lebensgeschichten? Sie
haben Lebensgeschichten aus dem Krieg gesammelt,
und Haruko hat Ihnen von mir erzählt, und dann
haben Sie mich besucht, um auch meine Geschichte zu
hören. Und jetzt werden Sie – ich weiß nicht, was Sie
damit machen werden.
Ich weiß nicht, ob Haruko Ihnen erzählt hat, dass es von
da an schrecklich war.
Von da an gibt es nichts mehr, was mir an dieser
Geschichte gefällt.*

ZWANZIG

HARUKO

Margot rennt schneller als ich. Sie ist zuerst dort und streckt ihren Arm aus, damit ich stehen bleibe. Zuerst denke ich, sie will mich daran hindern, sie umzurennen, aber sie möchte mich daran hindern zu sehen, was passiert ist.

Die Menschen stehen in drei Reihen um das Schwimmbecken. Manche tragen ihre Straßenkleidung, aber die meisten sind im Badeanzug. Sie haben die Haare aus den vor Aufregung fleckigen Gesichtern gestrichen und die Arme um die fröstelnden Leiber geschlungen.

»Wir gehen nicht näher ran«, sagt Margot.

»Warum nicht?«

»Lass uns einfach hierbleiben.«

Aber als ich weitergehe, kommt sie mit. Ich dränge mich zwischen den Menschen mit nassen Handtüchern durch, bis ich nah genug bin, um etwas sehen zu können.

Der Bademeister – der eigentlich einer der Wächter ist, aber statt einer Uniform eine Badehose trägt – ist ein magerer Mann mit einem sonnengebräunten Körper. Er zieht etwas aus dem Wasser.

Ein totes Tier. Einen streunenden Hund, der ins Wasser gesprungen ist, um sich abzukühlen. Es ist ein Kleiderhaufen – jemand hat einem anderen einen Streich gespielt, und der muss nun nass und kalt nach Hause gehen. Das alles stelle ich mir vor, weil man sich fast alles einreden kann, wenn man es nur gründlich genug versucht und wenn man die Wahrheit unbedingt ausklammern will.

Erst als der Bademeister das Ding abgelegt hat, sehe ich, dass schon ein anderes dort liegt, gleich daneben. Als ich beide wie ein Paar nebeneinanderliegen sehe, begreife ich, dass es sich bei dem weißen und dem roten Stoff um Badeanzüge handelt. Und erst als ich das erkenne, begreife ich, dass es sich bei den beiden Dingen um zwei kleine Mädchen handelt.

Zwei kleine Mädchen, die aus dem Schwimmbecken herausgezogen worden sind, schlaff wie Stoffpuppen. *Toshiko.*

Es ist nicht Toshiko. Dafür sind beide zu klein. Aber es hätte Toshiko sein können in diesem roten Badeanzug, der früher mir gehörte. Der Bademeister streicht dem Mädchen im weißen Badeanzug, jenem, das er gerade aus dem Wasser gezogen hat, die Haare aus dem

Gesicht. Er dreht es auf den Bauch und breitet seine Arme T-förmig aus. Dann setzt er sich rittlings über den winzigen Körper und fängt an, Druck auf ihren Rücken auszuüben, beginnend in der Mitte und dann in einem gleichmäßigen Rhythmus nach oben zur Lunge streichend. *Schlechte Luft hinaus, gute Luft hinein,* erinnere ich mich plötzlich dunkel. Wiederbelebung. Man kann beim Rhythmus auch Mississippis abzählen. Ein Mississippi. Drücken. Zwei Mississippi. Drücken. Die hagere Gestalt des Wächters bewegt sich auf und nieder.

»Mein Vater hat gesagt, der Boden des Schwimmbeckens hätte weiß gestrichen werden müssen.« Margots Stimme neben mir klingt düster und wütend. »Er hat gesagt, bei dem dunklen Boden könnten die Schwimmer nicht erkennen, wann es tief wird.«

Die Mädchen haben eine Gänsehaut auf den Beinen, man müsste sie zudecken.

»Eine ist unter dem Markierungsband durchgeschlüpft und ins Tiefe gekommen«, flüstert der Junge neben mir. »Die andere hat versucht, ihr zu helfen. Ich dachte immer, dass die Leute um Hilfe schreien, wenn sie untergehen. Aber die Mädchen gaben keinen Piepser von sich. Sie dümpelten einfach unter Wasser weiter. Ich dachte, es sei ein Spiel. Ich glaube, der Bademeister kapierte auch nicht, was los war. Zuerst hat niemand begriffen, was los war, bis ihn dann einer angeschrien hat, dass er sie retten soll.«

Rette sie, denke ich, denken alle und drücken sich mit ihren feuchten Körpern aneinander. Dreizehn Mississippis. Eine Japanerin in einem weißen Kittel ist dazugekommen und lässt sich routiniert auf ihre Knie herab. Es ist meine Mutter. Sie hat ihre Dienstkleidung an. Sie wirft dem Bademeister einen kurzen Befehl zu und macht sich an dem anderen Mädchen zu schaffen. Es hat hellbraune Zöpfe, eine Deutsche.

Und dann kommt noch jemand. Eine Frau mit rundem Gesicht stürzt auf das Schwimmbecken zu. Sie hat eine Kittelschürze und Hausschuhe an.

»Wo ist sie? Wo ist sie?«, schreit sie gellend und bahnt sich den Weg zum Bademeister und den beiden kleinen Mädchen. »Ruriko!« Sie drängt sich durch die Menschenmenge, andauernd den Namen ihrer Tochter schreiend, der Tochter, die vom Bademeister immer noch die Herzdruckmassage erhält, ungezählte Mississippis. Übelkeit befällt mich. Es ist Mrs Ginoza, die mit uns im selben Zug saß, die organisierte, dass wir an unserem ersten Tag zu Fuß ins Lager wanderten, weil der Bus kaputt war. »Ruriko, alles gut, Mama ist da«, heult sie.

»Stopp«, sagt meine Mutter, ohne aufzublicken oder ihren Rhythmus zu unterbrechen. »Madame, Sie dürfen sich nicht einmischen, solange der Bademeister versucht, Ihrer Tochter zu helfen.« Sie hat Mrs Ginoza bestimmt erkannt, aber ihr Ton ist distanziert.

»Es wird doch alles gut werden?«, fragt Mrs Ginoza. »Sie kann schwimmen, ihr Onkel hat es ihr beigebracht, als wir noch zu Hause waren. Sie konnte sehr lange den Atem anhalten. Es wird alles wieder gut werden.« Sie wirft sich erneut nach vorne.

Diesmal blickt meine Mutter hoch. »Jemand soll sie fernhalten«, befiehlt sie knapp. Eine dicke Frau, die ein Handtuch um ihren Oberkörper geschlungen hat, zieht Frau Ginoza eng an sich und macht gurrende Geräusche, hindert sie daran, zu Ruriko hinüberzulaufen.

»Ruriko wollte heute gar nicht ins Schwimmbad«, redet Mrs Ginoza auf die dicke Frau, auf niemanden, auf uns alle ein. »Heute wollte sie eigentlich Himmel und Hölle spielen. Mit ihrer Freundin, hat sie gesagt. Auch die Nachbarn haben gehört, wie sie das gesagt hat.«

Ein paar Leute in der Menge nicken. Ja, sie haben gehört, was Ruriko gesagt hat, dass sie Himmel und Hölle spielen wollte. Und dann nicken noch ein paar Leute, und dann nicke auch ich. Als könnten wir die Zeit zurückdrehen und machen, dass sie nie ertrunken wären, wenn nur genug von uns bestätigen, dass die Mädchen eigentlich gar nicht ins Schwimmbad wollten.

Erst jetzt bemerke ich eine Frau in der Menge, die sich nicht daran beteiligt. Eine magere, vogelähnliche Gestalt nur wenige Fuß von Mrs Ginoza entfernt. Ihre wettergegerbte Haut spannt sich über ihren Wangenknochen. Sie trägt ein Dirndl und hat die Haare zu einem Kranz aufgesteckt wie manche konservative deutsche Frauen. Starr beobachtet sie meine Mutter und den Bademeister. Ihre Arme sind eng um ihre Taille geschlungen. Sie schwankt hin und her, ihr Blick ist glasig und unkoordiniert.

»Ihre Mutter«, flüstert Margot neben mir. »Oh Gott. Oh Gott, nein.«

Margots Stimme hat sich verändert. Sie klingt entsetzt, aber auch angsterfüllt. Ich möchte Margot fragen, ob sie die kleine, zerbrechliche Frau kennt. Aber ich kann mich von der Szene, die sich vor mir abspielt, nicht lösen. Von meiner Mutter, die so professionell auftritt und nicht einmal bemerkt, dass ihr weißer Kittel jetzt mit Wasser und Dreck bespritzt ist. Die Wiederbelebungsversuche nützen nichts, das erkenne ich auch von hier. Rurikos Mund hängt schlaff nach unten, wie bei einem Fisch. Die Lippen des anderen Mädchens sind kalt und lila. Mrs Ginoza weint.

Meine Mutter flüstert dem Bademeister etwas zu. Er sieht sie einen Augenblick lang erschrocken an, schüttelt den Kopf und fährt mit der Druckmassage fort. Meine Mutter legt ihre Hand auf seinen Arm, freundlich, aber bestimmt, und gibt ihm mit den Augen etwas zu verstehen.

Und dann – wie in Zeitlupe – hört er auf. Beide hocken sich auf ihre Fersen. Meine Mutter dreht die Körper der Mädchen sacht auf den Rücken. Sie sind so klein, dass sie dafür keine Hilfe braucht. Dann schließt sie ihnen die Augen.

Eine Million Mississippis. Unendlich viele Mississippis.

»Nein! Nein! Meine Tochter. Macht weiter. Sie müssen weitermachen.« Mrs Ginoza bricht zusammen, die Frau mit dem Handtuch stützt sie und gibt Gurrlaute von sich.

»Sie hören auf! Sie hören einfach auf, anstatt sie zu retten.«

»Schsch«, macht die dicke Frau. »Schschsch.«

»Ginoza-san.« Meine Mutter spricht ruhig, aber voll Mitgefühl zu der am Boden zerstörten Frau. Die Mutter des deutschen Mädchens steht nur wenige Fuß entfernt, aber meine Mutter weiß offenbar nicht, wer sie ist. »Ginoza-san, wir haben mehrere Minuten versucht, Ihre Tochter zu retten. Es ist uns nicht gelungen. Es tut mir so leid. Wir können nichts mehr tun.«

Die dicke Frau lässt Mrs Ginoza los und diese rennt endlich zu ihrer Tochter, bricht vor ihr zusammen und drückt Rurikos Körper an ihre Brust. Die Haare der Kleinen sind noch nass, hängen in langen Strähnen zwischen den Fingern der Mutter. Eine Weile hört man in der Menge nur unterdrücktes Schluchzen. Niemand möchte lauter weinen als Mrs Ginoza. Wir möchten nicht so tun, als wäre unser Schmerz vergleichbar mit dem der Mütter.

Und dann, inmitten unseres Schweigens, erhebt sich der Bademeister und blickt wild um sich. Meine Mutter hebt ihre Hand, als wollte sie ihn aufhalten, aber er scheint sie nicht zu sehen. Unsicher blickt er über die Menge, und als seine Augen auf Mrs Ginoza treffen, macht er zögernd einen Schritt auf sie zu. »Es war nicht meine Schuld«, sagt er. »Ich möchte, dass Sie wissen, dass ...«

Sie beachtet ihn nicht, sie weint zu sehr. »Haben Sie mich gehört?«, fragt er. »Es war nicht meine Schuld.«

»Schweigen Sie«, sagt jemand, aber es ist nicht Mrs Ginoza, es ist die dicke Frau, die sie festgehalten hat. »Schweigen Sie mit diesen Ausflüchten. Warum haben Sie nicht aufgepasst?«

Der Bademeister wendet sich ihr unsicher zu. Er hat nicht erwartet, von jemand anderem angesprochen zu werden. Er erhebt seine Hände. »Ich habe es nicht rechtzeitig geschafft.«

»Sie hätten auf sie *aufpassen* müssen.«

»Hören Sie. Das hätte überall passieren können«, wehrt sich der Bademeister.

»Ja, hätte es.« Eine andere Frau mischt sich ein. Blaue, von Krampfadern überzogene Beine gucken unter ihrem Handtuch hervor. »Es hätte auch passieren können, wenn diese Familie zu Hause in Los Angeles gewesen wäre anstatt in diesem Gefängnis. Aber dort ist es nicht passiert. Sie ist nicht zu Hause!«

»Nein, ist sie nicht«, ruft jemand.

Wir stehen dicht gedrängt auf der Betonfläche neben den Schwimmbecken, weggehen ist nicht möglich. Ein wütendes Summen erhebt sich. Weil er sich nicht entschuldigt hat. Weil er vor Mrs Ginoza und der anderen Mutter nicht auf die Knie gefallen ist und um Vergebung gefleht hat. Ihre Töchter sind tot, und dieser Bademeister hat nichts Besseres im Sinn, als zu sagen, es sei nicht seine Schuld.

»Sie hätten auf sie aufpassen müssen«, sagt ein Mann hinter mir, und dann sagen es alle, so wie alle gesagt haben, dass die Mädchen eigentlich Himmel und Hölle spielen wollten, und über dem Ganzen tönt das Wehklagen von Mrs Ginoza.

Ich sehe Margot an, die mich im selben Augenblick ebenfalls ansieht. *Sollen wir gehen?*, drückt ihr Gesicht aus. *Wir sollten nicht hier sein.*

Ich kann nicht, bedeute ich ihr. Meine Mutter ist hier, mitten auf dem Platz.

Ich fixiere meine Mutter, bis sie endlich hochschaut. Erleichterung erweicht ihr Gesicht, als sie mich sieht. Sie schüttelt kaum merklich den Kopf und blickt bedeutungsvoll zum Eingang der Schwimmbadumzäunung hinüber.

Geh, formen ihre Lippen, und ich will mich gerade auf den Weg machen, als jemand durch das Tor kommt. Er ist in Olivgrün gekleidet und hat einen blonden Haarschopf.

Mike. Ich spüre meine Erleichterung im ganzen Körper. Er wird wissen, was zu tun ist, wie er die Menge beruhigen kann. Ich versuche, ihn auf mich aufmerksam
zu machen, als er vorübergeht, aber er sieht mich nicht,
drängt sich durch die Umstehenden bis zum Bademeister, der immer noch in der Badehose dasteht. Mike legt
ihm die Hand auf die Schulter, beugt sich vor und
spricht leise mit ihm. Er spricht nicht mit meiner Mutter, die immer noch neben den Mädchen hockt.

Dann hebt er seine Hände, als ob er etwas ankündi-
gen will. Seine Augen wandern über die Menge, und ich
meine, dass er mich jetzt doch gesehen hat. Ich nicke
ihm vorsichtshalber zu, um ihn zu ermutigen, kann
aber nicht erkennen, ob sein erwiderndes Nicken an
mich gerichtet ist.

Er räuspert sich. »Leute, es ist furchtbar, was passiert
ist«, sagt er in dem offiziellen Tonfall, den er sonst nur
anschlägt, wenn andere Wächter zugegen sind. »Anscheinend hat der Bademeister die Mädchen mehrmals
gewarnt, nicht ins tiefe Wasser zu gehen«, fährt Mike
fort. »Aber sie haben nicht auf ihn gehört. Sie haben gewartet, bis er sich um etwas anderes kümmern musste,
und sind dann unter dem Absperrband hindurchge-
schlüpft.«

Verwirrtes Murmeln erhebt sich in der Menge. Das
entspricht nicht der Version, die ich von dem Jungen
neben mir gehört habe. Er sagte nicht direkt, dass es die

Schuld des Bademeisters gewesen sei, aber er sagte, es sei der Fehler des Bademeisters gewesen und der Fehler aller anderen Badegäste, denen nicht klar gewesen sei, dass die Mädchen am Ertrinken waren. Nach Mikes Version hatten die Mädchen absichtlich nicht gehorcht.

»Aber so war es nicht«, ruft der Junge neben mir. »So war es überhaupt nicht.«

Mike klappt überrascht seinen Mund auf. Er sieht kurz zum Bademeister, aber ich kann nicht erkennen, was zwischen ihnen abläuft.

»Es – es ist genau so passiert«, sagt Mike. »Ich habe es von meinem Wachturm aus selbst gesehen. Der Bade-meister hat die Mädchen mehrmals ermahnt. Und nun zerstreuen Sie sich bitte, damit wir mit den Tragen durchkommen.«

Ich habe es von meinem Wachturm aus selbst gese-hen.

War das überhaupt möglich? Von Mikes Wachturm sieht man nicht direkt auf das Schwimmbad. Er ist zu weit entfernt.

Und er konnte auch nicht hören, wie der Bademeister die Mädchen ermahnt, nicht ins Tiefe zu gehen, wie er behauptet hat. Margot und ich haben ihn von der Schule aus auch nicht gehört, obwohl wir ganz in der Nähe des Wachturms gewesen sind. Außerdem ist Mike auf ei-nem Ohr taub. Deshalb ist er überhaupt hier und nicht an der Front wie die anderen Jungen seines Alters.

»Ich sage euch, so war es nicht. Ich war selbst dabei«, widerspricht der Junge neben mir.

»Warum sprechen Sie nicht mit uns, anstatt nur Ihren Freund anzuhören?«, schreit jemand.

»Mike«, rufe ich aus, bevor ich es verhindern kann. Meine Stimme klingt flehend. Mit einem Ruck dreht er sich nach mir um. Sein Gesicht wird weicher, als er erkennt, dass ich es bin. *Warum lügst du?*, forme ich lautlos mit den Lippen, damit die anderen es nicht hören. Er muss sagen, dass er sich geirrt hat. Dass er nicht weiß, was passiert ist.

Doch dann wird sein Gesicht wieder hart. »Hört, Leute, alle müssen sich beruhigen und zurücktreten«, versucht er, die Menge unter Kontrolle zu bringen.

Die Leute sind aufgebracht. Jemand schubst mich von hinten. Unruhig drängen sie nach vorn.

»Zurücktreten!«, ruft Mike. »Machen Sie Platz!«

Ich versuche einen Schritt zurückzugehen, aber es geht nicht. Zu viele Menschen stehen hinter mir und dahinter wieder Menschen und nicht alle haben Mikes Befehl gehört.

»Ich sagte *zurücktreten*«, wiederholt er, aber wir können uns nicht bewegen. Wir können nirgendwohin. Wir sind zwischen dem Schwimmbecken und dem Zaun eingekeilt. »Ich sage es nicht noch mal.«

»Wir versuchen doch zurückzugehen.« Meine Stimme geht im Tumult unter.

»Sagen Sie die Wahrheit«, schreit die Menge. »Sagen Sie, wie es wirklich passiert ist!«

Er greift nach dem Gewehr auf seiner Schulter. Ich habe hier noch nie erlebt, dass ein Wächter sein Gewehr gegen uns richtet. »Zurücktreten, habe ich gesagt«, schreit er wieder. Der Bademeister neben ihm sieht erschrocken aus.

»Er lügt«, rufen einige aus der Menge, und andere schreien: »Beruhigt euch, beruhigt euch«, wobei ihre eigenen Stimmen immer lauter und aufgeregter werden. Mike sieht verängstigt aus, aber er ist derjenige mit dem Gewehr.

Jetzt versuchen wir alle, uns zu bewegen, aber ich kann nicht sagen, wohin. Sollen wir rennen? Sollen wir in das Schwimmbecken springen? Sollen wir Mike angreifen, der mit seinem Gewehr über dem Bademeister und meiner Mutter aufragt? Ein scharfes metallisches Klicken ertönt.

Eine Frau aus der Menge schreit: »Er will auf uns schießen!«, und dieser Satz pflanzt sich fort. Ein Mann, meines Wissens ein methodistischer Priester, ruft aus: »Oh Vater im Himmel«, und dann sagt er zu Mike. »Schon gut, mein Sohn, schon gut.«

Margot packt mich am Ärmel, so wie sie mich im Staubsturm gepackt hat. Sie sagt, wir müssen gehen. Aber meine Mutter ist doch noch hier. *Meine Mutter ist noch hier.*

Das ist Manzanar. Genau das hatte Ken vorausgesehen und ich wollte es nicht glauben. Unser Manzanar passiert nicht, weil Lagerangestellte Lebensmittel auf dem Schwarzmarkt verkaufen, sondern weil zwei tote Mädchen neben dem Schwimmbecken liegen. Ein Wächter wird in eine unbewaffnete Menge schießen, ein Wächter, den ich kenne, der zu Hause mein Freund hätte sein können.

Es sind zu viele Menschen hier, ich kann kaum atmen. »*Au!*« Neben mir verzieht Margot schmerzhaft ihr Gesicht, dann kippt sie um.

»Margot!«, schreie ich. »Ist alles in Ordnung?«

»Schon gut, jemand hat mich nur …« Sie schnappt nach Luft, anscheinend hat jemand sie in den Bauch gestoßen.

»Wir müssen hier weg.«

»Versuche ich doch, aber es ist zu voll.«

»Nimm meine Hand, Margot. Nicht meinen Ärmel. Nimm meine *Hand!*« Der Anblick der vor Schmerz gekrümmten Margot erfüllt mich plötzlich mit einer tiefen Panik, die ich selbst kaum begreife. Als hätte ich selbst einen Schlag abbekommen. Ich muss sie hier rausholen, zur Not mithilfe von Tritten und Ellbogen. »Nicht loslassen.«

»Nein«, sagt sie, aber sie lässt mich los, weil alles so schnell geht und ihre Finger aus meiner Hand gleiten. »Margot!«, schreie ich.

»Geh!«

Ich bin näher am Tor, sie näher bei Mike und dem Gewehr. Ich kämpfe mich durch die Menge, bis ich wieder ihre Hand packen kann, und dann zerre ich an ihr, bis sie gegen mich prallt und wir mitten in der Menge stehen, mit meinen Armen um sie geschlungen und unseren Herzen, die gegeneinanderschlagen.

Margot will etwas sagen, doch da wird die Luft von einem Pfeifen zerrissen.

Drei kurze, scharfe Pfiffe hintereinander. Ein Mann erscheint, einen halben Kopf größer als alle anderen. Mr Mercer. Hinter dem Lagerleiter kommen vier Wächter mit zwei Tragbahren.

Mein Herz schlägt immer noch wie wahnsinnig, aber die Tragbahren rütteln uns auf. Alle halten inne. Der Ansturm auf das Tor ebbt ab. Weil wir keine Tiere sind. Weil wir die Tragbahren durchlassen müssen.

Mr Mercer hat etwas Zusammengefaltetes dabei, einen Stapel weißer Tücher. Er geht den Tragbahren voran. Als er auf die Freifläche vor dem Schwimmbecken kommt, sucht er den Blick von Mrs Ginoza, die noch bei Ruriko kauert, und den Blick der deutschen Mutter, die immer noch nicht zu ihrer Tochter gegangen ist.

Nach einer Weile faltet Mr Mercer die Tücher auseinander und gibt das eine Mrs Ginoza, die ihre Tochter darin einhüllt, und das andere meiner Mutter, die das kleine deutsche Mädchen einhüllt, deren Mutter sich jetzt neben sie kniet.

Als dieser stille Akt der Trauer vorüber ist, steht Mr Mercer auf. Er gibt jemandem hinter mir ein Zeichen und dann treten die Männer mit den Tragbahren vor.

Meine Mutter ist dabei behilflich, das deutsche Mädchen auf die Bahre zu heben. Als die zwei Mädchen fortgebracht werden und die beiden Mütter und meine Mutter den Bahren folgen, wendet sich Mr Mercer schließlich dem Bademeister zu, der wie ein Häufchen Elend neben ihm kauert.

»Geh in mein Büro und warte dort, Jimmy«, sagt er ruhig. »Officer Branwell, nehmen Sie Ihr Gewehr runter. Geben Sie es mir.« Mike sieht ihn an. Er heißt also Branwell mit Nachnamen. Er hat mir immer nur seinen Vornamen genannt. Mike sieht die ganze Zeit zwischen Mr Mercer und uns hin und her. Ich merke, dass er Angst hat. Er hat Angst, an uns vorüberzugehen, wenn er keine Waffe mehr trägt.

Mr Mercer räuspert sich. »Es tut mir sehr leid«, sagt er. »Ich habe nicht – ich kann nicht – wir werden den Vorfall untersuchen. Das verspreche ich. Ich werde persönlich jeden Einzelnen verhören, wenn es sein muss. Und so lange wird das Schwimmbad geschlossen bleiben. Es wird bis auf Weiteres geschlossen.«

Bei dem Wort *geschlossen* bricht seine Stimme ein

wenig und geht in einen hohen Fistelton über. Ich denke, dass es dieser kleine menschliche Klang ist, der meiner Wut einen winzigen Riss zufügt. Mich überkommt Traurigkeit und Hoffnungslosigkeit und eine Art Übelkeit erregender Schock über das, was passiert ist und was darauf beinahe gefolgt wäre.

»Komm, wir gehen«, sagt Margot. »Ich muss hier raus. Lass uns gehen, sofort.«

Mike ist immer noch da. Er sieht Mr Mercer Rat suchend an.

Mr Mercer, Mikes Gewehr in der einen Hand, bedeutet Mike voranzugehen. Seine andere Hand ruht schwer auf Mikes Schulter und so steuert er ihn durch die Menge zum Schwimmbadeingang zurück.

Mike sieht mich an, als er an mir vorüberkommt, aber ich will mir nicht einmal vorstellen, was er von mir erwartet. Egal wie viele Kaugummis er mir geschenkt hat, Mike hat eine schreckliche Entscheidung getroffen. Aber er konnte wenigstens entscheiden, während der Rest von uns das nicht konnte. Letzten Endes darf Mike gehen.

Niemand macht für ihn und Mr Mercer den Weg frei, so wie sie es für die Tragbahren gemacht haben. Mike muss sich durch die Menge winden, muss nach allen Seiten hin »Entschuldigen Sie« sagen, während er unsere Schultern streift und über unsere Füße stolpert.

EINUNDZWANZIG

∽

MARGOT

Wir zittern, alle zittern, die im Schwimmbad waren. Einige aus der sich nun zerstreuenden Menge haben verweinte Gesichter, einige schimpfen wütend vor sich hin. Einige sind wie gelähmt.

»Sie war in meinem Zug«, wiederholt Haruko, während die Leute an uns vorbeiströmen. Alle folgen dem Lieferwagen mit den Leichen der Mädchen, und als dieser nicht mehr zu sehen ist, gehen wir in die Richtung, die er genommen hat, zum Krankenhaus. Deutsche und japanische Häftlinge, wir alle sprechen über das, was wir gesehen haben. Menschen, die wissen wollen, was passiert ist, schließen sich der traurigen Prozession an. »Ihre Familie musste ins Lager, weil ihr Vater ein Porträt des Kaisers in seinem Arbeitszimmer hatte, hat Mrs Ginoza uns am ersten Tag erzählt.«

»Wohin sollen wir jetzt?«, frage ich.

»Sie hat erzählt, sie hätten das Bild nur aufgehängt,

um ihrer Mutter eine Freude zu machen, als sie zu Besuch kam, und dann hätten sie vergessen, es wieder abzuhängen.«

»Komm, wir gehen ins Eishaus.«

»Ich will erst zum Krankenhaus. Und Mike hat gelogen. Hast du gemerkt, wie er gelogen hat? Und zu mir ist er immer so nett.«

»Er ist ein Wächter.«

»Er hätte einen Aufstand auslösen können. Er hätte dich erschießen können.«

»Lass uns weitergehen.«

Ich bin ihr gegenüber kurz angebunden, das weiß ich, aber die Ereignisse im Schwimmbad haben mir Angst gemacht, und ich will fort von diesen Menschenmassen.

Vor dem Krankenhaus hat sich bereits eine Menschenmenge versammelt. Es sind Leute, die eben erst erfahren haben, was passiert ist, und Leute, die im Schwimmbad waren und sich noch nicht in der Lage fühlen, nach Hause zu gehen. Als wir an ihnen vorbeigehen, ruft jemand Harukos Namen.

»Haruko! Haru-chan!« Mrs Tanaka kommt aus dem Personaleingang und rennt über den kleinen Weg auf uns zu.

Sie sagt etwas, das wie eine Frage klingt, und Haruko antwortet ihr auf Japanisch und deutet nach einer Weile mit dem Kopf in die Richtung, in die wir gehen wollen.

Dr. Tanaka schüttelt den Kopf und nickt in die entgegengesetzte Richtung. Sie streicht ihrer Tochter eine
Haarsträhne hinter das Ohr.

»Ich soll nach Hause gehen«, übersetzt Haruko. »Sie
sagt, du sollst auch nach Hause gehen und dass alle Mütter ihre Töchter heute Abend in die Arme schließen wollen.« Haruko sieht kurz zu ihrer Mutter, dann sagt sie
leise zu mir. »Ich kann mich später vielleicht verdrücken.
Vielleicht muss sie wieder ins Krankenhaus zurück.«

»Geh nur. Mutti hat bestimmt auch gehört, was passiert ist, und wird mich sehen wollen. Wir treffen uns
heute Abend, wenn wir uns loseisen können. Sonst
morgen.«

Ich will, dass sie bleibt. Ich will die Zeit eine Stunde
zurückdrehen, als wir bei der Schule waren. Ich will die
Zeit vier Tage zurückdrehen, als sie mir sagte, dass
meine Lippen blau seien, und sie mich zum Beweis ihre
Finger spüren ließ. Ich möchte darüber nachdenken,
was es bedeutete, dass sie mich am Pool festhielt, dass
sich ihr Gesicht mit Schrecken füllte, als sie dachte, dass
mir etwas zustoßen könnte.

Ich sehe ihr und ihrer Mutter nach, und dann überlege ich mir, was ich als Nächstes machen soll.

Was ich Haruko nicht erzählt habe, weil sie nicht
gleich verstanden hätte, was es bedeutet, und weil nicht
genug Zeit und Ruhe war, es ihr zu erklären. Dass das
eine Mädchen Heidi Kruse war.

Heidi, die süße Heidi mit ihren abstehenden braunen Zöpfen, die meine Hand festhielt, als unser Bus nach Crystal City kam, und die mich fragte, ob ihre Spielsachen von zu Hause hier auf sie warten würden.

Ich hasse mich dafür, dass ich neulich vor der Bäckerei nicht länger mit ihr gesprochen habe.

Ich hasse mich dafür, dass ich im Schwimmbad nicht zu ihrer Mutter gegangen bin und ihre Hand gehalten habe. Ich habe sie erkannt, sie war ganz allein gekommen und hatte niemanden, mit dem sie sprechen konnte. Ich wette, sie hatte genau wie die japanische Mutter keine Ahnung gehabt, dass Heidi heute ins Schwimmbad gehen würde. Wie konnten Heidi und Ruriko überhaupt Freundinnen werden?

Aber ich bin nicht zu ihr gegangen. Alles ging so schnell. Sie stand am anderen Ende der Menschenmenge. Ich wusste nicht, ob ich es zu ihr hinüberschaffen würde und ob sie es überhaupt gewollt hätte. Ich bin auch nicht hinübergegangen, als sie ihre Halskette abnahm und sie Heidi umlegte. Sie hob Heidis Kopf ganz sachte an, achtete darauf, dass die Kette sich nicht in den Zöpfen verfing.

Herr Kruse kam ganz am Schluss, als Heidi bereits auf der Tragbahre lag. Er legte einen Arm um seine zarte Frau, die andere Hand legte er auf das weiße Tuch, dort wo Heidis Arm oder Bein sein musste. Sie sah so klein aus auf der Bahre. Sie nahm nicht einmal die

Hälfte davon ein. Dort, wo ihr Kopf lag, bildete sich ein Wasserfleck auf dem Tuch. Ihr Haar war noch nass vom Schwimmen.

Sobald mir klar geworden war, dass es sich um Heidi Kruse handelte, schnürte sich meine Kehle zusammen, vor Trauer, aber auch vor Angst.

Ich denke daran, was meine Mutter gesagt hat. Wir sollten dankbar sein, dass sich Herrn Kruses dumme Anhänger nur mit dem Schnapsbrennen beschäftigen.

Sei froh, dass es nichts Ernsthafteres gibt, worüber sie sich aufregen.

ZWEIUNDZWANZIG

∞

MARGOT

26. September 1944

Fassungsvermögen des deutschen Gemeinde-
zentrums: 200

Benötigte Anzahl von Trägern für einen kleinen Sarg: 4

Beide Beerdigungen finden am selben Tag statt. Es gibt
keinen Grund, damit zu warten. Weitere Verwandt-
schaft muss nicht anreisen. Die meisten Familienmitglieder der Mädchen leben entweder in diesem oder einem anderen Häftlingslager oder in Übersee.

Der evangelische Pfarrer leitet den Trauergottes-
dienst für Heidi. Fast alle deutschen Familien sind da,
drängen sich in unser Gemeindezentrum oder, als
niemand mehr hineinpasst, vor der Tür. Die Schule ist
ausgefallen, ebenso die Arbeitseinsätze, außer die aller-
wichtigsten. Auf der anderen Seite des Lagers, im japanischen Gemeindezentrum, halten die Ginozas ihre

eigene Trauerfeier mit einem methodistischen Pastor ab. Den ganzen Tag lang, überall im Lager, tragen die Menschen dunkle Kleidung, auch wenn sie nur etwas im Laden oder in der Bäckerei einkaufen.

Herr Kruses Anzug sieht aus, als sei er geliehen. Im Bundesstaat New York, wo er herkommt, war er Baulei-ter. Glaube ich wenigstens. Wahrscheinlich hat er nicht damit gerechnet, dass er hier einen Anzug braucht. Frau Kruse trägt ein schwarzes Hemdblusenkleid, es ist alt und verschlissen und schimmert an den Ellbogen durch. Sie sitzen in der ersten Reihe, kerzengerade.

»Das müssen sie«, flüstert Mutti mir zu. »Wenn dir so etwas widerfährt, musst du dich ununterbrochen zu-sammenreißen, weil du sonst zusammenbrichst.«

∞

HARUKO

Ich trage mein schwarzes Kleid und habe einen Spritzer Tabu aufgelegt, und als ich ein Tröpfchen auf Toshikos Handgelenk sprühe, sehe ich ihr an, dass sie daran denkt, wie sie mich vor zwei Monaten fragte, warum ich so blöde Sachen einpacke und ob ich glaubte, so etwas jemals gebrauchen zu können.

Nach der Trauerfeier gibt es einen Empfang im japanischen Gemeindehaus. Wir füllen unsere Teller mit Speisen, die keiner isst, und keiner weiß, worüber man sich unterhalten soll.

Ich stehe mit ein paar Leuten aus der Schule in einer Ecke. Die Mädchen kneten ihre Taschentücher und sprechen darüber, wie traurig es ist. Die Jungen zerren an ihren Hemdkragen und sehen aus, als wüssten sie gern, wie sie die Mädchen am Weinen hindern können. Wächter sind nicht in der Nähe, weder bei der Trauerfeier noch beim Empfang. Wahrscheinlich sind sie angewiesen worden, uns nicht zu stören. Mike habe ich seit dem Vorfall im Schwimmbad nicht mehr gesehen.

Zum Eishaus habe ich es gestern nicht mehr geschafft. Meine Mutter wollte nicht, dass wir das Haus verlassen. Ich weiß nicht, ob Margot es versucht hat. Ich habe sie heute nur kurz aus der Ferne gesehen. Sie kam gerade aus dem deutschen Laden und ich kam gerade aus der Nähstube mit einem Kleid von Toshiko. Sie besitzt nur ein Kleid, das dunkel genug für eine Beerdigung ist, aber es ist ihr längst zu klein. Mir fiel die Aufgabe zu, den Saum auszulassen, meine katastrophalen Nähkenntnisse aus der Hauswirtschaftslehre zum Einsatz zu bringen.

Ich winkte zu Margot hinüber und wollte gerade mit dem Kopf Richtung Eishaus zeigen, als ihr Vater hinter ihr erschien und sie verneinend den Kopf schüttelte. Sie streckte kurz zwei Finger ihrer rechten Hand hoch: zwei

Uhr nachmittags. Ob ich um zwei Uhr Zeit hätte? Ich nickte, und als ihr Vater hersah, tat ich, als hätte ich jemand anderem zugenickt.

Nach einer Stunde auf dem Empfang, auf dem es nur wässrige Bowle zu trinken gibt, kommt mein Vater zu mir und sagt, es sei Zeit, nach Hause zu gehen.

»Ich möchte noch kurz bleiben und mich von allen verabschieden.« Ich sage, ich würde in zwanzig Minuten nachkommen. Es ist beinahe zwei Uhr. Ich habe die ganze Zeit auf eine Gelegenheit gewartet, um unauffällig zu verschwinden. Aber mein Vater will, dass ich gleich mit ihm nach Hause gehe. Es dauere nicht lang, aber er und meine Mutter wollten etwas mit mir besprechen.

∞

MARGOT

Wir singen Lieder, die die meisten von uns auswendig können. Wir sprechen das Apostolische Glaubensbekenntnis. Wir sprechen das Vaterunser.

Ich hatte befürchtet, dass sie eine Nazifahne aufziehen oder den Hitlergruß machen würden, haben sie aber nicht.

Meine Mutter strengt das lange Sitzen an. Sie klagt nicht, aber ich sehe es ihr an. Sobald der Gottesdienst vorüber ist, geht mein Vater auf Herrn Kruse zu, und meine Mutter und ich machen uns auf den Heimweg. Unter der Tür stolpert sie über eine lose Schwelle. Als ich sie am Arm packe, um sie zu stützen, schreit sie auf.

»Das Baby?«, frage ich.

»Schon gut.« Sie zieht ihre Hand zurück.

»Was ist mit deinem Arm?«

Ich fasse sie wieder am Arm, sehr vorsichtig diesmal, und schiebe den Ärmel ihres Kleides hoch. Auf halber Höhe ihres Unterarms sind kleine blaue Flecken. Zu groß für meine Finger, ich kann sie ihr unmöglich gerade zugefügt haben.

»Mutti, was ist das?«, frage ich.

Sie sieht zu Boden. »Gestern. Als ich hörte, was beim Schwimmbad passiert war. Es war so schrecklich, ich verlor kurz das Gleichgewicht. Dein Vater musste mich auffangen.«

»Ist das wirklich wahr?«

»Ich dachte, ich würde wieder ohnmächtig werden.«

»Mutti. Ist das wirklich so gewesen?«

»Wieso. Was meinst du, Margot?«

»Du weißt genau, was ich meine.« Meine Stimme überschlägt sich fast. »Mutti, du weißt genau, was ich meine.«

Hat mein Vater meiner Mutter geholfen, weil sie das Gleichgewicht verloren hat? Oder hat mein Vater meiner Mutter wehgetan, weil ich nicht dabei war? Selbst wenn das Erste stimmt, würde ich es jemals glauben?

»Komm, wir gehen nach Hause, Margot.« Die Menschen, die aus dem Gemeindehaus kommen, sehen uns an. »Wir haben hier nichts mehr zu tun. Und reg dich nicht auf, Margot. Es gibt wirklich nichts mehr, was du tun könntest.«

Mein Vater hat sein Gespräch mit den Kruses beendet. Er kommt zu uns, und ich zucke unwillkürlich vor ihm zurück, habe nur noch die blauen Flecken am Arm meiner Mutter vor Augen. »Es ist abgemacht«, sagt er zu meiner Mutter. Sie nickt, sie weiß, wovon er spricht.

»Was ist abgemacht?«, frage ich.

»Die Kruses«, sagt er. »In zwei Tagen geht ein Rückkehrerschiff nach Deutschland. Die Kruses waren auf der Passagierliste. Aber jetzt können sie nicht weg. Ohne Heidi will Frau Kruse nicht abreisen, und das zu organisieren, wird kompliziert werden. Ich habe ihnen gesagt, dass sie uns stattdessen auf die Passagierliste setzen können. Ich habe gesagt, dass wir an ihrer Stelle fahren.«

HARUKO

Meine Mutter ist schon da, als wir nach Hause kommen. Sie ist früher gegangen, um noch nach ihren Patienten zu sehen. Als wir hereinkommen, sieht sie nicht mich, sondern meinen Vater an. »Hast du es ihr gesagt oder hast du auf mich gewartet?«, fragt sie.

»Mir was gesagt?« Ein Brief von Ken wird es wohl nicht sein, er ist gestern erst abgereist, und außerdem habe ich heute Morgen selbst nach der Post gesehen. Vielleicht ein Brief von jemand anderem. Keine Ahnung, was meine Eltern mir erzählen wollen.

»Wir haben gute Nachrichten«, sagt meine Mutter. »Wir haben Vorkehrungen getroffen, dass du rauskannst.«

»Raus? Wie raus?«

»Aus dem Lager. In ein paar Monaten, wenn du achtzehn wirst«, fährt sie fort und sieht Hilfe suchend zu meinem Vater.

»Zurück nach Denver«, sagt er. »Mr Mercer hat uns erlaubt, die Japanische Liga zu kontaktieren, und die haben eine Familie gefunden, die dich als Gastschülerin aufnehmen will. Du erinnerst dich an die Watanabes, du hast sie ein paarmal getroffen.«

»Eine Gastschülerin?«, sage ich, als wäre das Einzige, was ich noch kann, Wörter nachzusprechen.

»Du kannst dort wohnen und essen und hilfst dafür ein wenig im Haushalt«, sagt meine Mutter. »Du gehst hauptsächlich der Mutter zur Hand, hilfst ihr beim Kochen und bei der Wäsche. Aber du wirst genug Zeit zum Lernen haben.«

Langsam dringt das, was meine Eltern sagen, in mein Bewusstsein. »Ihr schickt mich zum Wäschewaschen nach Hause?«

»Und zum Lernen. Zum nächsten Semester wirst du dich bei einer Krankenschwesternschule einschreiben, die japanische Studenten aufnimmt.«

»Ich will aber nicht Krankenschwester werden.«

Meine Mutter bekommt einen abgekämpften Zug um den Mund. »Wir schicken dich nach Hause. Wir haben dieses Arrangement getroffen, um dir dies zu ermöglichen. Mr Mercer muss deine Papiere noch prüfen, aber er will sich damit beeilen. Wir sollten sehr dankbar sein.«

Meine Stimme wird laut. »Wann habt ihr ihn darum gebeten? Warum habt ihr ihn darum gebeten?«

Sie sieht wieder meinen Vater an, diesmal antwortet er mir. »Wir haben ihn direkt nach dem Vorfall im Schwimmbad angesprochen.«

»Es war so schrecklich«, sagt meine Mutter. »Wir wollten, dass unsere Familie zusammenbleibt, aber dies hier ist kein Ort, wo man jung sein kann. Wir wollen nicht, dass du hier dein Leben als junge Frau beginnst.«

»So schlimm ist es hier gar nicht.« Ich bin kurz davor durchzudrehen. »Ich komme hier ganz gut zurecht.«

Mit dieser Antwort haben sie nicht gerechnet. Die Antwort ist verrückt, weil es hier schlimm ist. Schlimmer, als ich es mir vorgestellt habe.

»Es ist eine gute Nachricht«, sagt mein Vater. »Wir dachten, dass du dich darüber freust.«

Frei. Ich könnte wieder zu Hause sein. An einem Ort ohne Zäune. Einem Ort, wo ich so tun könnte, als hätte es die vergangenen Monate nie gegeben, und wenn ich lang genug lebe, würde das vielleicht sogar funktionieren.

Sie sprechen noch über die Einzelheiten mit mir. »Hörst du zu?«, fragen sie. »Haruko, hörst du uns überhaupt zu?!«

DREIUNDZWANZIG

∞

HARUKO

»Was du alles gemacht hast«, sage ich leise, denn das Eishaus ist nicht wiederzuerkennen. Margot hat die Heuballen und Eisblöcke so umgestellt, dass ein richtiges Wohnzimmer entstanden ist. Alles ist mit Decken ausstaffiert, nicht nur mit den Arbeitsdecken, die normalerweise hier sind, sondern mit Decken, die Margot aus der Unterkunft ihrer Familie mitgebracht haben muss. Und die Kissen sind sonst wahrscheinlich Kopfkissen. Die beiden Öllampen brennen auf höchster Stufe und sind so aufgestellt, dass der Schuppen kein Schuppen mehr ist, sondern gemütlich und einladend wirkt. Ein Haus.

»Du hast dich ein bisschen verspätet …«, sagt sie. Aber ich bin nur zwanzig Minuten zu spät gekommen und diese Umstellung muss mindestens eine Stunde gedauert haben. »Schau her«, sagt Margot. Sie geht schnell zu einem der Möbelstücke hinüber. Es besteht aus zwei zusammengeschobenen Heuballen und einem Kissen.

»Ist das eine Chaiselongue?«

»Ich habe noch nie eine gesehen und wusste nicht, wie sie genau aussieht, aber du sagtest etwas von einer Kombination aus Bett und Sofa.«

»Du hast es genau getroffen.«

»Setz dich. Erzähl mir, wie es sich anfühlt, und dann probier den Sessel aus. Pass aber auf, dass du dir keinen Splitter holst, unter der Decke ist eine Holzkiste.«

»Und das …«, frage ich und zeige auf etwas anderes, das auf dem improvisierten Kaffeetischchen steht. Eine Flasche mit Blumen darin.

»Die sind vom Hut deiner Mutter. Behalte sie.«

»Nein, du sollst sie behalten. Damit du dich an mich erinnerst.«

Der letzte Satz sprudelt aus mir heraus, und ich merke, dass ich zu viel gesagt habe. Doch Margot ist es offenbar nicht aufgefallen. Jetzt sehe ich, dass ihre Augen gerötet sind und ihr Blick verschwimmt. »Was ist los, Margot?«

»Nichts. Wie ist der Sessel?«

»Perfekt. Setz dich doch in den Sessel und erzähl mir, was passiert ist.«

Sie schüttelt hastig den Kopf. »In San Antonio gibt es zwei Universitäten. St. Mary's und Our Lady of the Lake. Beide nehmen Mädchen auf, aber beide sind katholisch. Ich weiß nicht, ob man katholisch sein muss, wenn man dort studieren will.«

»Wie hast du das herausgefunden?«

»In der Bücherei. In einem Lexikon, das aber fünfzehn Jahre alt ist. Vielleicht sind die Informationen nicht mehr aktuell. Bei der Volkszählung von 1940 hatte die Stadt 245 000 Einwohner. Sie wächst schnell. Sie ist größer, als ich gedacht habe. Das ist doch gut, oder? Dann gibt es mehr Arbeitsmöglichkeiten.« Sie geht zwischen ihren Spielzeugmöbeln hin und her, redet immer schneller und aufgeregter.

»Margot. Das meinst du doch nicht ernst?«

»Was meinst du?«

»Also – wir haben über San Antonio gesprochen, aber …« Ich halte inne. »Keine von uns ist je dort gewesen.«

»Bis jetzt nicht. Deshalb habe ich recherchiert. Das war doch unser Plan? Wir haben einen Plan.«

Sie ist voller Hoffnung, und ich würde sie am liebsten weiterreden lassen oder sagen: *Our Lady of the Lake klingt interessant, erzähl mir mehr darüber.* Aber ich kann nicht, es wäre nicht fair.

»Wenn ich nach dem Schulabschluss gleich anfangen will, muss ich mich jetzt bewerben«, fährt sie fort. »Wenn wir davon ausgehen, dass der Krieg bis dahin vorbei ist. Aber wenn ich warten muss, kann ich mir eine Arbeit suchen und Geld sparen.«

»Margot, ich muss dir etwas sagen«, sage ich sanft. »Komm, setz dich neben mich.«

»Ich habe mir überlegt, an der Amerikanischen Schule Kurse zu belegen. Ich könnte tagsüber in die Deutsche Schule gehen und abends Kurse in der Amerikanischen besuchen.«

»Komm und – Margot.« Sie tigert immer noch hin und her, berührt hier und da die Möbel und streicht winzige Falten glatt. »*Margot.* Meine Eltern wollen mich fortschicken.«

Sie legt den Kopf schräg, genau wie ich, als ich davon erfahren habe. »Was meinst du? Fortschicken? Wohin?«

»Fort aus dem Lager. In ein paar Monaten. In Colorado ist eine Familie, bei der ich wohnen kann. Ich gehe dann auf die Krankenschwesternschule.«

»Du willst doch gar nicht Krankenschwester werden.«

Eine nette, fünfköpfige Familie, wiederhole ich die Worte meiner Eltern. Leichte Hausarbeit, samstags frei. Das Zimmer teilst du mit der kleinen Tochter, die aber einen ruhigen Schlaf hat. Ob ich Auto fahren könne? Wenn nicht, werden sie es dir beibringen.

»Die Lagerverwaltung versucht anscheinend, es – möglich zu machen«, stottere ich. »Sie wollen die amerikanischen Bürger, die als freiwillige Häftlinge gekommen sind, anderswo unterbringen, wenn sie achtzehn geworden sind. Wie …«

»Wie Betty Asamo«, sagt Margot. »Sekretärinnen-schule.«

»Wie Betty.«

»Ich werde erst in einem Jahr achtzehn«, sagt sie.

»Ich weiß.«

»Und was ist mit unserer Sodastation, die wir aufmachen wollten?«, fragt sie.

Hilflos schüttele ich den Kopf. »Ich weiß nicht.«

»Und was ist mit der Wohnung mit eigenem Badezimmer?«

»Ich *weiß* nicht.«

»Es ging doch immer darum, dass wir gemeinsam neu anfangen.«

»Ich sage auch nicht, dass ich gehen will, ich sage …«

»Aber stattdessen verlässt du mich. Du kannst mich nicht allein lassen. Du kannst mich nicht allein lassen und mich mit allem – mit allem …«

Plötzlich knicken ihre Knie ein und sie stürzt auf den Boden. Ich renne zu ihr. Ich lege meine Hand auf ihren mageren, zitternden Rücken und reibe kreisförmig darüber, spüre ihr Rückgrat und ihren bebenden Brustkorb.

»Wir müssen zusammen gehen«, schluchzt sie. »Ich will mit dir gehen. Vielleicht habe ich das nicht deutlich genug gesagt. Ich will, dass wir zusammen weggehen. Du doch auch?«

»Das will ich doch ebenso«, sage ich, aber in Wirklichkeit bitte ich sie um Verzeihung. »Ich habe meine Eltern nicht darum gebeten.«

»Aber hast du ihnen gesagt, dass du nicht gehen wirst?«, bohrt sie weiter.

»Aber das geht doch nicht«, sage ich. »Schschsch. Schsch. Alles wird gut.«

»Ich habe es meinen doch auch gesagt!«

»Was hast du gesagt, Margot? Schschsch.«

Sie blickt durch tränenverhangene Wimpern zu mir hoch. »Heute. Mein Vater hat mir gesagt, dass wir uns in zwei Tagen nach Deutschland einschiffen werden, und ich habe ihm gesagt, dass ich nicht mitgehen kann. Er sagte, ich muss, aber ich habe Nein gesagt.«

Meine Hand auf ihrem Rücken erstarrt, liegt wie betäubt auf dem verschlissenen Baumwollstoff zwischen ihren spitzen Schulterblättern. »Margot«, sage ich langsam. »Heißt das, du gehst in zwei Tagen weg?«

»Nein, ich habe doch gesagt, dass ich nicht mitgehe. Dass ich einen Weg finden muss hierzubleiben.«

»Und wie?« Mein Ton ist schärfer, als ich beabsichtige.

Ich dachte, wir hätten beide mehr Zeit. Ich dachte, ich hätte noch zwei Monate, um die Sache mit Denver zu klären, und jetzt sagt sie mir, dass wir nur noch zwei Tage haben und dass sie dann mit dem Schiff in ein Land reisen wird, in das wir nicht einmal einen Brief schicken dürfen.

»Ich weiß noch nicht«, gesteht sie.

»Aber du willst, dass ich hierbleibe«, sage ich langsam. »Obwohl du selbst weggehst.«

»Nein, eben nicht. Ich wollte meinen Vater umstimmen.«

»Wie?«

»Ich schaffe das.«

Ich möchte ihr glauben. Ich möchte, dass wir beide es glauben. Doch je häufiger sie ihren Plan wiederholt, umso törichter und unmöglicher klingt er.

»Margot, gibt es irgendwelche Anzeichen dafür, dass das klappen könnte? Aus welchem Grund sollte er seine Meinung in den nächsten zwei Tagen ändern?«

»Es könnte sich etwas ändern.«

»Hast du irgendwelche Anhaltspunkte dafür?«, frage ich sie eindringlich. »Er baut explosive Schnapsbrennereien. Er ist mit der Nazifahne herumgelaufen. Er wollte deine Mutter …«

»Halt den Mund.«

Ich weiche zurück, lasse ihre Schulter los. »Sag mir nicht, ich soll den Mund halten.«

»Dann geh nicht fort.«

Sie klingt verzweifelt, aber ich möchte mich nicht von Gefühlen übermannen lassen. Margot will, dass *ich* bleibe, obwohl sie im Begriff ist, auf ein Schiff zu gehen? Sie will mich der gleichen Einsamkeit aussetzen, die sie selbst nicht bereit ist zu ertragen?

»Aber *du* gehst doch fort, Margot. Du wirst zurück nach Deutschland gehen …«

»Nicht *zurück*. Ich bin nicht von dort.«

»Du wirst nach Deutschland gehen. Und was soll ich dann machen? Du bist wütend auf mich, weil ich plane, bald wegzugehen. Aber *du* wirst *mich* verlassen. Du wirst mich allein zurücklassen.«

»Weil meine Familie abgeschoben wird. Nicht weil ich nach Hause gehe. Und ich habe dir doch gesagt, dass ich versuchen werde …«

»Margot, es ist egal, wohin du gehst oder warum. Unsere Freundschaft wäre sowieso zu Ende gewesen, sobald eine von uns durch das Tor dieses Lagers gegangen wäre.«

Margot weicht vor mir zurück, als hätte ihr jemand einen Schlag versetzt. Auf ihrem Gesicht zeigt sich Entsetzen, dann Kränkung.

»Unsere Freundschaft wäre sowieso zu Ende gewesen?«, faucht sie. »Mir war nicht klar, dass du sie als so – vorübergehend betrachtet hast.«

»So habe ich das nicht gemeint.«

»Wie dann?« Sie erhebt sich und wischt sich die Tränen weg.

Ich habe nur gemeint, dass wir uns nicht mehr jeden Tag würden sehen können. Ich habe nicht gemeint, dass unsere Freundschaft wertlos ist, möchte ich ihr sagen. Ich habe gemeint, dass mit dir in einem Staubsturm gefangen zu sein das einzig Gute war, was mir hier passiert ist, weil ich dadurch hierhergekommen bin.

Aber ich hätte auch nicht gedacht, dass sie so wütend auf mich sein würde, weil ich auf die Fakten hinweise, die in dieser Situation offensichtlich sind. »Himmelherrgott, Margot, freust du dich denn gar nicht für mich?«

»Wieso freuen?« Sie schleicht durch das Eishaus und dreht sich dann abrupt zu mir um. »Für dich freuen? Sollte ich das? Ich sollte mir einen Wunschtraum vorgaukeln lassen, der nie wahr werden wird? Und mich dann für dich freuen, wenn du nach Hause fährst und ich in ein Land reisen muss, dass ich überhaupt nicht kenne?«

»Aber das habe ich doch nicht gesagt.«

»Mir war nicht klar, dass das für dich nur ein Zeitvertreib war, bis du wieder zurückgehst zu … zu deinen richtigen Freundinnen und deinem richtigen Leben. Ich habe das wohl gründlich missverstanden. Was wir waren.«

»Was wir waren?« Meine Hände kribbeln, das Gespräch bringt meinen ganzen Körper in Aufruhr. Ich gehe ein paar Schritte auf sie zu.

»Margot, bitte sag mir, was du denkst, was wir waren.«

Sie erstarrt wie ein verängstigtes Reh, als hätte meine Frage sie entsetzt. Sie blickt über meine Schulter, als suche sie einen Fluchtweg, und einen Augenblick lang denke ich, dass sie an mir vorbei zur Tür hinausrennen wird. Aber es gibt kein Entkommen, nicht vor dem, worüber wir reden, nicht vor dem, was in meiner Brust aufwallt. »Du weißt es«, flüstert sie.

»Nein. Sag es mir.«

»Ich kann nicht.«

»Als wir das letzte Mal hier waren, Margot«, helfe ich ihr.

Röte steigt in ihre Wangen. »Als der alte Mann hereinkam und uns unterbrach«, beginnt sie. »Bevor er hereinkam.«

»Und weiter?«

Ich weiß nicht genau, was ich von ihr erwarte. Aber der Mann kam vor fünf Tagen herein. Es ist nur fünf Tage her, aber es kommt mir wie eine Ewigkeit vor. Und was in dem Augenblick, als er hereinkam, passierte, fühlte sich so bedeutend an. Und doch war es nur ein *Augenblick*. Kann man von mir verlangen, dass ich von einem Augenblick meinen ganzen Lebensweg bestimmen lasse? Wegen eines Menschen, den ich seit kaum einem Monat kenne? Wegen eines Gefühls, das so schnell und stark war und das ich kaum beschreiben kann?

Dies alles müsste ich ihr jetzt sagen, aber ich bringe kein Wort heraus. Ich ärgere mich plötzlich über sie, weil sie es uns so schwer macht. Weil sie überhaupt existiert. Würde sie nicht existieren, wäre die Entscheidung für mich leicht. Ich würde gerne weggehen. Ich würde gerne gehen, wenn sie nicht wäre.

»Sag es«, sage ich und gehe noch einen Schritt auf sie zu. Denn wenn ich hierbleiben und Margot helfen soll, auch hierzubleiben, und meine Chance, nach Hause zu gehen, ausschlage, dann nur, wenn sie sagt, warum ich das alles tue.

»Du weißt es«, sagt sie wieder.

»Du musst es sagen.«

»Ich *kann* nicht.«

Sie wird es nicht aussprechen. Mein Herz setzt aus, vielleicht zerbricht es auch, weil sie es nicht in Worte fassen kann.

Sie geht, ich gehe. Wir gehen. Eine hoffnungslose Situation. Was würde es an diesem Punkt überhaupt nützen, irgendetwas laut zuzugeben?

»Bist du sicher?«, frage ich, aber sie blinzelt nur ihre Tränen weg.

Ich schlucke die Tränen hinunter, die in meiner Kehle aufsteigen. Ich bemühe mich um einen harten Tonfall. »Dann habe ich keine Ahnung, wovon du überhaupt redest. Wahrscheinlich hast du etwas missverstanden.«

»Haruko ...«

»Wahrscheinlich ist vor fünf Tagen das passiert: Du hast mich komisch angesehen, und dann ist der alte Mann hereingekommen, und ich dachte, ich würde vor Peinlichkeit im Boden versinken. War es das?«

»Das meinst du nicht wirklich«, sagt sie.

»Doch«, beharre ich und übertöne das Kreischen in meinem Kopf. »Es war so peinlich. Du bist gegangen, und ich musste ihm erklären, dass wir uns kaum kennen.«

Ich sehe, wie sehr meine Worte ihr wehtun und sie demütigen. Aber ich sage es, weil ich wütend bin, weil sie ihre Chance verpasst hat und weil es keine weitere Chance für uns gibt. Weil man sich für Wut irgendwann entschuldigen kann, wogegen Verletzung etwas ist, das man ein Leben lang in sich trägt.

»Wahrscheinlich hast du etwas missverstanden«, wiederhole ich. »Wahrscheinlich verzweifelt man leichter, wenn man nicht gewohnt ist, Freundinnen zu haben. Es bedeutet der einen dann mehr als der anderen.«

Ihre Schultern fallen herab. Ihr ganzer Körper sieht aus wie zusammengefallen.

»Das meinst du nicht wirklich«, wiederholt sie. Sie sagt es leise, auf eine so aufrichtige Art, auf eine so hoffnungsvolle, offene Art, auf eine Art, die es mir ermöglichen würde, es zurückzunehmen. *Du hast recht, das habe ich nicht so gemeint. Ich habe diese schrecklichen Dinge gesagt, weil ich wütend bin und Angst habe.*

»Du bist Monate vor mir hier gewesen und wie viele Freundinnen hast du gehabt? Du hast keine Freundinnen gehabt. Du hast mir leidgetan.«

Jetzt müsste Margot mich eigentlich anschreien. Mir sagen, ich soll zur Hölle fahren. Mir sagen, dass ich diejenige war, die zuerst heulend zu ihr kam, die jemanden brauchte, mit der sie reden konnte und die mit ihr ihre Briefe las. Es muss ihr doch klar sein, dass ich immer die Bedürftigere war. Und jetzt sollte sie mich schrecklich beschimpfen, damit wir alles aus uns herausschreien und wir uns endlich umarmen und weinen können.

Aber sie verhält sich nicht so, wie sie müsste. Sie überreagiert nicht. Sie starrt mich nur an, und ich sehe, dass ich sie bis ins Innerste getroffen habe.

»Ich nehme an, dass es für uns beide keine Bedeutung hat«, sagt sie. »Nicht mehr.«

»Ich hätte dich nie in dem Glauben lassen sollen, dass wir Freundinnen sind«, sage ich, schleudere diese letzten furchtbaren Worte aus mir heraus. »Ich wünschte, ich wäre morgen schon fort, dann müsste ich deine Nazi-Familie nicht mehr sehen.«

Margot rennt im Häuschen umher und sammelt die Decken auf, möchte gehen, bevor sie wieder zu weinen beginnt.

Warte, müsste ich jetzt sagen. *Ich habe es nicht so gemeint. Lass es mich dir erklären.* Aber ich schweige. Weil es besser ist, meine Wut möglichst lang am Kochen zu halten, bevor sie sich in Trauer verwandelt.

Es ist besser, bis morgen zu warten, wenn ich ruhiger

sein werde. Es ist besser, hier auf dieser vorgetäuschten Chaiselongue in dem vorgetäuschten Wohnzimmer zu sitzen, was dem Leben, von dem wir geträumt haben, am nächsten kommt,

Meine Kehle ist voller Staub, ich habe alles gesagt.

HARUKO

∞

Wir haben natürlich nicht bis morgen gewartet. Wir haben auch nicht bis zu irgendeinem anderen Zeitpunkt gewartet, denn an diesem Abend haben wir zum letzten Mal miteinander gesprochen.

MARGOT

∞

Haruko hat gemeint, dass wir seit diesem Abend nicht mehr laut miteinander gesprochen haben. Ich habe seitdem jede Nacht mit Haruko gesprochen und mir gewünscht, irgendeine Antwort zu bekommen.

VIERUNDZWANZIG

∞

MARGOT

Frederick Kruse ist bei uns zu Hause. Frederick Kruse, der Mann, über den ich auf die eine oder andere Weise nachgedacht habe, seit ich vor fast einem Jahr in den Briefen meines Vaters zum ersten Mal von ihm gehört habe. Nur sieht er jetzt kleiner aus, als ich es mir je bei einem Menschen vorstellen konnte. Verschrumpelt, als wäre sein Leben durch seine Augenhöhlen aus ihm herausgesaugt worden.

Und so war es auch. In der Sekunde, als er Heidi am Rand des Schwimmbeckens sah. Das einzige bisschen Menschlichkeit, von dem ich mir bei Herrn Kruse immer sicher war, dass er es besaß, war die Liebe zu seiner Tochter.

Er sitzt zwischen meinem Vater und Mr Müller, so zusammengesackt, dass ich denke, nur die Stuhllehne hilft ihm, aufrecht zu bleiben. Wäre das nicht der Fall, läge er auf dem Boden.

»Herr Kruse«, sage ich automatisch, während mein Herz bei dem Gedanken an Heidi eine noch tiefere Stufe des Schmerzes erreicht. »Es tut mir so leid wegen Ihres Verlustes.«

Mein Vater sieht mich an, seine Augen zeigen zur Tür. Er will, dass ich gehe. »Ich wollte nicht stören«, murmele ich und gehe zur Tür.

Crystal City kommt mir nicht mehr vor, als könnte man es unter dem Deckel halten. Es hat uns alle gedeckelt. Ich empfinde nur noch Schmerz, meinen eigenen und den der anderen. Er ist so vehement, dass er sich wie ein Objekt anfühlt, etwas, das Gewicht und Dimensionen hat.

Wahrscheinlich hast du etwas missverstanden, hat sie gesagt.

Ich möchte glauben, dass es nur ein Streit war. Menschen streiten sich. Menschen kommen darüber hinweg. Habe ich jedenfalls gehört. Bevor ich hierhergekommen bin, habe ich nie mit jemandem gestritten. Und jetzt gibt es hier nichts als Streit, der immer schlimmer und niemals besser wird.

Und sie hat bei dem Streit meine wundeste Stelle getroffen. Das, was ich an mir selbst am meisten hasse. *Deine Nazi-Familie.*

Mein Nazi-Vater, meine größte Scham. Und das weiß Haruko. Und trotzdem hat sie es gesagt.

»Geh, aber bleib nicht zu lang«, sagt mein Vater, als ich zur Tür gehe. »Wir brauchen deine Hilfe beim Packen.«

»Packen?«

»Du selbst hast doch nicht allzu viel zu packen?«

Bei allem, was geschehen ist, habe ich tatsächlich vergessen, dass dies der eigentliche Anlass für den Streit war. Es ging nicht darum, dass wir hier in Crystal City gefangen sind, sondern dass wir beide das Lager verlassen. Wir haben uns darüber gestritten, wer zuerst geht.

So war es nicht. Wir haben uns darüber gestritten, dass ich etwas für echt gehalten habe, das für sie nie echt gewesen ist.

Und jetzt ist sie diejenige, die nach Hause darf, und ich bin diejenige, die das einzige Land, das ich je gekannt habe, verlassen muss.

Übermorgen fährt ein Zug. Pack deine Sachen. Verlasse Crystal City. Nicht nach Iowa. Nicht in eine Wohnung in San Antonio. Weder dahin noch dorthin.

In nicht einmal zwei Monaten werde ich auf dem Bauernhof meines Großvaters arbeiten. Ich werde nicht aufs College gehen.

Sie geht aufs College, dabei macht sie sich gar nichts daraus. In ihrer Familie lieben sich alle. Sie lieben sich und werden fast an jedem Ort der Welt irgendwie glücklich sein. Meine Familie wird in Deutschland nicht glücklich sein. Ich nicht und meine Mutter auch nicht. Mein Vater denkt, er wird glücklich sein, aber er irrt sich. Er wird im ersten Augenblick erleichtert sein, dann wird er sich fragen, was er dort überhaupt will, und dann wird es zu spät sein.

Ich versuche, rational zu sein. Ich versuche, die Situation unter Kontrolle zu halten. Ich versuche, alles in Ordnung zu bringen.

Ich hätte dich nie in dem Glauben lassen sollen, dass wir Freundinnen sind.

Hätte sie mich das nur nicht glauben lassen. Das wünsche ich mir mit jeder Faser meines Körpers. Meine Augen fangen schon wieder an zu brennen, und mein Kopf kann nicht aufhören, jeden Satz, den wir gesprochen haben, zu wiederholen.

Wahrscheinlich hast du etwas missverstanden.

»Hast du viel zu packen?«, fragt mich mein Vater zum zweiten Mal.

»Nur den Schrankkoffer, Vati.«

»Ich habe eine Überraschung für dich. Bücher, die die Bücherei ausrangiert hat, sie haben nur keinen Einband mehr. Vergiss nicht, sie einzupacken, dann können wir sie im Zug zusammen durchgehen.«

»Wozu?« *Lass mich einfach gehen. Ich will einfach hier raus.*

»Wir sprechen später darüber«, sagt mein Vater. »Wir haben Glück, dass wir so bald fortkommen.«

Ich verlasse das Haus, wie mein Vater es von mir verlangt. Es wird das Tiefgreifendste sein, was ich in meinem ganzen Leben mache.

FÜNFUNDZWANZIG

∾

HARUKO

Eine Haushaltshilfe. Ich könnte also eine Haushaltshilfe in Colorado werden, sage ich zu mir. Ich könnte in
einen Zug steigen, der in die entgegengesetzte Richtung
fährt als der, der mich hergebracht hat. Ein Zug, dessen
Sonnenblenden die ganze Zeit offen bleiben dürfen. Ich
kann wieder nach Hause.

Ich sage mir das, weil ich seit über einer Stunde in
unserer Unterkunft bin und Ablenkung die einzige
Möglichkeit ist, nicht das zu tun, was ich tun will, nämlich zu Margot zu gehen. Ihr zu sagen – *Komm, wir reißen aus, jetzt sofort* –, alle Lebensmittel einzupacken,
die wir bei ihr finden können. Mit unserem restlichen
Lagergeld zu kaufen, was noch fehlt. Mit den Wertmarken können wir in der Welt da draußen nichts anfangen. Einen Tunnel graben oder über den Zaun klettern
oder eine Petition beim Staat einreichen, damit Margot
als volljährig anerkannt wird, sodass sie ihre eigenen

Entscheidungen treffen darf und nicht in ihren Zug steigen muss.

»Wirst du mir Briefe schreiben?«, fragt Toshiko. Anscheinend haben meine Eltern ihr von dem Plan erzählt, als ich im Eishaus war.

»Noch bin ich hier.«

»Mindestens zwei Briefe pro Woche. Und schick mir Fotos, und sag meinen Freundinnen, dass sie mir schreiben sollen. Ich wünschte, ich könnte mit dir mitfahren.« Meine Schwester schlingt ihre Arme um mich, und ich weiß, dass sie das tut, weil ich gehe, aber auch, weil sie merkt, dass ich traurig bin.

»Ach, Toshi. Ich weiß. Mir geht es genauso.«

Es klopft an der Tür. Mein Herz macht Luftsprünge, weil ich weiß, es ist sie. Sie hat begriffen, dass meine schrecklichen Worte nur meine Angst überdecken sollten.

Aber als ich die Tür öffne, ist es nicht Margot.

Es ist Mr Mercer. Er hat seinen Hut in der Hand und füllt fast den ganzen Türrahmen aus.

»Miss, äh, Tanaka? Sind Ihre Eltern zu Hause?«

Wahrscheinlich will er mit meiner Mutter über die Ertrunkenen sprechen. Das ist seine Aufgabe. Mit allen zu sprechen, die vor Ort waren. Meine Mutter kann ihm etwas dazu sagen, zum Beispiel, wie lange es braucht, bis ein Mensch ertrinkt, und ob sie alles getan haben, was sie konnten.

Als meine Mutter sieht, wer da ist, lächelt sie. »Wir haben Haruko die gute Nachricht schon mitgeteilt«, sagt sie zu ihm und nickt mir zu, damit ich übersetze. »Sie ist sehr dankbar, dass Sie sich für sie einsetzen und alles so rasch gegangen ist. Nicht wahr, Haruko?«

»Ich bin sehr dankbar, dass Sie sich für mich eingesetzt haben«, wiederhole ich.

Aber Mr Mercer lächelt nicht und gratuliert mir auch nicht. Er sieht gequält aus. »Holen Sie bitte Ihren Vater«, sagt er zu mir. »Es ist vielleicht leichter, wenn er übersetzt.«

»Ich kann übersetzen. Toshiko und ich können beide übersetzen.«

»Trotzdem. Manchmal ist es einfacher, wenn Eltern etwas übersetzen.«

Meine Mutter stupst mich von hinten an, weil sie nicht verstanden hat, was Mr Mercer gesagt hat. Sie will, dass ich mich gastfreundlich zeige. »Kann ich Ihnen etwas zu trinken anbieten? Wir haben Coca-Cola im Eisschrank.«

»Ich möchte, dass Sie Ihren Vater holen. Jetzt sofort.« Er sieht ernst aus, das Blut gefriert in meinen Adern. Jetzt begreift auch Mama, dass etwas nicht stimmt – zu viele Worte sind zwischen Mr Mercer und mir gefallen, ohne dass ich übersetzt habe.

»Was ist los?«, fragt Toshiko und kommt aus dem Schafzimmer.

»Papa ist hinten. Hol ihn sofort.«

Mama, getrieben von Höflichkeit, die durch die Angst noch verschärft wird, besteht darauf, dass ich Mr Mercer eine Coca-Cola hole, obwohl er keine will und obwohl nur noch eine Flasche im Eisschrank ist. Ich reiche ihm die Glasflasche, die er unbeholfen in seinen großen Händen hält, während wir uns auf der anderen Seite des Tisches in einer Reihe aufstellen.

»Ja, das ist eine etwas unangenehme Situation«, sagt er. Sein Hals läuft rot an, Schweiß tränkt seinen Kragen. »Und ich will ehrlich sein, das ist kein Vergnügen für mich, das habe ich nicht gewollt.«

»Worum geht es?«, will mein Vater wissen. »Geht es um Kenichi? Sagen Sie es uns.«

»Was? Nein. Ihrem Jungen geht es gut, soviel ich weiß. Es ist nur, dass …« Er sieht auf die Colaflasche in seiner verschwitzten Hand und entschließt sich endlich, einen Schluck zu trinken. »Es ist, äh, Sie haben eine Genehmigung für eine Rückführung erhalten, in wenigen Tagen. Ich habe es selbst genehmigt. Heute.«

Zurück nach Japan, wo ich noch nie gewesen bin.

Meine Familie steht fassungslos und stumm da. Dann bricht mein Vater das Schweigen, in seiner Stimme schwingt Erleichterung mit. »Es muss sich um einen Irrtum handeln«, sagt er. »Wir haben keine Rückführung beantragt. Wenn der Krieg vorbei ist, wollen wir wieder nach Hause. Nach Colorado.«

Mr Mercer sieht ihn unglücklich an. »Ich weiß, dass Sie keinen Antrag gestellt haben. Es ist ein Verwaltungsbeschluss. Aufgrund der Informationen, die ich heute erhalten habe, haben wir entschieden, dass es für die Sicherheit des Lagers besser ist, wenn Sie gehen.«

Verwaltungsbeschluss. Der Begriff wabert durch meinen Kopf. Als das FBI damals in unsere Wohnung kam, waren es solche Sätze, die ich übersetzen sollte. *Sagen Sie Ihrer Mutter, dass es ein Verwaltungsbeschluss ist. Versteht sie das?*

»Ich weiß, es ist eine unangenehme Situation«, wiederholt Mr Mercer.

»Eine *unangenehme* Situa…«, setze ich an, doch bevor ich fortfahren kann, legt mein Vater seine Hand fest auf meine Schulter.

»Können Sie uns mehr Informationen geben?«, fragt er. »Können Sie uns mehr darüber sagen, wie es dazu gekommen ist?«

»Wie ich sagte«, wiederholt Mr Mercer. »Ich weiß, es ist eine unangenehme Situation.«

Die Hand meines Vaters drückt meine Schulter noch fester. »Es ist keine *unangenehme Situation*«, sagt er. »Es geht nicht darum, dass Sie unser Gepäck versehentlich ins falsche Haus haben bringen lassen. Sie wollen uns aus unserer Heimat vertreiben.«

Mein Magen krampft sich zusammen. Da ist es wieder, fast genau wie beim letzten Mal: ein offizieller

Mann, der zufällig die Macht hat und uns sagt, dass wir gehen müssen, und ich, die wissen will, warum, welche Beweise es gibt, welche Behauptungen zugrunde liegen.

Mein Vater hat *Heimat* gesagt, und ich weiß nicht einmal mehr, was damit gemeint ist. Wo ist unsere Heimat? Denver, wo wir keine Wohnung mehr haben? Crystal City, ein Ort, von dem ich mir noch vor ein paar Monaten geschworen habe, dass ich ihn immer hassen werde?

»Ich denke, es wäre nicht angebracht, Ihnen zu verraten, woher die Informationen stammen«, sagt Mr Mercer. »Nur dass es eine zuverlässige Quelle gewesen ist und dass es – mit einer Verschwörung gegen das Lager zu tun hat.«

»Das ist lächerlich«, sagt mein Vater. »Eine Verschwörung? Es gibt keine Verschwörung. Fragen Sie meine Frau und meine Töchter. Wir sind alle unschuldig.«

»Wir sollten das nicht lieber nicht in Anwesenheit der Mädchen besprechen«, sagt Mr Mercer.

»Warum? Ich habe nichts zu verbergen. Wann sollte ich überhaupt Zeit für eine Verschwörung haben? Sie kennen jeden meiner Schritte. Ich bin entweder hier. Oder ich bin beim Zählappell. Oder ich arbeite auf Ihren Spinatfeldern unter der Aufsicht von bewaffneten Wächtern.«

Seine Stimme ist eisig, und er sagt all das, was ich schon vor Monaten von ihm hören wollte. Er ist wieder mein Vater, beherrscht und furchtlos. Mr Mercer dreht die Colaflasche in seiner Hand. »Die Verschwörung hat mit explosivem Material zu tun, das wir an einem Ort gefunden haben, zu dem Sie Zugang haben, Mr Tanaka.«

»Explosives Material?«, fragt mein Vater verwirrt. »Ich habe keine Ahnung, wovon Sie reden. Durchsuchen Sie das Haus. Es gibt hier kein *explosives Material.*«

»Für eine Bombe?«, unterbreche ich. »Wollen Sie das sagen? Material, um eine Bombe zu bauen?«

Man sieht Mr Mercer sein Unbehagen an. »Ja.«

Oh Gott. Oh Gott. Oh Gott. Ich weiß, um welche Explosionsstoffe es sich handelt. Ich weiß, dass es keine Explosionsstoffe sind. *Ich weiß, dass es keine Explosionsstoffe sind.* Ich weiß, dass es Material für eine Schnapsbrennerei ist, eine blöde Schnapsbrennerei, die vielleicht in die Luft fliegt, aber nicht absichtlich und bestimmt nicht, weil mein Vater das Material dort gelagert hat.

Ich weiß, wer Mr Mercer so etwas gesagt hat. Ich kenne die einzige Person, die ihm so etwas gesagt haben kann.

Wie konntest du nur.

Wie konntest du nur.

Weil sie wütend war, weil ich das Lager verlassen durfte? Würde sie meine Familie vernichten, nur weil sie nicht allein zurückbleiben wollte? Margot ist in Mr Mercers Büro gegangen und hat ihm erzählt, nicht ihr Vater, sondern mein Vater müsste eingesperrt werden.

Weil ich ihr das Herz gebrochen habe.

»Das ist eine Lüge«, stoße ich hervor und unterbreche die Erwachsenen, die, wie ich jetzt merke, immer noch reden. »Die Person, die Ihnen das erzählt hat, hat gelogen.«

Mein Vater unterbricht sich mitten im Satz und sieht mich an. »Woher weißt du das?«, fragt er.

»Es ist eine Lüge, nicht wahr?«, sage ich. »Du hast das nicht getan, was er behauptet.«

»Aber kannst du das belegen?«, fragt er.

»Belegen? Also beweisen? Wie kann ich etwas beweisen, das nicht wahr ist?«

»Vielleicht eine Erklärung?«, fragt Mr Mercer nach. »Können Sie es erklären?«

Wie kann ich es so erklären, dass es logisch klingt? Bilder und Gedankensplitter verschwimmen vor meinem inneren Auge. *Ein Staubsturm. Ein Eishaus. Kalte Lippen, ein furchtbarer Streit, mein wehes Herz.* »Jemand – wenn jemand wütend auf uns wäre. Oder auf mich«, fange ich an. »Wenn jemand wütend auf mich wäre und sich an unserer Familie rächen wollte, dann würde er so etwas tun. Er würde eine Geschichte erfinden, um mir wehzutun. Er würde …«

Ich weiß, dass es wirr klingt, was ich sage, und alles wird noch schlimmer, weil mein Vater es meiner Mutter übersetzt und Mr Mercer mich mit Fragen unterbricht.

»Haru-chan, ich weiß es zu schätzen, dass du der Familie helfen willst«, sagt mein Vater. »Aber diese fantasievollen Geschichten tragen nur zur Verwirrung bei.« Er wendet sich wieder an Mr Mercer. »Sie müssen jeden Einzelnen befragen, mit dem ich zusammenarbeite. Fragen Sie sie, ob ich so etwas getan haben kann. Fragen Sie sie, ob sie je gesehen haben, dass ich etwas mit diesen – Explosivstoffen zu tun habe.«

»Das haben wir«, sagt Mr Mercer und dreht die Colaflasche hin und her. »Ein gewisser Wilhelm Böhner sagt, er habe Sie mit dem Material gesehen.«

Wilhelm Böhner. Diesen Namen habe ich noch nie gehört, aber es muss ein Deutscher sein, der einen anderen deutschen Häftling deckt.

»Das sind keine Geschichten!«, platze ich dazwischen. »Ich spreche nicht von einer hypothetischen Situation. Ich spreche davon, dass jemand unserer Familie schaden will.«

»Die Person, die uns informiert hat …« Mr Mercer räuspert sich. Ich glaube, er sieht mich vielsagend an, aber meine Eltern scheinen es nicht zu bemerken. »Die Person, die uns informiert hat, steht in keiner Verbindung zu jemandem, der das explosive Material dort deponiert haben kann, wo wir es schließlich gefunden haben.«

»Woher wissen Sie, dass es keine Verbindung gibt? Vielleicht haben Sie nicht gründlich genug ermittelt!« Hinter mir schluchzt meine Schwester, und ich bin nicht mehr in der Lage, mich gelassen oder höflich zu verhalten. »Was haben Sie nur? Warum hören Sie mir nicht zu?«

Das war es, wovon mein Vater sprach, als ich ihn zur Rede stellte, warum er nicht härter dafür gekämpft hat, dass wir in Denver bleiben können. Was hätte er tun sollen? Wieder werden Anschuldigungen gegen ihn erhoben, von denen ich weiß, dass sie gelogen sind.

Während ich weiterspreche, wird meine Stimme schwächer, und ich weiß nicht mehr, was ich sagen soll, weil ich nicht weiß, wie ich das Geschehene in Worte fassen kann. Warum Margot so etwas tun sollte. Wie es möglich war, dass unsere Gefühle sich in eine solche Wut verwandeln konnten.

»Das ist unerhört«, sagt mein Vater. »Wir haben uns immer nach Ihren Wünschen gerichtet. Das ist ganz und gar unerhört. Wir werden nicht fortgehen. Mein Sohn kämpft für Amerika. Er wird in dieses Land zurückkehren. Wir werden nicht fortgehen.«

»Muss es denn so bald sein?«, fragt meine Mutter. »Dies sind schwerwiegende Anschuldigungen. Können Sie sich nicht ein paar Wochen für die Ermittlungen Zeit nehmen?«

Mr Mercer schaut sie gequält an. »Die Züge und Schiffe fahren nicht nach einem festen Fahrplan. Es erfordert monatelange Koordination, um ein passendes Zeitfenster zu finden. Es muss jetzt sein.«

»Monatelange Koordination von Ihrer Seite aus«, sagt mein Vater. »Aber nur eine Minute Zeit für uns. So funktioniert das also?«

»Erheben Sie nicht Ihre Stimme gegen mich, Mr Tanaka.«

Sag etwas, schreie ich mich innerlich an, aber ich bin wie gelähmt. Es fühlt sich an, als würde alles außerhalb meines Körpers passieren, außerhalb meiner Kontrolle.

Sag etwas, schreie ich wieder, doch ehe ich mich's versehe, öffnet Mr Mercer die Tür, sein Rücken verdunkelt die Türöffnung, dann geht er hinaus.

»Warten Sie«, rufe ich und finde endlich meine Stimme wieder, doch meine Mutter zieht mich zurück ins Haus.

»Es wird alles gut werden«, sagt sie. »Alles wird gut.«

Aber darum geht es nicht, darum ist es noch nie gegangen. An einem neuen und anderen Ort, in einer neuen und anderen Zeit wird vielleicht alles gut werden. Aber die gegenwärtige Welt ist vollständig eingestürzt. Meine Welt ist verschwunden.

»Wir müssen die Koffer holen«, sagt meine Mutter leise. »Wascht euch das Gesicht, reißt euch zusammen und fangt an zu packen.«

MARGOT

So war es wirklich. Das muss ich zugeben. Diesmal hat sich Haruko nicht falsch erinnert. Diesmal kann ich nicht sagen, dass es ein Missverständnis war oder dass Mr Mercer etwas falsch interpretiert hat. Oder dass mir etwas herausgerutscht ist, bevor ich es korrigieren konnte. Es ist ja nicht so, dass jemand die Informationen aus mir herausgefoltert hätte.

Mr Mercer hatte seinen Kopf auf der Schreibtischplatte, als ich in sein Büro kam. Trotzdem sagte er mir, ich solle Platz nehmen, weil ich ihm sagte, ich müsse mit ihm über etwas reden, das nicht warten könne.

Es geht um die Sicherheit des Lagers, sagte ich ihm. Ich habe Informationen, die die Sicherheit des ganzen Lagers betreffen, doch bevor ich es Ihnen sage, müssen Sie mir versprechen, dass Sie mir helfen werden.

Das klingt ernst, sagte er.

Einige Leute wollen fliehen, sagte ich zu ihm. Sie wollen in der Nähe eines Wachturms eine Bombe zünden. Sie lagern die Bestandteile der Bombe in einem Vorratsschuppen in der Nähe des Spinatfeldes. Der Organisator ist Ichiro Tanaka. Er ist der Vorarbeiter des Trupps, der für die Arbeit außerhalb des Zauns eingeteilt ist. Er hat einen Schlüssel für den Schuppen. Sie können das überprüfen. Ich kann hier warten, und Sie können überprüfen, ob die Sachen wirklich dort sind.

Woher wissen Sie das?, fragte er mich.

Ich weiß es, weil Haruko Tanaka es mir erzählt hat.

Wieso sollte ich Ihnen vertrauen?

Weil Haruko Tanaka meine beste Freundin ist und weil es mich umbringt, Ihnen das zu sagen.

Am besten, ich sage, was passiert ist, so genau wie ich mich erinnern kann. Ohne Emotionen, ohne Schnörkel. Sonst könnte es aussehen, als wollte ich mich entschuldigen. Ich allein weiß, was passiert ist, und ich muss es wahrheitsgemäß berichten.

Warum erzählen Sie mir das?, fragte er.

Ich bin Amerikanerin, und ich glaube an Amerika, sagte ich zu ihm. Leute, die so etwas planen, sind für uns andere eine Gefahr. Ich weiß, dass Sie Menschen für solche Taten haben rückführen lassen, und denke, das ist nur gerecht.

Hier machte ich eine Pause. Es war besser, ihn nicht zu sehr zu drängen. Aber die Antwort gefiel ihm. Er nickte beifällig.

Sollte das stimmen, ist es das schwerste Vergehen, das jemals in diesem Lager begangen wurde, sagte er. Wir versuchen unser Bestes. Es ist nicht einfach. Ich weiß nicht einmal, ob es überhaupt richtig ist, was wir hier machen. Er vergrub seinen Kopf in seinen Händen.

345

Er sah ungehalten aus. Er sah müde aus. Er sah aus, als wäre ihm lieber gewesen, ich wäre nicht gekommen. Ich hatte nicht erwartet, dass er so viel redet. Ich hatte ihn wohl am Ende eines langen Tages erwischt. Die Beerdigungen hatten erst am Vormittag stattgefunden. Alle waren aufgewühlt. Er muss sich gefühlt haben, als hätte er sonst niemanden, mit dem er reden kann.

Ich kann die Tanakas nicht rückführen, zumindest jetzt noch nicht. Ich weiß nicht, ob Ihnen klar ist, dass der nächste Zug bereits in zwei Tagen geht. Mit deutschen und japanischen Familien. Er geht nach New York. Dort werden sie eingeschifft.

Ich weiß, sagte ich. Meine Familie soll eigentlich auch mit diesem Zug fahren.

Der Zug ist voll. Auch freiwillige Rückkehrer aus anderen Lagern fahren mit. Für eine weitere Familie ist kein Platz mehr.

Würde es helfen, wenn er weniger voll wäre?, fragte ich. Würde es helfen, wenn eine deutsche Familie doch nicht zurückkehren würde?

Ist das der Grund, warum Sie zu mir gekommen sind?, fragte er. In seinem Kopf schien ein Licht aufzugehen. Weil Sie und Ihre Eltern doch hierbleiben wollen?

Ich habe nichts gesagt. Ich habe nichts dergleichen gesagt.

Ist das der Grund?, fragte er wieder. Hat Ihr Vater Sie geschickt, weil er seine Meinung geändert hat?

Ich sagte, dass ich wichtige Informationen für Sie habe, und ich sagte, dass ich Ihre Hilfe brauche. Überprüfen Sie, ob ich recht habe, sagte ich. Wenn die Bauteile nicht da sind, spielt es sowieso keine Rolle.

Meine Sekretärin wird Sie hinausbegleiten, sagte er. Bitte schließen Sie die Tür hinter sich.

Das war's. Das war jedes einzelne Wort, das in diesem Büro gesprochen wurde. Ich habe versucht, mich zu erinnern, so gut ich kann. Ich glaube nicht, dass ich viel ausgelassen habe.

Wenn Sie der Meinung sind, dass Gründe eine Rolle spielen und dass es normalerweise mildernde Umstände gibt, könnte ich von anderen Dingen sprechen. Aber wenn Sie wissen wollen, ob Haruko recht hatte, als sie annahm, dass ich sie verraten habe, dann ist die Antwort Ja. Ich habe es getan. Alles, was sie für die Wahrheit hielt, war wahr.

SECHSUNDZWANZIG

∽

HARUKO

Diesmal fahren die Busse. Plural. Zwei Busse hintereinander, die uns am Lagertor abholen und zum Bahnhof fahren. Dort wird dann der Zug einlaufen, in dem
schon Häftlinge aus Seagoville und Kenedy sitzen werden, den beiden anderen Lagern in Texas. Dann werden wir nach New York fahren, und dort werden wir
ein schwedisches Schiff besteigen, das uns um die halbe
Welt schippern und mit Amerikanern an Bord zurückkehren wird. Beziehungsweise mit Menschen, die als
amerikanischer gelten als ich.

Die anderen Menschen, die in die Busse einsteigen
wollen, sind in Hochstimmung. Sie haben auf diesen
Tag gewartet, haben ihn vorbereitet, haben sich dafür
gemeldet. Leute aus der Schule, die, vor denen Chieko
mich gewarnt hat, weil sie sowieso bald wieder gehen
würden, kommen auf mich zu und sagen, sie hätten
nicht gewusst, dass ich auch auf diesem Schiff sein

würde, warum ich es ihnen nicht früher gesagt hätte? Ich weiß nicht, was ich ihnen antworten soll. Ich komme mir schon den ganzen Tag wie eine Schlafwandlerin vor.

Auch die Kapelle ist da. Dieselbe, die uns empfangen hat. Nur der Trompeter fehlt. Der Trompeter wird mit uns im Bus mitfahren, er und seine Frau und sein Sohn. Viele aus dem Lager sind da. Sie sind gekommen, um uns abreisen zu sehen, so wie sie gekommen sind, unsere Ankunft zu sehen. Chieko ist auch da, sie steht auf der anderen Seite der Absperrung und spricht mit ein paar Schulkameraden, die nicht mitfahren werden. Sie hat jeden Blickkontakt mit mir vermieden.

Ein Wächter aus dem Lager, den ich noch nicht kenne, möchte, dass wir uns in geraden Reihen aufstellen. So kann man uns leichter zählen und sicherstellen, dass alle, die mitsollen, auch einsteigen. Toshiko fasst nach meiner Hand. Es ist wie beim letzten Mal, nur dass ich dieses Mal ihre Hand nehme. Alles ist wie beim letzten Mal, nur umgekehrt. Und ohne Margot.

Sie sitzt nicht auf dem Zaunpfahl und schreibt in ihr kleines Heft wie bei unserer Ankunft. Ich kann es ihr nicht verübeln, dass sie sich hier nicht zeigen will.

Aber alles andere verübele ich ihr.

»Und ich werde dir meine alte Schule zeigen«, sagt meine Mutter zu Toshiko. »Wir können dich dort anmelden. Es ist die beste Mädchenschule im ganzen

Land. Das Gebäude wird dir gefallen. Es ist alt und sehr hübsch.«

»Auch ich werde es zum ersten Mal sehen«, fügt mein Vater hinzu. »Vergiss nicht: Deine Mutter und ich kommen beide aus Japan, haben dort aber nicht zusammengelebt.«

Beide haben das mindestens schon drei Mal gesagt. Langsam denke ich, dass sie nicht viel über ihre Kindheit erzählen können, dass sie sich an das Leben in Japan kaum noch erinnern.

Formal gesehen geschieht unsere Rückführung freiwillig. Darüber wurde offenbar gestern diskutiert, als Mr Mercers Sätze über meinen Kopf hinwegschwebten. Wenn wir jetzt gehen, freiwillig, dann haben meine Schwester und ich das Recht, irgendwann in der Zukunft wieder in die USA zurückzukehren. Wenn wir darauf warten würden, dass eine Untersuchung durchgeführt wird und sie meinen Vater für schuldig erklären und uns zwingen würden zu gehen, dann hätten wir vielleicht nie diese Chance. Das war der Grund, warum meine Eltern einverstanden waren.

Meine Mutter, meine Schwester und ich werden also formal gesehen nicht deportiert, so wie wir formal gesehen auch nie verhaftet worden sind.

»Seid ihr bereit?«, fragt mein Vater. Das Tor ist aufgegangen und unsere Reihe geht hinaus zu den Bussen.

Bevor wir einsteigen, muss unser Gepäck im Gepäckraum verstaut werden. Ich drehe mich um und schaue ein letztes Mal zu den Wachtürmen hinüber, zum Zaun, zur Straße, die zum Schwimmbad führt.

Zu Margot. Ihre blonden Haare haben sich aus dem Zopf gelöst. Sie kämpft sich durch die Menschenmenge, die sich versammelt hat, um uns zu verabschieden. Ich sehe, wie sie sich mit rotem und verschwitztem Gesicht an einer Frau vorbeidrückt und sich unter der Achselhöhle einer anderen duckt. Ihr Blick schweift über die Menschenmenge, sie sucht nach mir.

Ich könnte es ihr leichter machen, wenn ich ihren Namen rufen oder winken würde. Aber ich kann mich nicht dazu durchringen. Alles, was ich tun kann, ist, sie zu beobachten, so wie am ersten Tag, als ich sah, wie sie sich Notizen machte, und nicht wusste, wer sie war oder was sie werden würde. Ich hasse mich dafür, dass ein Teil von mir glücklich ist, sie zu sehen, und dass mein Herz einen Luftsprung macht, bevor es zusammenfällt.

»Haruko?«, fragt Toshiko, weil wir weitergehen müssen, ich mich aber nicht von der Stelle gerührt habe. Unsere Eltern sind bereits ein Stück weiter vorne.

Margot entdeckt mich, und unsere Blicke treffen sich, sie auf der einen Seite des Zauns, ich auf der anderen.

»Ich komme gleich nach«, sage ich zu Toshiko und lasse ihre Hand los. »Besetz uns schon mal Plätze im Bus.«

Ich weiß nicht, warum ich auf Margot zugehe, aber als sie es sieht, verschwimmt ihr Blick vor Erleichterung oder vielleicht vor Reue.

Ihre Finger krümmen sich um die Maschen des Zauns. Ich bin jetzt so nah, dass ich den Schweiß sehe, der ihr den Hals herunterläuft, weil sie so schnell gerannt ist, um mich zu suchen. Ich spüre, wie ihre zitternden Finger den Zaun zum Vibrieren bringen. Sie hat etwas in der Hand, ein zusammengerolltes Papier, das sie versucht, durch den Zaun zu stecken.

Ich möchte danach greifen. Die Klänge der Abschiedskapelle dröhnen in meinen Ohren. Meine Finger streifen ihre Finger, durch den Zaun hindurch, und ihre Finger sind so klein und rau wie beim ersten Mal, als ich sie berührte.

Bei der Berührung scheinen meine Finger sich elektrisch aufzuladen, und plötzlich ist es mir unmöglich, ihren Brief zu nehmen. Was dort auch immer geschrieben sein mag, ich will es nicht wissen, wie sehr sie sich auch entschuldigen mag, es wird nicht ausreichen. Ich habe keinen Brief für sie. Es ist nicht fair, dass sie das letzte Wort zwischen uns haben soll.

Ich lasse meine Hand sinken und weiche zurück. *Nein,* bedeutet sie mir kopfschüttelnd. Ich ertrage es nicht mehr, in ihr Gesicht zu schauen. Ich drehe mich um und gehe zum Bus zurück. Ich versuche, den Klang meines Namens zu ignorieren und nicht auf die Worte zu achten, die ich sie über die Klänge der Kapelle glaube schreien zu hören.

Margot steht am Zaun, als ich einsteige. Ich weiß, dass mir ihr Blick die ganze Zeit folgt, denn als ich meinen Platz neben Toshiko einnehme und als ich meine Stirn an das Fenster lehne, um einen letzten Blick auf diesen Ort zu werfen, den ich gehasst habe – als ich all dies tue, sehe ich immer noch ihre Augen auf mich gerichtet. Ihr Blick ist mir bis zu meinem Platz gefolgt und immer noch hält sie den Brief in der Hand.

Vergib mir, sagen ihre Augen, und das Einzige, was meine Augen erwidern, ist *Niemals.*

SIEBENUNDZWANZIG

∞

MARGOT

Der Bus fährt ab. Ich kann kaum glauben, dass es so schnell und so endgültig vorbei ist. Die Musiker packen ihre Instrumente zusammen, die anderen, die zur Verabschiedung gekommen sind, eilen in ihre Wohnungen oder an ihren Arbeitsplatz zurück.

Nur ich stehe noch da, mit Kens Brief in der Hand. Ich wusste, dass sie mich nicht würde sehen oder anhören wollen. Aber den Brief von Ken war ich ihr noch schuldig, dachte ich. Es war reine Feigheit, dass ich ihr den Brief nicht gestern nach Hause gebracht habe. *Für den Fall, dass ich später keine Gelegenheit mehr dazu habe, hat er gesagt.* Ich weiß, dass er es anders gemeint hat. Aber wenn er wegen mir nun nie die Gelegenheit bekommt?

Ich fahre mit dem Finger unter die Lasche des Briefumschlags. Das gehört sich nicht. Es geht mich eigentlich nichts an. Aber was spielt das jetzt für eine Rolle?

Was spielt das alles für eine Rolle? Dieser Brief, der nicht einmal an mich adressiert ist, ist der einzige Beweis, den ich jemals haben werde, dass Haruko existiert hat.

Wie jeder von Kens Briefen, die er nach Crystal City geschickt hat, ist er kurz, nur ein paar Zeilen auf einer Seite.

Eines Feindes große Lippe
Hat euch gebracht nach Crystal City
Du hast mich wegen Papa gefragt – hör auf damit.
Versprich mir, dass du aufhörst, dir darüber
Gedanken zu machen, und dein Leben weiterlebst.
Ich habe nicht gewollt, dass alles so kommt.

Eines Feindes große Lippe. Das war wahrscheinlich ein Scherz unter Geschwistern. Er hat ihr einen Witz hinterlassen und eine Entschuldigung für alles, was ihr zugestoßen ist. Ich wünschte, ich hätte daran gedacht, so etwas zu tun.

Darüber kann ich mir jetzt keine Gedanken machen. Es ist vorbei. Ich muss nach Hause zu meiner Familie. Ich habe getan, was ich getan habe.

ACHTUNDZWANZIG

∞

HARUKO

Früher war das mal ein Kreuzfahrtschiff, auf dem die Reichen ihren Luxusurlaub verbrachten. Das sagt jemand, als wir an Bord gehen. Ein Kreuzfahrtschiff, das nach Kriegsbeginn für Kriegszwecke eingezogen wurde.

Aber meine Familie befindet sich nicht im Luxusurlaubsteil des Schiffes. Wir sind über 2000 Passagiere an Bord, fast wie in einer schwimmenden Kleinstadt. Meiner Mutter, Toshiko und mir wurde ein Platz auf einem der unteren Decks zugewiesen. Von dem Deck, von dem ich dachte, dass es das unterste sei, geht es noch eine Treppe tiefer. Die Gänge werden enger, und es riecht jetzt schon leicht nach Erbrochenem von jemandem, der die rollende Bewegung des Meeres nicht gewohnt ist.

Die Zugfahrt nach New York dauerte beinahe eine Woche. Und dann mussten wir mehrere Wochen warten, bis alle Papiere bearbeitet waren und unser Schiff einlief. Aber erst ein paar Tage danach, auf dem Schiff, fand ich heraus, dass, wenn ich nachts mein Gesicht in meinem Kissen vergrub, niemand merkte, dass ich weinte. Die Decks sind wie Schlafsäle mit Etagenbetten, deshalb lässt sich nicht genau feststellen, woher ein Geräusch kommt.

Ich verbringe viel Zeit damit, die Treppen rauf- und runterzulaufen, in endlosen Runden über das Deck zu gehen. Eines Nachts fällt Schnee vom Himmel. Ich bin schockiert, dass schon so viel Zeit vergangen ist. Es muss November sein.

Auf meinen Rundgängen höre ich Gespräche zwischen Passagieren, die aus Crystal City gekommen sind, und Passagieren, die aus Seagoville und all den anderen gottverlassenen Lagern in all den anderen gottverlassenen Orten gekommen sind.

Es stellt sich heraus, dass ich Schiffe hasse. Es stellt sich heraus, dass Seekrankheit schlimmer ist als die Übelkeit im Zug.

Es stellt sich heraus, dass ich überall hingehen, jedes Gespräch belauschen, alles tun werde, was ich tun muss, nur um nicht an Margot denken zu müssen. Nicht daran zu denken, wie wütend und schuldig und verletzt ich bin. Nicht daran zu denken, wie kalt und klein sich ihre Hand anfühlte, als wir stumm auf die Nazi-Fahne starrten. Nicht daran zu denken, was ich am Schluss zu ihr gesagt habe.

Es stellt sich heraus, dass man sich an einen Ort zurückwünschen kann, an dem man nie sein wollte.

Mein Vater steht allein am Heck des Schiffes. Seine schmale Gestalt ist über die Reling gebeugt, er hat den Kragen gegen den Wind hochgeschlagen. Es ist kurz vor der Sperrstunde und ich habe ihn seit dem Mittagessen in der Kantine am Tag zuvor nicht mehr gesehen. Jetzt ist der Himmel dunkel und mein Vater blickt zu den grauen Wolkenschlieren hoch.

»Helen.« Als er mich sieht, nimmt er seinen Schal ab und bindet ihn mir um den Hals.

»Du kannst ruhig Haruko sagen«, sage ich. Auf diesem Schiff macht es keinen Sinn, Helen zu sein, auch nicht zu irgendeinem anderen Zeitpunkt in absehbarer Zukunft.

Wir schweigen beide eine Weile.

»Ich glaube, wir sind bald da«, sagt er dann. »Jemand von der Crew hat so etwas erwähnt. Höchstens noch ein paar Tage.«

»Ich werde es Mama und Toshiko sagen.«

»Habt ihr alles, was ihr braucht auf eurem Deck?«

»Toshiko hat heute zu Abend gegessen. Ich glaube, ihre Seekrankheit wird langsam besser.«

Mein Vater nickt und sieht wieder in die Dunkelheit hinaus. Er scheint mit sich zu ringen, was er sagen soll.

»Ich hoffe, euch ist beiden klar, dass es mir sehr leidtut, dass wir nach Japan zurückmüssen«, sagt er. »Das habe ich nicht gewollt. Und es tut mir sehr leid, was ihr alles …« Er ringt um Worte, um das Ausmaß dessen zu beschreiben, was wir durchmachen, und weist schließlich mit der Hand zum Ozean. »Das alles tut mir so leid. Das wollte ich dir sagen.«

»Das musst du nicht«, sage ich.

»Doch. Ich weiß, dass du von mir enttäuscht bist.«

»Du wolltest doch keine Bombe bauen, Papa.«

»Glaubst du das wirklich?« Er beugt sich weiter zu mir. »Ich schwöre, dass ich das nicht getan habe, Haruko.«

Ein scharfer Lichtstrahl zerschneidet unsere Gesichter: Ein Wachmann mit einer Laterne macht seine Runden. »Alles in Ordnung da drüben?«, ruft er. »Miss, werden Sie von dem Mann belästigt?«

Peinlich berührt tritt Papa einen Schritt zurück. »Ich unterhalte mich nur mit meinem Vater«, rufe ich dem Matrosen zu, der mehrmals zu uns hinübersieht, als er seinen Kontrollgang fortsetzt.

Diese kleine Demütigung, dass meinem Vater schon wieder etwas vorgeworfen worden ist, für das er nichts kann, macht mich wütend. Wütend auf den Mann mit der Laterne, wütend auf Amerika und auf mich selbst.

»Du und Toshiko solltet nicht dafür bezahlen müssen«, sagt Papa. »Schon wieder hat man euch eure Freunde genommen.«

Die Wut, die sich gegen mich gerichtet hat, verwandelt sich in Scham. Meine Freundin ist mir nicht genommen worden. Meine Freundin hat mich weggeschickt. Nicht nur mich, sondern meine ganze Familie, meinetwegen.

»Papa.« Ich berühre seinen Mantelärmel. »Ich weiß, dass du keine Bombe bauen wolltest. Weil ich weiß, was passiert ist. Es ist alles meine Schuld. Es ist meine Schuld, dass wir hier sind.«

»Das ist doch Unsinn.«

»Doch, Papa. Das stimmt. Du musst mir zuhören.«

Er denkt darüber nach. »Also gut, Haruko, ich höre.«

»Meine Freundin Margot. Du hast sie einmal gesehen, als sie an unsere Haustür gekommen ist.«

»Was ist mit ihr?« Ich sehe ihm an, dass er versucht, den Namen mit einem Gesicht zusammenzubringen. Das gibt mir Zeit zu überlegen, ob ich ihm wirklich alles erzählen will. Aber ich muss. Ich kann den neuen Ort nicht so betreten, wie ich nach Crystal City gekommen bin, mit Misstrauen und Verwirrung im Gepäck.

»Es war Margot, die Mr Mercer von den angeblichen Fluchtplänen erzählt hat. Ich bin mir fast sicher. Sie war wütend auf mich, weil ich gemein zu ihr gewesen bin.« *Weil ich mehr als gemein zu ihr gewesen bin.* »Aber ich hätte nie gedacht, dass sie so etwas tun würde.« *Und ein Teil von mir kann es immer noch nicht glauben.* »Ich wünschte, ich könnte die Zeit zurückdrehen und hätte sie nie kennengelernt, Papa. Ich wünschte, ich könnte die Zeit zurückdrehen und hätte sie nie, nie auch nur angesehen. Es tut mir so leid.«

Nur weil mein Gesicht so kalt ist, merke ich, dass ich weine. Ich weine, und der Wind ist so kalt, dass die Tränen auf meinem Gesicht gefroren sind. Ich weine aus Trauer und aus Reue und auch, weil ich mich dafür hasse, dass ich immer noch an sie denke, obwohl sie etwas so Unverzeihliches getan hat.

Ich erwarte, dass er mich anschreit oder sich von mir abkehrt.

»Hast du gehört, was ich gesagt habe, Papa? Es tut mir leid.«

»Wir müssen nicht länger darüber reden. Es ist passiert«, sagt er. »Es liegt hinter uns.«

»Hast du nicht gehört, was ich gesagt habe? Meine Freundin ist zu Mr Mercer gegangen. Sie hat es getan, weil sie wütend auf mich war, und …«

»Es ist nicht deine Schuld«, unterbricht er. »Vielleicht ist es auch nicht Margots Schuld.«

»Aber es kann nur sie gewesen sein.«

»Vielleicht war es wirklich Margot, die zu Mr Mercer gegangen ist. Aber wenn das so war, dann hätte er den Anschuldigungen eines Teenagers nicht glauben dürfen, vor allem nicht ohne sorgfältige Ermittlungen. Und vielleicht hatte Margot auch ihre Gründe. Selbst wenn du sie nicht kennst. Selbst wenn es keine guten Gründe waren. Wir haben alle schon einmal Dinge getan, die schwer verständlich sind.«

Er sieht in die Ferne, sieht etwas, das ich nicht sehe. Ich weiß nicht, warum er sie in Schutz nimmt, nach allem, was sie uns angetan hat.

Als er wieder spricht, ist seine Stimme so leise, dass ich ihn kaum verstehe.

»Haruko, ich werde dir jetzt etwas sagen. Etwas, das ich dir längst hätte sagen sollen.«

»Was, Papa?«

Wieder streift uns das Licht der Laterne. Der Laternenmann ist auf seiner zweiten Runde. Als der Lichtstrahl über das Gesicht meines Vaters fällt, sehe ich, dass es ebenfalls mit glitzernden Eisтränen bedeckt ist.

Und plötzlich weiß ich es.

Ich weiß, dass er mir erzählen will, was er mir beinahe erzählt hätte, als das FBI ihn abholte.

»Was ist denn, Papa?«

Er umklammert die Reling, sieht auf das Meer hinaus, auf die riesige schwarze Wasserfläche.

»Ich habe es getan«, flüstert Papa.

»Du hast was?«

»Ich habe getan, was man mir vorgeworfen hat. Ich habe Staatsgeheimnisse weitergegeben.«

Mein Herz fühlt sich plötzlich wie ein Eisklumpen an. Ich hatte eine Antwort auf meine Frage gewollt, aber nicht diese Antwort.

»Es war nicht so, wie sie gesagt haben, Haruko. Es war keine Absicht. Aber ich habe es getan.«

Die Wellen brüllen. Unter seinem Mantelkragen sehe ich das alte Hemd, das er immer zur Arbeit getragen hat, das meine Mutter immer am Montagnachmittag gebügelt und gestärkt hat. Jetzt ist der Kragen schmuddelig, und der oberste Knopf ist halb abgebrochen, aber ich sehe ihn immer noch vor mir, wie er zur Arbeit eilt und abwesend über sein Revers streicht.

»Ein Hotelgast?«, frage ich matt. »Das haben sie doch gesagt, dass Hotelgäste dich benutzt hätten, Informationen nach Japan zu schmuggeln. Aber was meinst du damit, dass du es nicht mit Absicht getan hast?«

Vor meinem inneren Auge sehe ich, wie Nachrichten auf ein Stück Papier gekritzelt werden. Ein Geschäftsmann sagt meinem Vater, er müsse eilig fort und ob mein Vater den Brief bitte in einen Umschlag stecken und frankieren könnte. Auf diese Weise hätte er unabsichtlich Informationen weitergeben können.

Er schüttelt den Kopf. Also kein Hotelgast. Es war nicht so, wie ich es mir ausgemalt habe.

»Ein General«, sagt er. »Ich habe es einem General gesagt, der häufig zu uns ins Restaurant gekommen ist. Ein netter, freundlicher Mann, der schon die ganze Welt bereist hat. Ich habe ihm ein paar japanische Begriffe beigebracht, und er hat jedes Mal, wenn er zum Essen kam, nach mir gefragt, um ein wenig mit mir zu plaudern.«

»Du hast einem General *was* gesagt, Papa?«

»Ihn etwas gefragt, genau genommen. Ich habe ihn nach einer bestimmten Einheit gefragt, von der ich eigentlich nichts wissen durfte. Ich habe den General gefragt, ob er etwas über Camp Patrick Henry wisse und ob die Soldaten dort gut behandelt würden. Vor allem die Soldaten, die am siebenundzwanzigsten April eingeschifft werden sollten.«

»Aber woher hattest du solche Informa…«, will ich fragen. Das Licht der Laterne wärmt mein Gesicht. Die Schritte des Matrosen werden lauter, hämmern auf das Schiffsdeck. Er ist auf seiner dritten Runde. Ich senke meine Stimme. »Woher hattest du diese Information?«

»Ich hatte die Frage kaum gestellt, da wurde der General ein anderer Mensch. Er wollte wissen, warum ich das frage. Warum mich eine Militärbasis der Vereinigten Staaten interessiert. Vor allem wollte er wissen, was du gerade gefragt hast – woher ich diese Informationen hätte. Er fragte mich wieder und wieder. Aber ich sagte es ihm nicht. Weil er zu diesem Zeitpunkt bereits entschieden hatte, dass mir nicht zu trauen war. Und deshalb wusste ich, dass auch ich ihm nicht trauen konnte.«

»Papa, sag mir, was passiert ist«, flehe ich meinen Vater an. »Jetzt spielt es doch sowieso keine Rolle mehr. Ob es ein Fehler oder ein Versehen war oder sonst etwas. Erzähl mir von Anfang an, was passiert ist.«

Papa sieht sich um, ob jemand an Deck ist, geht halb in die Hocke und bindet seinen Schuh auf. Er arbeitet sich mit der Ferse aus dem braunen Leder und sucht nach etwas, das sich zwischen seinem Fuß und der Sohle befindet. Dann zieht er ein zusammengefaltetes Papier hervor, es ist weich und zerknittert. Und immer noch kniend, hält er es über seinen Kopf, bis ich es ihm abnehme.

Kriegs- und Marineministerium steht da. Feldpost.

Es ist ein Brief von Ken. Zuerst bin ich verwirrt, dass mein Vater vor mir an einen Brief von Ken gekommen sein sollte, aber dann merke ich, dass ich diesen Brief schon einmal gesehen habe. In der Dunkelheit ist die Adresse auf dem Umschlag kaum zu erkennen, aber es ist nicht Crystal City, es ist unsere Wohnung in Denver. Es ist der erste Brief, den Ken uns geschrieben hat.

»Ich versteh nicht …«

»Mach ihn auf«, sagt mein Vater leise. »Dann wirst du schon verstehen.«

Mein Vater folgt mir, als ich mich vom Heck entferne und in die Nähe einer Tür gehe, wo es Licht gibt. In dem Umschlag ist der Brief mit Kens akkurater Blockschrift, die mich sofort daran erinnert, wann wir ihn erhielten. Papa las ihn der ganzen Familie laut vor. Wir waren alle so stolz. Wir waren alle so sorglos.

Chaotische Familie, fing er an.

Ach, ihr habt wohl gehofft, dass dies ein Brief von einem anderen schneidigen Soldaten ist, aber es ist nur ein Brief von: Mir. Perfekt, ihr wollt ihn ein bisschen herumzeigen und mit eurem Sohn bei den Nachbarn Eindruck machen? Passt schon – aber schade, dass ich euch nicht sagen kann, wo ich bin, denn das ist nicht erlaubt. Auch so ein ganz großes »Streng verboten«. Tauben, davon kann ich euch etwas erzählen. Ratet mal warum, mein vorgesetzter Offizier sieht nämlich wie die Taube aus, die vor der Sodastation nach Abfällen gesucht hat. Ihr erinnert euch doch – sie hat immer mit ihrem Schwanz gewackelt, als wäre sie auf einem Schönheitswettbewerb. Chancen hätte mein Offizier bestimmt mit seinem Wackelgang. Kaum sehe ich ihn, muss ich an einen Vogel denken, der durch den Park scharwenzelt.

He, noch was, ist es euch zufällig gelungen, ein Buch mit Kreuzworträtseln für mich aufzutreiben? Einfache sind auch in Ordnung. Na, ihr könnt euch vorstellen, dass ich mein Hirn ein bisschen beschäftigen will.

Richtig, ihr müsst nicht glauben, dass es mir schlecht geht, von den ständigen Biwaklagern abgesehen, die angeblich der Vorbereitung dienen,

aber ehrlich gesagt, würde ich die Variante Bauch
vollschlagen und in superweichen Betten liegen
vorziehen. Yes Sir, ich werde bestimmt ein ausge-
zeichneter Soldat werden.
Aber mir wäre lieber, wenn ein bisschen mehr
Freude aufkäme. Personen, die nach Übersee
dürfen! Rudimentär verstehe ich auch, dass das
passieren wird. In der Tat ist das der Grund,
warum wir uns alle gemeldet haben. Lasst mich
ehrlich sein, es ist ein bisschen beängstigend, das
kann ich euch sagen, auch wenn ich es den
anderen gegenüber nicht zugeben kann – zumin-
dest das Essen ist gut, auch wenn meine Hose von
Größe 27 auf Größe 29 wachsen wird.
Liebe Grüße
Kenichi/Ken

»Hast du es entdeckt?«, fragt mein Vater leise.

»Was entdeckt? Was meinst du?«

»Es ist wahrscheinlich schwieriger, wenn man die Kleidergrößen von Männern nicht kennt«, sagt mein Vater. »Größe 27 ist sehr klein. Ken hatte Größe 27, als er vielleicht zwölf war.«

»Er hat die falsche Hosengröße genannt?«, frage ich. »Er hat Witze gemacht?«

»Er hat keine Witze gemacht. Er hat schon immer Rätsel geliebt.«

»Ja, und wir haben ihm ein paar Rätsel geschickt. Es waren Kreuzworträtsel, nicht wahr?« Nach diesem Brief hatte ich für ihn ein Buch mit Buchstabenrätseln und ein paar leckere Schokonussriegel eingepackt. Meine wöchentliche Zuckerration ist dabei draufgegangen. Ich erinnere mich, dass ich Ken wissen lassen wollte, dass ich meine Zuckerration für ihn investiert hatte. Dieser Brief klingt wie Ken, wie der richtige Ken, der, den ich aus der Zeit vor dem Krieg kannte und der verschwunden war, als er uns in Crystal City besuchen kam.

»Die Buchstaben am Satzanfang«, sagt Papa schließlich. »Die Großbuchstaben.«

Chaotische: C. Ach: A.

Erst jetzt, als ich den Brief Wort für Wort noch einmal durchsehe, fällt es mir auf – der überflüssige Doppelpunkt vor *Mir*. Und *Rudimentär* am Satzanfang klingt auch komisch und irgendwie gestelzt.

C.A.M.P. P.A.T.R.I.C.K. H.E.N.R.Y. A.P.R.I.L. 27–29.

»Du hast durch Ken vom Camp Patrick Henry erfahren!«

»Es liegt in Virginia«, sagt mein Vater tonlos. »Tatsächlich wusste ich das gar nicht genau. Erst als sie mich verhaftet hatten und verhörten. Bis sie mich fragten, woher ich wüsste, dass eine Gruppe Soldaten am 27. April vom Camp Patrick Henry in Virginia an die Westfront geschickt werde.«

Das Schiff knallt auf eine hohe Welle. Ich werde nach vorn geworfen, kann mich aber am Türrahmen festklammern. Mir ist speiübel.

Deshalb sind wir hier? Weil mein tapferer, amerikanischer, heldenhafter Bruder auch ein guter Sohn ist und seine Familie nicht im Ungewissen lassen wollte, wo er ist, und weil er es ihr deshalb in einem albernen, kleinen Rätsel mitgeteilt hat? Weil er dachte, es wäre keine große Sache, und weil mein Vater es zufällig dem falschen Mann gegenüber erwähnte? Deshalb mussten wir in den Zug steigen?

»Ich wusste nicht, dass es sich um ein Staatsgeheimnis handelte«, sagt Papa. »Ich dachte, Ken wollte einfach wissen, ob wir sein kleines Rätsel lösen könnten.«

Das war es, was mein Vater mir am Tag seiner Verhaftung hatte sagen wollen. Das war es, was ich nicht verstanden hatte.

»Kens Brief ist der Grund, warum wir wegmussten.«

Einmal, als ich mit Margot einen seiner in Schreibschrift verfassten Briefe las, überlegte ich, ob er mir heimlich eine Botschaft übermitteln wollte und deshalb in Schreibschrift schrieb. In Wirklichkeit schrieb er so, weil er wusste, dass er mit dem einzigen Brief, den mein Vater hatte lesen können, unendlichen Schaden angerichtet hatte.

»Ich konnte dir das nicht sagen. Ich dachte, es wäre am besten, wenn nur ich es weiß.«

»Aber ... es *war* doch kein Staatsgeheimnis? Das kann doch nicht sein?«

Ich versuche zu verstehen, was er mir sagt, aber es ergibt für mich keinen Sinn. Ein ganzer Armeestützpunkt, durch den Tausende von Soldaten geschleust werden, ist kein Geheimnis. Die Menschen in Virginia würden die Lastwagenkolonnen der ein- und ausfahrenden Soldaten doch bemerken. Das ist kein Geheimnis, vor allem nicht für einen General.

»Er fragte mich immer wieder, woher ich meine Information hätte«, sagt mein Vater. »Woher ich das wüsste. Wie vielen Menschen ich es erzählt hätte. Ich konnte es ihm nicht sagen.«

»Aber wenn du ein Spion wärst, ergäbe das doch gar keinen Sinn. Er dachte, du hättest eine Information bekommen, die für die Regierung der Vereinigten Staaten wichtig ist. Und dann erzählst du das als Erstes einem Vertreter der Vereinigten Staaten? Als Spion hättest du total versagt.«

»In einer anderen Zeit hätte das vielleicht eine Rolle gespielt. Er hätte vielleicht genauer darüber nachgedacht. Die Menschen befinden sich zurzeit in einem Ausnahmezustand.«

Ich habe diese Ausrede so satt. Ich möchte mir nicht länger anhören, wir müssen Menschen entschuldigen, dass sie so handeln, wie sie handeln, weil sie Angst haben. Dass ich Margot entschuldigen soll, weil sie Angst hatte. Dass wir ihren Vater entschuldigen sollen, weil er Angst hatte. Dass ich den General entschuldigen soll, weil er Angst hatte. *Ich habe Angst. Ken hatte Angst. Wir alle haben Angst.*

»Die Menschen sind, wie sie immer sind«, sage ich müde. »Die Menschen sind genau die, die sie schon immer sein wollten. Nur haben sie jetzt eine Ausrede dafür. Jetzt können sie so tun, als sei ihnen die Sicherheit des Landes wichtig. Hast du versucht, es zu erklären? Hast du versucht, ihnen zu sagen, dass es nur dein Sohn war, der dir ein verschlüsseltes Rätsel geschickt hat?«

»Das hätte ich nie getan. Ich hätte ihnen niemals gesagt, dass es Ken war. Ich hatte Angst, sie würden ihm sonst etwas antun. Sie würden ihn nach – nach …«

»Nach einem Ort wie Crystal City schicken?«, beende ich seinen Satz. »An einen Ort wie den, an den sie uns alle geschickt haben?«

»An einen viel schlimmeren Ort«, sagt mein Vater. »Haru-chan, hast du eine Vorstellung davon, wie sie Ken bestrafen würden, wenn sie glaubten, er hätte sich als Spion bei der Armee eingeschlichen? Für mich spielte es keine Rolle, ob ich bestraft werde. Verstehst du das?« Er klingt gequält. »Ich wäre auch allein ins Lager gegangen. Es ist mir nie in den Sinn gekommen, dass sie auch Frauen dorthin schicken würden, und Kinder. Ich wusste nicht, dass deine Mutter mit euch allen kommen wollte. Ich habe nur versucht, das Richtige zu tun.«

Ich weiß nicht, was ich ihm sagen soll. Er sieht so traurig aus und ich fühle mich so elend. Ich nehme die Hand meines Vaters, es ist das Mindeste und Beste, was ich tun kann.

Der Wächter kommt wieder mit seiner Laterne vorbei. Und vor uns, weit in der Ferne über dem kabbeligen Wasser, sehe ich ein dunkles violettes Gebilde und kann nicht sagen, ob es Land ist oder ob es Schatten sind, die das Mondlicht durch den bewölkten Himmel ins Wasser wirft. Mein Vater und ich blicken gemeinsam hinaus.

»Ein Crew-Mitglied hat mir gesagt, dass wir morgen ankommen werden, wenn das Wetter mitspielt. Wenn nicht, erst übermorgen«, sagt Papa.

»Das hast du schon gesagt.«

Nach einer Weile legt er eine Hand auf meine Schulter. »Ausgangssperre«, sagt er leise. »Zeit zum Schlafengehen.«

»Geh nur. Ich gehe auch gleich.« Er zögert kurz, als wolle er sich vergewissern, dass ich mitkomme, aber er überlegt es sich anders.

Nachdem er gegangen ist, beobachte ich, wie das Violett näher kommt. Der Wind ist kalt, und mein geliehener Mantel ist zu dünn, und ich stehe an der Reling, bis ich keine Empfindungen mehr habe. Ich starre nach vorne, denn wo sollte ich sonst hinstarren. Unser Schiff bewegt sich in eine Richtung, und mein Herz bewegt sich in eine andere, und der einzige Weg nach vorne ist vorwärts. Ich schaue hinaus, bis ich sicher bin, dass das, was ich sehe, Land ist.

NEUNUNDZWANZIG

MARGOT

15. Mai 1945
Anzahl der verbliebenen Häftlinge in Crystal City: 1 494
Anzahl der Deutschen: 512
Anzahl der Deutschen in meiner Familie: 3, immer 3,
   nie mehr

Es spielt keine Rolle, warum Menschen etwas tun. Es spielt keine Rolle, weil es manchmal falsch ist, absolut falsch, egal, aus welchen Gründen es getan wurde oder wie Menschen es versuchen zu rechtfertigen.

Der Krieg in Europa war vorbei. V-E Day. Der achte Mai: Victory in Europe Day. Ein Tag des Sieges. Die Lagerangestellten weinten vor Freude. Auch einige der Häftlinge weinten. Manche, weil sie annehmen, dass der Krieg bald ganz vorbei sein wird. Manche, weil sie annehmen, dass Deutschland den Krieg gewonnen hat und die Wochenschau, die vor dem letzten Film gezeigt

wurde, nur Propaganda war. Die Tränen der Lagerangestellten sehen glücklich aus, aber manche können sich
nichts anderes vorstellen, als dass Deutschland gewonnen haben muss. Zwei Jungen aus der Schule geraten
darüber in Streit. Der eine sagt, dass Deutschland jetzt
wieder zu altem Glanz zurückkehren werde. Der andere
sagt: *Wie dumm bist du eigentlich?*

Das spielt alles keine Rolle, weil ich jetzt doch keinen
Bruder habe. Ich weiß, dass es ein Bruder geworden
wäre. Das weiß ich. Das Embryo war weit genug entwi-
ckelt, um zu wissen, dass es ein Bruder geworden wäre.
Ich möchte darüber nicht mehr sprechen.

Es spielt keine Rolle, weil meine Mutter wieder ein
Geist ist. Ich möchte darüber nicht mehr sprechen.

Es spielt keine Rolle, denn niemand hat uns auf ein
anderes Schiff nach Deutschland umgebucht. Ich weiß
nicht, ob das noch geschehen wird oder ob der Häft-
lingsaustausch vorbei ist.

Aber während ich darauf warte, was geschehen wird,
lasse ich viele Dinge in meinem Kopf Revue passieren,
und die meisten davon haben mit Haruko zu tun und
dem, was wir einander an diesem letzten Tag gesagt und
angetan haben.

Frederick Kruse ist bei uns zu Hause. Frederick Kruse,
der Mann, über den ich auf die eine oder andere Weise
nachgedacht habe, seit ich vor fast einem Jahr in den

Briefen meines Vaters zum ersten Mal von ihm gehört habe. Nur sieht er jetzt kleiner aus, als ich es mir je bei einem Menschen vorstellen konnte. Verschrumpelt, als wäre sein Leben durch seine Augenhöhlen aus ihm herausgesaugt worden. Und so war es auch. In der Sekunde, als er Heidi am Rand des Schwimmbeckens sah. Das einzige bisschen Menschlichkeit, von dem ich mir bei Herrn Kruse immer sicher war, dass er es besaß, war die Liebe zu seiner Tochter.

Er sitzt zwischen meinem Vater und Mr Müller, so zusammengesackt, dass ich denke, dass nur die Stuhllehne ihm hilft, aufrecht zu bleiben. Wäre das nicht der Fall, läge er auf dem Boden.

»Herr Kruse«, sage ich automatisch, während mein Herz bei dem Gedanken an Heidi eine noch tiefere Stufe des Schmerzes erreicht. »Es tut mir so leid wegen Ihres Verlustes.«

Mein Vater sieht mich an, seine Augen zeigen zur Tür. Er will, dass ich gehe. »Ich wollte nicht stören«, murmele ich und gehe zur Tür.

Ich gehe wirklich. Gehe zur Tür hinaus. Aber ich gehe nirgendwohin. Ich weiß nicht, wohin ich gehen soll. Das Schwimmbad ist geschlossen. Ich bin keine Schülerin der Amerikanischen Schule mehr. Haruko will mich nicht sehen. Sie wird nach Denver zurückkehren.

Also gehe ich nur bis zur Haustür und lehne mich dann an die nach außen gewölbte Holzverschalung des Hauses. Ich rutsche nach unten, bis ich im Dreck sitze.

Und während ich dort sitze, höre ich alles, was drinnen passiert. Weil unsere Wände so dünn sind und weil die Wände gewölbt sind und weil Krümmungen den Schall verstärken. Das hat mir mein Vater auf der Farm beigebracht.

Ich kann sogar das leise Klopfgeräusch hören, das entsteht, wenn die Becher auf den Tisch gestellt werden. Herr Kruse weint.

»Der Bademeister wird versetzt werden«, sagt mein Vater. »Ich glaube nicht, dass er in nächster Zeit hier arbeiten wird. Die Leute waren sehr wütend. Das konnte jeder sehen. Die Lagerleitung möchte damit nichts zu tun haben. Er wird einfach still und leise versetzt werden, irgendwohin außerhalb des Lagers.«

»Beide«, stimmt der blonde Mann zu. »Beide, der Bademeister und dieser blonde Junge, der ihn in Schutz genommen hat. Wir werden beide nicht mehr zu Gesicht bekommen. Also können wir leider nichts gegen sie unternehmen.«

Dieser letzte Satz ändert alles. Bis zu diesem Satz habe ich gedacht, mein Vater und der blonde Mann wollten Herrn Kruse trösten, ihm sagen, dass er sich keine Sorgen machen muss, den Leuten zu begegnen, die er mit dem Tod seiner Tochter in Verbindung bringt. Aber das möchte Mr Müller gar nicht. Er überlegt, wie er die Männer bestrafen kann, die er für verantwortlich hält.

»Wir können nichts gegen sie unternehmen«, sagt mein Vater. »Am besten löschen Sie sie aus Ihrem Gedächtnis.«

Dann schweigen alle drei und ich spüre einen Hauch von Erleichterung. Gott sei Dank kann mein Vater noch vernünftig denken, auch wenn sein Gehirn vergiftet ist. Begreifen sie nicht, wie furchtbar es wäre, für sie und für alle anderen im Lager, wenn einem Wächter etwas zustieße? Es würde nichts ändern. Es würde eine Bestrafung oder Einschränkungen für alle nach sich ziehen. Und dann würden wahrscheinlich die Leute, die über den Tod von Heidi und Ruriko wütend sind, einen Aufstand anzetteln.

»Was ist mit der Ärztin?«, fragt Mr Müller jetzt.

»Die Ärztin?«, sagt Herr Kruse trüb.

»Diese japanische Ärztin, die Heidi retten sollte …«, sagt er.

»Beide sollten beide retten«, unterbricht ihn mein Vater. »Nicht nur sie.«

»Aber sie hatte die Verantwortung«, entgegnet Mr Müller. »Sie gab die Anweisungen, und sie war diejenige, die sagte, dass man mit der Wiederbelebung aufhören sollte.«

»Das stimmt«, sagt Herr Kruse mit zittriger Stimme. Er ist der traurigste Mann, den ich je gehört habe. »Sie hat zu früh aufgehört. Wir müssen etwas gegen sie unternehmen.«

»Es war ihre Schuld«, sagt Mr Müller.

Das ist verrückt. Was ich da höre, ist der pure Wahnsinn. Es ist nicht Dr. Tanakas Schuld, dass Heidi tot ist. Nur ein Mann, dessen Geist von Trauer vernebelt ist, kann so etwas denken.

»Sie geht abends allein nach Hause«, sagt Mr Müller. »Sie arbeitet spät und geht dann allein nach Hause.«

»Oder wir könnten Kerosin nehmen«, sagt Herr Kruse. »Es kann vielleicht ein paar Tage dauern, bis wir genug zusammen haben, aber dann bräuchten wir nur noch ein Streichholz.«

»Ich glaube nicht, dass das eine gute Idee ist«, sagt mein Vater. »Ich denke, wir sollten später noch einmal darüber sprechen, wenn wir alle etwas ruhiger geworden sind.«

»Ruhiger?« Herr Kruses Stimme bricht. »Ich möchte nicht wissen, wie ruhig Sie wären, wenn jemand – wenn Ihnen jemand ihr kleines Mädchen genommen hätte.«

»Frederick, ich kann mir vorstellen, wie sehr Ihre Familie leidet.«

»Jakob, Sie können nicht erwarten, dass wir nichts tun«, sagt Mr Müller.

Ich ducke mich tiefer in den Staub, mein Herz rast.

Ich muss etwas unternehmen. Ich muss Haruko sagen, worüber diese Männer sprechen.

Aber würde sie mir denn glauben? Ausgerechnet jetzt, nur wenige Minuten nachdem wir gesagt haben, wir wollten nichts mehr voneinander wissen? Oder würde sie denken, dass ich etwas erfinde, um ihr weh- zutun? Erfinde ich etwas? Meinen sie überhaupt, was sie sagen?

»Wir sollten rasch handeln«, sagt Mr Müller. »Nächste Woche.«

Mr Mercer, entscheide ich. Ich sage Mr Mercer, dass Harukos Familie in Gefahr ist.

Ich will mich schon auf den Weg machen, als mir klar wird, dass ich gar keine Beweise habe. Ich habe etwas belauscht, ein Gespräch zwischen drei Männern. Und wenn ich es wiederhole, werden mindestens zwei der Männer schwören, dass ich sie falsch verstanden habe und ein solches Gespräch nie stattgefunden hat. Ich würde gerne glauben, dass mein Vater mich unterstüt- zen würde, aber ich weiß es nicht. Ich wünschte, ich wüsste es. Ich kann mir nicht mehr sicher sein, was mein Vater schwören wird.

Also nicht. Etwas anderes. Ich muss etwas machen, das Frederick Kruse weit weg von der Familie Tanaka bringt. Etwas, das ich beweisen kann.

Ich kann beweisen, dass er illegale Schnapsbrenne- reien gebaut hat. Dass eine davon sogar schon einmal explodiert ist, dass er eine Gefahr für das Lager ist. Das kann ich beweisen, weil die Bauteile für eine weitere

Brennerei im Vorratsschuppen bei den Spinatfeldern liegen.

Allerdings ist Frederick Kruse selbst nie in dem Schuppen gewesen. Er arbeitet nicht auf den Spinatfeldern. Es gibt nichts, was Herrn Kruse mit der Schnapsbrennerei verbindet.

Die Tür geht auf. Herr Kruse und Mr Müller gehen. Mein Vater steht hinter ihnen und verabschiedet sie.

Er schaut nach unten und sieht mich im Staub hocken. Sein Gesicht läuft rot an. Er weiß, was ich gehört habe.

»Werden sie es tun?«, frage ich. Er schweigt. »Vati, werden sie es tun?«

»Ich weiß nicht, wozu er in seinem Zustand fähig ist, Margot.«

»Du musst ihn aufhalten. Wir müssen ihn anzeigen. Sie werden ihn fortschicken.«

Mein Vater lehnt seine Stirn an den Türrahmen und rollt den Kopf hin und her. »Würden alle fortgeschickt werden?«, fragt er. »Komm rein und pack deine Sachen.«

Alle. Das habe ich nicht bedacht. Frederick Kruse hat seit Monaten eine Rotte von Anhängern um sich geschart, und die werden noch hier sein, auch wenn er fort ist, und ich kann nicht alle anzeigen.

»Ich komme gleich.«

Ich muss Haruko sagen, dass sie fliehen muss. Aber

wohin soll ihre Familie fliehen? Wir sind alle Häftlinge und unser Leben findet innerhalb einer Absperrung statt. Ich muss ihr sagen, dass sie sich verstecken müssen, aber wir werden zweimal täglich gezählt. Ich muss ihnen sagen, dass sie die Zeit zurückdrehen sollen und nicht hierherkommen dürfen, aber keiner von uns hatte eine Wahl.

Ich muss etwas tun, das Haruko in Sicherheit bringt. Ich muss es bald tun und es muss von Dauer sein.

Ich muss es tun, obwohl sie mich dafür für immer hassen wird.

Sind das meine wahren Gründe? Sind das Gründe oder nur Ausreden? Mache ich das, weil ich sie schützen will? Mache ich das, weil ich am Boden zerstört bin, weil sie geht? Mache ich das, weil ich in den Vereinigten Staaten bleiben will und weil Haruko so schlimme Dinge zu mir gesagt hat? Mache ich das, weil ich nicht weiß, was ich sonst machen soll?

Ich habe nicht genug Zeit, um über meine Gründe nachzudenken.

Hier gibt es keine guten Alternativen für mich, hier, wo ich nur von Spinatfeldern und der Weite meines besiegten Herzens umgeben bin.

Ich habe sie geliebt. Ich denke, sie hat mich auch geliebt.

Anmerkungen
zur historischen Genauigkeit

An einem Wochenende Ende September, mitten in einer Hitzewelle, besuchte ich zum ersten Mal die Stadt Crystal City in Texas. Die örtliche Highschool veranstaltete ein Footballspiel. Ich ging über einen überfüllten Parkplatz und kam auf ein Stück Land, auf dem das Gras hüfthoch wuchs, und stellte fest, dass ich mich auf dem Gelände des ehemaligen Schwimmbads des (Familien-)Internierungslagers von Crystal City befand. Etwas weiter entfernt lag das Gelände der Amerikanischen Schule (Federal High School), und dahinter, auf dem Teil, der wie ein Trainingsfeld aussah, war der Eingang zum Lager, in dem in den fünf Jahren seines Bestehens 4751 Häftlinge japanischer, deutscher und italienischer Abstammung interniert waren.

Vieles war zugewachsen. Einem Faltblatt zufolge gab es acht Informationstafeln, die über das ehemalige Gelände des Lagers verstreut waren. Ich fand jedoch nach mehreren Stunden der Erkundung nur sechs: Tafeln in Museumsqualität, auf denen Fotos von Frauen und

Kindern abgebildet sind, die aus Zügen aussteigen und sich an einem Ort in Gefangenschaft begeben, an dem die meisten von ihnen noch nie gewesen sind, für eine Zeitdauer, die niemand auch nur annähernd vorhersagen kann. Die anderen beiden Tafeln sind wohl meinem schlechten Kartenlesen zum Opfer gefallen, wurden für Reparaturzwecke entfernt oder sind anderweitig verloren gegangen. Ich fragte eine Frau, die Mutter eines Schülers, ob sie wüsste, wo die anderen Tafeln seien. Sie reagierte überrascht und sagte, sie habe gar nicht gewusst, dass wir uns auf dem Gelände eines ehemaligen Internierungslagers befänden.

Dieses Buch steht für die fehlenden Tafeln. Für die vielen Geschichten, die verloren gehen. Für all die Dinge, die von Unkraut überwuchert oder von den Ablagerungen der Geschichte überdeckt werden.

Während des Zweiten Weltkriegs, in einer der dunkelsten Perioden der amerikanischen Geschichte, wurden etwa 120 000 Menschen japanischer Abstammung gewaltsam aus ihrer Heimat vertrieben und in Lagern im ganzen Land eingesperrt. Zwei Drittel von ihnen waren amerikanische Staatsbürger. Die US-Regierung nutzte die Stimmung von Panik, Angst und Fremdenfeindlichkeit, um ihre Maßnahmen zu rechtfertigen, und behauptete, sie seien für die Sicherheit des Landes notwendig.

Die überwiegende Mehrheit der Häftlinge kam in Lager, die von der War Relocation Authority, der Umsiedlungsbehörde, betrieben wurden. Ihr einziges Verbrechen: Sie waren Bewohner der Westküste, und Präsident Franklin Delano Roosevelt hatte eine Anordnung erlassen, die es dem Militär erlaubte, alle Bewohner japanischer Abstammung von der Westküste umzusiedeln. Die Ernährung in diesen Lagern war oft mangelhaft, und die Bewohner lebten in überfüllten, armseligen Baracken, in denen sie den rauen Wetterbedingungen ausgesetzt waren. Die Kinder besuchten Schulen, die die amerikanischen Freiheiten priesen – und das alles hinter Stacheldraht und unter der Bewachung von bewaffneten Posten.

Crystal City war eine andere, weniger bekannte Art von Lager. Es war das einzige Lager, in dem sowohl japanische als auch deutsche Familien untergebracht waren. Es wurde nicht für die massenhaft evakuierten Westküsten-Japaner gebaut, sondern für sogenannte feindliche Ausländer, sowohl japanischer als auch deutscher Abstammung, die von der US-Regierung der Spionage beschuldigt wurden. Crystal City unterstand nicht der Umsiedlungsbehörde, sondern der Einwanderungsabteilung des Justizministeriums (INS: Immigration and Naturalization Services). Die INS, die der Welt zeigen wollte, dass sie ihre eingekerkerten »Feinde« fair behandelte und sich an internationale Abmachungen hielt, bot ihren Häftlingen bessere Lebensbedingungen und moralisch aufbauende Aktivitäten. Die Häftlinge konnten zum Beispiel Buchhaltungskurse belegen, Gärten anlegen oder schwimmen gehen. Aber sie lebten alle hinter Stacheldraht, befanden sich alle an einem Ort, an dem Scheinwerferlicht ihre Fenster streifte und Wächter jede ihrer Bewegungen überwachten. Sie waren dort aufgrund fadenscheiniger oder nicht vorhandener Anschuldigungen, und keinem war es möglich, das Lager zu verlassen.

Ich verbrachte mehrere Tage im Nationalarchiv in Washington, D.C., und sichtete kistenweise Material aus der Record Group 85, den Akten der Einwanderungsbehörde während des Zweiten Weltkriegs. Die Akten über Crystal City enthielten Lagerpläne, Aufrisse der Wohnquartiere, Korrespondenz über den Bau des Schwimmbads, Protokolle darüber, welche Filme an den Kinoabenden gezeigt wurden. Es gab offizielle Berichte, die dramatische als auch banale Aspekte der Gefangenschaft und das Aufeinanderprallen der Kulturen illustrierten: Japanische Vertreter führten einen anhaltenden und erfolglosen Kampf um die Bereitstellung von Wasserkochern, damit sie Teewasser kochen konnten. Die Lagerleitung antwortete, dass ein Wasserkocher nichts könne, was ein Kochtopf nicht auch könne, und da man Letzteren bereits zur Verfügung gestellt habe, werde die Anfrage abgelehnt.

Zu den bewegendsten Akten im Nationalarchiv gehörten die Schulakten: aufwendig vervielfältigte Kopien der Schülerzeitung der Federal High School (Amerikanische Schule), die über Sportereignisse und Lieblingslehrer berichtete – ein Zeugnis dafür, wie hart die Schüler arbeiteten, um unter diesen ungewöhnlichen Umständen ein normales Highschool-Leben zu führen. Es gab auch stapelweise Schriftverkehr zwischen den Lehrern des Lagers und den Schulen, aus denen ihre inhaftierten Schüler gekommen waren. Ein Brief stammte von einem Lehrer aus Kalifornien. Er handelte von einer hochgelobten Schülerin, die, wie der Lehrer befürchtete, in Rückstand geraten würde, weil sie den Physikstoff nicht aufholen könnte. Der Lehrer beschreibt in seinem Brief physikalische Experimente, die das Mädchen Eva unter Zuhilfenahme einer Haarbürste, einer Taschenlampe, einem Füllfederhalter und einem Stück Siegellack selbstständig durchführen konnte. »Ich bin sehr froh, dass Eva auf diese Weise den Lernstoff absolvieren kann«, schrieb der Lehrer. »Sie ist eine sehr beachtenswerte und ernsthafte Schülerin.«

Einige japanisch-amerikanische Schüler beschrieben das Lager als einen glücklichen Ort, an dem sie zum ersten Mal in ihrem Leben nicht zur Minderheit gehörten. Ein deutscher Schüler beschrieb, er empfinde das Lager wie ein »Ferienlager«. Innerhalb der Umzäunung spielte sich das echte Leben ab, mit all der Liebe, dem Hass, der Hoffnung, der Langeweile und den Kleinlichkeiten, die das echte Leben mit sich bringt.

Einige Dinge in dem Buch sind real:

Das 442. Infanterieregiment, eine rein japanisch-amerikanische Einheit, die in Europa kämpfte und sieben Mal die hohe Auszeichnung *Distinguished Unit Citation* erhielt. Wenn diese Soldaten, die für die USA kämpften, Urlaub hatten, hätten sie ihn so verbringen können, wie Ken es tat – Familienangehörige in Lagern im ganzen Land besuchen, die von ebenjener Regierung inhaftiert wurden, für die die Soldaten kämpften.

Es gab die Feldpost. Soldaten, die die Geheimhaltungsvorschriften zu umgehen versuchten, verschlüsselten tatsächlich manchmal ihre Briefe, um ihren Aufenthaltsort zu verraten. Manchmal hatten sie damit Erfolg, manchmal nicht.

Es gab auch die »Rückführung« deutscher und japanischer Häftlinge, auch solcher, die eigentlich keine Deutschen oder Japaner, sondern gebürtige Amerikaner waren. Hunderte von Amerikanern deutscher und japanischer Abstammung wurden in schwedischen Ozeandampfern, die eigens dafür bereitgestellt wurden, über den Ozean geschickt. Ich habe mich in diesem Buch nicht genau an die zeitliche Abfolge gehalten (in Wirklichkeit fand der letzte Austausch mit den Japanern im Jahr 1943 statt), aber die Häftlingsaustausche hat es gegeben.

Der Manzanar-Aufstand fand wirklich statt. Zwei Häftlinge kamen dabei ums Leben.

Im Jahr 1944 ereignete sich das schreckliche Unglück, bei dem zwei Mädchen aus Crystal City ertran-
ken. Trauernde Bewohner des Lagers baten in Briefen,
dass der Boden des Schwimmbeckens heller gestrichen
und andere Sicherheitsvorkehrungen getroffen würden,
um zu verhindern, dass sich eine solche Tragödie wiederhole. In Wirklichkeit waren die beiden Mädchen Ja-
panerinnen. Über die Reaktionen am Tatort fand ich
keine detaillierten Berichte aus erster Hand. Ich ver-
suchte, mir das Entsetzen und die Trauer und die Wut
eines solchen Moments vorzustellen. Von Aufständen
oder Fluchtversuchen in Crystal City ist nichts bekannt.

Auch die Popeye-Statue ist real. Sie steht noch heute
in Crystal City und kennzeichnet den Ort als inoffizielle
Spinat-Hauptstadt der Welt. Die Tofu-Fabrik – ebenfalls
real und mit großer Freude von den Häftlingen aufge-
nommen, die es leid waren, dass Menschen mit amerikanischen Geschmacksvorlieben für ihre Ernährung
und ihren Speiseplan zuständig waren. Es gab tatsächlich eine weibliche Häftlingsärztin, ein Detail, auf das
ich für eine fiktive Figur nie gekommen wäre, das aber
zu einem unerwartet tiefen Verständnis der Frauen jener Zeit beigetragen hat. Die selbst gebauten Schnapsbrennereien gab es auch: Eine explodierte tatsächlich,
und die Häftlinge erzählten den Wächtern, sie hätten
versucht, Marmelade herzustellen, was diese glaubten
oder vorgaben zu glauben. Lagergeld aus Pappe, die

Wertmarken, Ausflüge außerhalb des Lagers, Schaben in der Latrine, Nazi-Aufmärsche mit Hakenkreuzen – hat es alles tatsächlich gegeben. Die Figur des Frederick Kruse basiert lose auf Fritz Kuhn, dem Führer des Amerikadeutschen Bundes, der die viele Tausend Menschen umfassende Nazikundgebung im Madison Square Garden anführte. Der Bund löste sich offiziell im Jahr 1942 auf. Kuhn kam später nach Crystal City, wo er zum Leiter des deutschen Häftlingsverbandes gewählt wurde.

Als ich mit meinen Recherchen begann, beabsichtigte ich, ein Buch über die Erfahrungen einer deutschamerikanischen Lagerinsassin zu schreiben. Viele Amerikaner heute wissen gar nicht, dass so etwas existierte, und auch ich wurde erst während der Recherche zu einem früheren Buch, *Das Mädchen im blauen Mantel*, darauf aufmerksam. Folgende Bücher halfen mir bei meinen ersten Recherchen: *The Prison Called Hohenasperg* von Arthur D. Jacobs; *America's Invisible Gulag* von Stephen Fox; *Shattered Lives, Shattered Dreams* von Russell W. Estlack; *Undue Process* von Arnold Krammer; *We Were Not the Enemy* von Heidi Donald und *Nazis and Good Neighbors* von Max Paul Friedman. Sehr hilfreich für meine Recherchen war auch der Dokumentarfilm *Children of Internment*.

Ein in Crystal City spielender Roman bedarf natürlich vieler Charaktere, um die von der amerikanischen Internierung während des Krieges am meisten betroffen Menschen zu repräsentieren: die japanischen Einwanderer, die Nikkei, einschließlich der Issei der ersten Generation und ihrer Nisei-Kinder der zweiten Generation. Das Buch von Bill Hosokawa, *Colorado's Japanese Americans from 1886 to the Present*, war ein hervorragender Einstieg in das Thema, der mir die japanische Gemeinschaft im Denver des Zweiten Weltkriegs nahebrachte. Die von mir erwähnten Orte und Institutionen, wie die Kirche in der California Street und die Zeitung *Rafu Shimpo,* eine kalifornische Zeitung mit überregionaler Verbreitung, hat es alle gegeben. Das Buch *City Girls: The Nisei Social World in Los Angeles 1920–1950* von Valerie J. Matsumoto ist eine faszinierende und akribische Untersuchung dessen, was es zu dieser Zeit bedeutete, ein amerikanischer Teenager mit japanischen Wurzeln zu sein. *Letters from the 442nd* von Minoru Masuda ist eine bewegende Sammlung von Briefen, zusammengestellt von einem japanisch-amerikanischen Arzt aus dem 442. Infanterieregiment.

Weitere lesenswerte Memoiren einzelner japanischer Familien aus den Internierungslagern sind: *Farewell to Manzanar* von Jeanne Wakatsuki Houston und James D. Houston; *Silver Like Dust* von Kimi Cunningham Grant und *Looking Like the Enemy* von Mary Matsuda Gruenewald.

Es wäre grob fahrlässig, nicht auch zwei Bücher zu erwähnen, die sich speziell mit Crystal City beschäftigen. *The Train to Crystal City* ist ein umfassendes Sachbuch von Jan Jarboe Russell über den gesamten Zeitraum des Bestehens des Lagers von Crystal City und über die politischen Machenschaften, die seine Existenz überhaupt ermöglichten. Bei meinen Besuchen im Nationalarchiv erwähnten die Mitarbeiter wiederholt einen anderen Forscher, der ein paar Jahre zuvor nach denselben Dokumenten gesucht hatte. Es handelte sich um Jarboe Russel, der dort ebenfalls recherchiert hatte. Das Buch *Schools Behind Barbed Wire* von Karen L. Riley handelt speziell von den drei Schulen des Lagers – der Amerikanischen Schule (Federal School), der Deutschen und der Japanischen Schule – und gibt Einblicke in die einzigartigen Erfahrungen der Jugendlichen im Lager.

Es gibt nichts Wichtigeres, als Geschichte direkt aus dem Mund der Menschen zu hören, die sie erlebt haben. William McWorther von der Texas Historical Commission stellte Tonaufnahmen und Transkriptionen von Interviews mit mehreren ehemaligen Crystal-City-Häftlingen zur Verfügung. Unbezahlbare Ressourcen sind darüber hinaus die mündlichen Berichte, die auf der gemeinnützigen Website *Telling Their Stories* und bei Densho, einer Organisation, die sich speziell der Bewahrung der Geschichte im Zusammenhang mit der japanischen Internierung widmet, verfügbar sind.

Hier ein paar besonders bewegende Berichte von der Densho Website: Kay Uno Kaneko, eine Lagerinsassin aus Crystal City erzählte, dass sie stolz auf ihren Bruder war, weil er sich zur US-Armee gemeldet hatte, sich aber Sorgen machte, was mit ihm passieren würde, wenn ihre Familie nach Japan zurückgeführt würde. Ernest Uno, Kays Bruder, erzählte, wie er seine Familie in Crystal City besuchte, nachdem er im 442. Infanterieregiment gekämpft hatte, und wie das Wiedersehen mit der Familie, die er monatelang nicht mehr gesehen hatte, im Besucherhäuschen der Lagerverwaltung unter den Augen der Wachleute stattfinden musste. Irene Najima sprach darüber, wie ihr Vater unter der Belastung der Haft ihr immer fremder wurde und ihrer Mutter Affären unterstellte.

Die German American Internee Coalition besitzt eine eigene bewegende Sammlung von Familiengeschichten: Rose Marie Neupert schrieb über die entsetzlichen Lebensbedingungen auf Ellis Island, wo ihre Familie festgehalten wurde, bevor sie nach Crystal City verlegt wurde. John Schmitz beschrieb, wie das FBI an die Tür seiner Familie klopfte, da Nachbarn seinen Vater denunziert hatten, weil er deutsche Musik auf Schallplatten hörte.

Jeder einzelne der oben genannten Berichte und jede einzelne Quelle ist wichtiger als alles Fiktive, was ich jemals darüber schreiben könnte.

Keine dieser persönlichen Geschichten floss direkt in dieses Buch ein, das ein Werk der Fiktion ist. Die Geschichte von Haruko und Margot ist komplett erfunden. Aber für mich wurde sie sehr real.

Am Ende des Weges von Haruko und Margot wird dieselbe Handlung aus zwei sehr unterschiedlichen Perspektiven betrachtet. Hat Margot etwas Unverzeihliches getan, wie Haruko denkt? Oder ist der schreckliche Vorgang gerechtfertigt, wie Margot glaubt, weil sie meinte, die Sicherheit von Harukos Familie nur gewährleisten zu können, indem sie ihrem bisherigen Leben ein Ende setzte?

Das habe ich mich während der Monate des Schreibens, Überlegens und Recherchierens immer wieder gefragt. Ich frage mich das auch jetzt noch.

Danksagung

Ich bin dem Lektorat und der Werbeabteilung des Verlags Little, Brown Books for Young Readers zutiefst dankbar, insbesondere Lisa Yoskowitz, die mich mit ihrer Neugier, Hartnäckigkeit und Sanftmut immer wieder in Erstaunen versetzt, und Jessica Shoffel, für die das Wort »unerschütterlich« vermutlich erfunden wurde. Diese Frauen, zusammen mit meinem Mann Robert Cox und meiner Agentin Ginger Clark, sind die Menschen, auf die ich in einem Notfall, auf der einsamen Insel oder einer Feier nicht verzichten möchte.

Bibliothekare sind seit vielen Jahren meine Helden. Mit diesem Buch füge ich dieser Liste Archivare hinzu, besonders die in Texas und im Nationalarchiv in Washington, D. C., die dabei geholfen haben, die Primärquellen auszugraben, ohne die dieses Buch nicht möglich gewesen wäre.

Außerdem gilt mein besonderer Dank einigen frühen Lesern des Buches: Kimi, die uns die amerikanischen Spitznamen ihrer Nisei-Familie und die Nuancen japanischer Kosenamen erklärte; Joseph, der sich mit

Harukos Beziehung zu ihrem Vater auseinandersetzte; Saho, die uns darüber aufklärte, wie in japanischen Familien Zuneigung ausgedrückt wird, und die, zusammen mit Maiko, einer weiteren Leserin, uns den Unterschied zwischen *Shitsuke* und *Oyakoko* erläuterte.

Mein innigster Dank geht an den Kurator und Historiker Brian Niiya, dessen Anmerkungen zur Genauigkeit eines frühen Entwurfs ebenso durchdacht wie gründlich waren: Hatte ich einwandfreie Quellen, wie die Latrinen in Crystal City aussahen? Sollte ich einen fiktiven Artikel in der Lokalzeitung von Denver *Rocky Shimpo* erscheinen lassen oder wäre die überregionale Zeitung *Rafu Shimpo* der geeignetere Ort für den Artikel? Waren Abweichungen von der historischen Zeitlinie oder den historischen Fakten gut begründet oder waren sie nur der Erleichterung meines Autorendaseins geschuldet?

Brians Mutter war in ihrer Jugend in Crystal City inhaftiert. Seine Anmerkungen waren eine ständige Ermahnung, dass man den zukünftigen Lesern historischer Romane Genauigkeit und Wahrheit schuldet, aber noch mehr schuldet man dies den ehemaligen Überlebenden.

Autorin

Monica Hesse stammt aus Illinois, ist Schriftstellerin und außerdem Journalistin bei der Washington Post. Sie lebt mit ihrem Mann und einem verrückten Hund in Washington. »Das Mädchen im blauen Mantel«, ihr erster Roman, der auf Deutsch erschien, stand auf der New-York-Times-Bestsellerliste und erhielt zahlreiche Preise, darunter den renommierten Edgar Award in der Kategorie »Junge Erwachsene«, und wurde von der Jugendjury für den Deutschen Jugendliteraturpreis 2019 nominiert.
Mehr über die Autorin unter www.monicahesse.com

Von Monica Hesse sind bei cbj erschienen:
Das Mädchen im blauen Mantel (31319)
Sie mussten nach links gehen (16602)

Übersetzerin

Cornelia Stoll, geboren 1953, ist als Übersetzerin, Englischlehrerin und Buchhändlerin ausgebildet. Sie war in allen drei Berufen tätig und übersetzt seit 1988 hauptsächlich englische Kinder- und Jugendliteratur, darunter Bücher von Zizou Corder, Monica Hesse, Erin Hunter, Beth Kephart, Gary Paulsen und Philip Pullman. Sie lebt in Tübingen.

Mehr über cbj auf Instagram unter @hey_reader

Monica Hesse
Das Mädchen im blauen Mantel

384 Seiten, ISBN 978-3-570-31319-0

Amsterdam ist von den Nazis besetzt. Hanneke verbringt ihre Tage
damit, Schwarzmarktgüter zu beschaffen, ihre Abende damit, ihren
besorgten Eltern genau das zu verheimlichen, und jede wache
Minute damit, um Ihren Freund zu trauern, der an der Front gefallen
ist. Ihre illegalen Geschäfte betrachtet sie als kleinen Akt der
Rebellion. Aber eines Tages erhält sie einen sehr ungewöhnlichen
Auftrag. Eine ihrer Kundinnen bittet sie, ein Mädchen zu finden. Ein
jüdisches Mädchen, das aus dem Geheimversteck in ihrem Haus
verschwunden ist. Auf der Suche nach diesem Mädchen gerät
Hanneke in ein Netz aus Lügen, Rätseln und Geheimnissen.

www.cbj-verlag.de

Monica Hesse
Sie mussten nach links gehen

448 Seiten, ISBN 978-3-570-16602-4

Frühjahr 1945: Das KZ Groß-Rosen ist befreit, und die Soldaten
behaupten, der Krieg sei vorbei. Aber für die 18-jährige Zofia Lederman
fühlt es sich nicht so an. Ihr ganzes Leben ist in Scherben zerfallen: Vor
drei Jahren waren ihr Bruder Abek und sie die Einzigen aus ihrer Familie,
die an der Rampe nach rechts geschickt wurden, weg von den
Gaskammern von Auschwitz-Birkenau. Alle anderen – ihre Eltern, ihre
Großmutter, ihre Tante Maja – mussten nach links gehen. Das Einzige,
was Zofia noch am Leben hält, ist die Suche nach ihrem Bruder.
Aber wie soll sie ihn in dem Meer von Vermissten finden? Und was,
wenn er nicht mehr lebt?

20316

www.cbj-verlag.de